Un Affare in Amore

MISHA BELL

♠ MOZAIKA PUBLICATIONS ♠

Copyright © 2023 Misha Bell
www.mishabell.com/it

Pubblicato da Mozaika Publications, stampato da Mozaika LLC.
www.mozaikallc.com

Traduzione italiana: Martina Pompeo

Copertina di Najla Qamber Designs
www.qamberdesignsmedia.com

ISBN: 978-1-63142-874-6
Print ISBN: 978-1-63142-876-0

Uno

"BUNNY, SMETTILA DI SCOPARE TUA SORELLA!"

Accompagno le mie parole con il gesto di scacciarlo via che uso quando lo becco sopra il mio cuscino.

Il perfido gatto non si accorge nemmeno della mia presenza.

Pearl esamina gli amanti felini con un sorriso identico al mio, fino alle rughette intorno agli occhi verdi. "Sua sorella?" chiede con tono scettico. "A differenza di noi, questi due non appartengono alla stessa cucciolata."

La fulmino con lo sguardo. "Usa la logica. Bunny è il mio cucciolo e Atonic è la tua, quindi sono fratello e sorella."

Io e Pearl siamo due di sei gemelle identiche. Alcune di noi ci definiscono una "cucciolata", anche se io preferisco il termine "covata."

Lei sbuffa. "I nostri figli non dovrebbero essere cugini?"

Merda! Ha ragione, ma chi lo ammetterebbe davanti ai membri della propria covata? Invece, imito Pixie, un'altra sorella della nostra covata. "Dato che io e te condividiamo lo stesso DNA, i nostri figli nati da padri diversi sarebbero biologicamente fratellastri."

Pixie è ossessionata dai multipli identici come noi e, di recente, ha suggerito (non troppo scherzosamente) che dovremmo tutte riprodurci con un gruppo di maschi che siano sei gemelli identici, in modo che "tutti i nostri figli siano fratelli e sorelle di DNA."

Pearl mi lancia uno sguardo esasperato. "Oh, andiamo. Per quanto le vostre personalità siano simili, tu non hai alcun DNA in comune con il tuo gatto psicopatico."

Aiuterebbe la mia causa se informassi Pearl che gli esseri umani condividono il novanta per cento del DNA con i gatti? Probabilmente no.

"In che modo le nostre personalità sarebbero simili?" le chiedo invece.

"Lo sai benissimo" risponde Pearl. "In ogni caso, tutto questo è irrilevante. I gatti non hanno il tabù dell'incesto e si riproducono volentieri tra consanguinei quando ne hanno l'occasione."

Quest'ultima frase non merita risposta, quindi guardo di nuovo il tappeto del mio soggiorno, dove l'azione è ancora in corso. "Non è adorabile... in un modo un po' perverso?"

La colpa di questa "adorabilità" è della carineria incontrollata dei nostri gatti. Bunny è un Bobtail giapponese, il che significa che ha una minuscola coda che ricorda quella del suo omonimo: un coniglietto (in inglese, "bunny"). Ha il pelo bianco con alcune macchie nere sul muso, che lo fanno assomigliare in egual misura a un procione, a un panda e a un bandito. Atonic, la gatta di mia sorella, è di razza himalayana, con gli occhi azzurri e il muso piatto dall'espressione perennemente assonnata.

Pearl fa un sorrisino. "Scommetto che qualsiasi creatura pelosa che ne monti goffamente un'altra sarebbe adorabile, fosse un Ewok, un Wookie o qualsiasi cosa sia il Cugino Itt."

Osservo i felini più attentamente. Il mio gatto, solitamente aggraziato, sembra davvero goffo mentre lo fa. Aspettate... "Cosa sta facendo?"

Mi rendo conto che sta mordendo il collo della povera Atonic, il che si adatta perfettamente alla battuta ricorrente sul fatto che Bunny sia un assassino psicopatico. Gli psicopatici mordono il collo delle donne quando hanno un coito, giusto? O sono i vampiri?

"È tipico" afferma Pearl. "Il gatto maschio afferra con i denti la collottola della femmina durante l'accoppiamento."

Ah. Qualcuno sta facendo le fusa adesso? Distolgo gli occhi dai felini e guardo mia sorella con aria interrogativa. "Come fai a sapere così tante cose sulla riproduzione dei gatti?"

Lei fa spallucce. "Prima di trovare la mia vocazione, avevo pensato di diventare un'allevatrice di gatti."

"Allora questo spettacolo sarebbe stato di normale

amministrazione per te." Indico i felini indaffarati. "Fare il formaggio non sembra altrettanto divertente al confronto."

"Ah ah ah."

"Scusa" dico. "La battuta era troppo scadente?"

Pearl apre la bocca, senza dubbio per sferrare una replica tagliente, ma proprio in quel momento si aprono le porte dell'Inferno. O almeno così presumo, perché l'urlo agghiacciante che proviene dalla sua gatta è come se tutti i demoni dell'Inferno gridassero contemporaneamente. No. Diciamo piuttosto come delle banshee mutaforma che, con la luna piena, si trasformano in maiali e vengono infilzate con coltelli smussati.

È ufficiale. Dopo anni di battute sul fatto che il mio gatto sia un serial killer, Bunny è realmente diventato tale e, ora, sta torturando la povera micia di mia sorella.

Mi lancio in avanti per fermare qualsiasi cosa stia succedendo, ma Pearl mi afferra per il gomito. "Non farlo! È normale."

Mi assicuro che a Pearl non siano spuntate le corna, né che stia mostrando altri segnali di essere stata sostituita da un demone uscito da quelle porte aperte dell'Inferno. "Come può essere *normale* una cosa che genera quel rumore?"

"Il pene del gatto è dotato di spine" spiega. "Quando lui lo tira fuori, fa male alla femmina, che emette un miagolio di allarme."

Oh, no! Tengo lo sguardo ben lontano dalla vagina

della gatta, nel caso ci fosse del sangue. Io e il sangue non andiamo affatto d'accordo. Non appena lo vedo, svengo (o peggio). Ma ehi, almeno non mi innamorerò mai e poi mai di un vampiro, per quanto scintillante fosse.

Ad ogni modo, l'ultima cosa di cui ho bisogno è che Pearl si accorga della mia reazione e ne parli con il resto della famiglia. È già abbastanza grave che una delle mie sorelle sospetti qualcosa. Nel corso degli anni, ho coltivato la reputazione di essere "la gemella tosta", in parte per nascondere la mia debolezza. Dopotutto, una persona che ha paura del sangue può mica farsi tanti tatuaggi o piercing quanti ne ho io? La risposta, ovviamente, è sì. Non è stato facile e sono svenuta diverse volte al negozio di tatuaggi, ma ho dato la colpa alla disidratazione e al calo di zuccheri.

Improvvisamente, Bunny si allontana da Atonic con un balzo, appena in tempo. Lei ha smesso di urlare e sta cercando di colpirlo sul muso peloso con gli artigli sguainati.

Lui mi lancia uno sguardo insolitamente spaventato e io non posso fare a meno di immaginare cosa direbbe, se potesse parlare:

Colei Che Mi Nutre deve aiutarmi. Ho torturato e ucciso una vittima di troppo e, ora, devo affrontare la versione felina di Dexter.

Nel frattempo, Atonic si rotola per terra alcune volte, poi sibila ferocemente contro Bunny.

"Forse dovremmo separarli?" mi chiede Pearl.

"Tu credi?" Sollevo Bunny dal pavimento.

"Probabilmente sarebbe stata una buona idea separarli stamattina, quando voi due siete arrivate."

Oppure, ecco un'altra idea: Pearl avrebbe potuto lasciare Atonic a Los Angeles. La sua giustificazione per non averlo fatto è stata piuttosto fiacca: il ragazzo della sua migliore amica è allergico ai gatti.

Pearl si avvicina con cautela alla propria micia. "Oppure castrarli, nonostante la propaganda di mamma e papà."

Trasalisco. I nostri genitori credono fermamente nella libertà riproduttiva per tutti gli esseri viventi, compresi gli animali domestici e tutti quelli salvati che vivono nella loro fattoria. La loro propaganda deve avermi colpita nel profondo, perché non avevo nemmeno pensato a castrare Bunny prima che Pearl menzionasse l'argomento.

Porto il gatto in camera mia e lo piazzo sopra il cuscino: l'unico modo per fargli tollerare l'oltraggio a cui l'ho appena sottoposto. Almeno senza farmi cavare gli occhi.

"Resta lì" gli dico severamente e, uscendo, chiudo a chiave la porta dietro di me.

Quando torno in salotto, Pearl non solo ha preso in braccio Atonic, ma è anche riuscita a calmarla un po'.

"Beh" commento, spazzolandomi via i peli di gatto dalla giacca di pelle. "È successo."

Lei sospira. "Dovremo tenerli separati per circa tre giorni, altrimenti lo faranno ancora."

"Ancora?" Fisso la sua gatta a bocca aperta. "Non ho

forse appena sentito le parole 'pene' e 'spine' nella stessa frase?"

Pearl fa spallucce. "Non importa. Quel dolore ha dato il via al suo ciclo di ovulazione."

Rabbrividisco. "Non avrei mai pensato di dirlo, ma sono felice di non essere una gatta."

Proprio quando Pearl si accinge a ribattere, vengo nuovamente sbalordita da un vigoroso bussare alla mia porta d'ingresso.

Strano. Non aspetto consegne né visite.

Mi precipito alla porta. "Chi è?"

"Polizia" annuncia una voce burbera. "Aprite."

Due

LA POLIZIA? MA CHE DIAMINE?

Con il cuore in gola, controllo lo spioncino.

Già. Sono vestiti da poliziotti.

Sarà stato un vicino a chiamarli a causa del miagolio allarmante? Dal rumore, sembrava davvero un omicidio cruento. Ma come hanno fatto ad arrivare qui così in fretta? A meno che…

Cazzo! Non può trattarsi di nuovo dei coupon, vero?

"Aprite la porta o saremo costretti a buttarla giù" dichiara un poliziotto dal volto severo.

Accidenti! Non posso permettermi di far riparare la porta.

Non ho scelta.

Apro.

Il poliziotto guarda da me a Pearl. "Honey Hyman?"

"Sono io." E sì, lo so che il mio nome suona come una membrana vergine che le persone col diabete dovrebbero evitare ("honey" in inglese significa "miele", mentre "hyman" ricorda "hymen", ovvero "imene").

"Lei è in arresto" mi informa. "Per frode."

Mi sento sprofondare. Mi volto verso Pearl, che è pallida come il fantasma di un gabinetto. La mia voce è tesa quando le dico: "Riferiscilo a Blue, ok?"

Blue è la nostra gemella di covata che lavorava per il governo, quindi, se c'è qualcuno che può aiutarmi, è lei.

Il resto è come un incubo. Vengo condotta fuori dal condominio, caricata su un'auto della polizia, portata in centrale senza tante cerimonie e condotta in una stanza (il tutto mentre provo un'ondata di adrenalina così forte che mi accorgo a malapena di ciò che accade).

Qualcuno mi ha forse letto i miei diritti? In caso contrario, ho diritto a un risarcimento?

Non mi hanno preso il coltello a farfalla, il che è strano, perché ho sempre pensato che andare in prigione fosse come volare su un aereo: le armi non sono ammesse.

Forse non andrò in prigione? Oso sperare?

Ripenso alle ultime due volte in cui mi sono trovata nei guai. Entrambe, in realtà, erano situazioni collegate tra loro.

Prima ci fu Tiffany, una cheerleader del liceo che mi bullizzava perché sbavavo dietro al suo ragazzo strafigo, Gunther (cosa di cui *ero* effettivamente colpevole). Alla fine la affrontai con un coltello, ma solo come minaccia, perché l'ultima cosa che volevo era far sgorgare del sangue. Sfortunatamente, quella scema non si accorse del coltello e mi si parò davanti comunque, procurandosi accidentalmente un taglio al braccio. Ancora oggi non so quanto fosse grave la ferita, perché non riuscivo a guardarla a causa del sangue. Dal momento che Tiffany non riportò cicatrici, deduco che il taglio non fosse poi così grave, ma questo non mi servì a evitare la conseguente sospensione da scuola e la macchia sulla mia fedina penale. Il lato positivo è che quell'incidente diede il via alla mia reputazione da dura, cosa che non mi dispiace affatto, visto che ha tenuto lontane le altre Tiffany del mondo.

Il secondo incidente avvenne un anno dopo, sempre alle superiori. Coinvolgeva di nuovo Gunther, che ormai non stava più insieme a Tiffany. Non che io monitorassi la loro relazione. Non molto! Quella volta, non solo fui sospesa da scuola e la mia fedina penale venne *davvero* macchiata, ma evitai per un pelo il carcere minorile.

Tutto ebbe inizio quand'ero giovane. Per qualche motivo, diventai ossessionata da tutto ciò che riguarda il risparmio, comprese le offerte e i buoni sconto. Dopo aver frequentato un corso d'arte al primo anno, mi resi conto che ritoccare le percentuali di sconto sui coupon con una penna bianca era tanto redditizio quanto contraffare denaro, così lo feci, prima per me stessa e poi per gli altri ragazzi della mia scuola. Venne fuori che uno dei negozi che aveva perso denaro a causa della mia iniziativa creativa era di proprietà della famiglia di Gunther; così, quando Gunther venne a sapere delle mie attività, spifferò tutto al preside. Le cose andarono male e ancora oggi ne pago le conseguenze.

Il mio cellulare squilla.

Ah. Un'altra cosa che i poliziotti non mi hanno sottratto.

Lo controllo.

È Blue. Bene. Pearl deve averle detto di contattarmi.

"Ciao" la saluto, per poi passare a una forma di alfabeto farfallino che Blue aveva sviluppato quando eravamo bambine. "Parliamo in fretta. Potrebbero tornare e prendermi il telefono."

"La versione rapida è che qualsiasi cosa abbiano contro di te è fisica, non digitale, quindi non c'è molto che io possa fare in questo caso" mi informa Blue.

Blue non ha mai avuto problemi con la legge, ma sembra non avere molto rispetto per certi aspetti legali dopo aver lavorato per la NSA (Agenzia per la Sicurezza Nazionale degli Stati Uniti), o come la chiama lei: "l'Agenzia che Non C'è." Nel caso in questione, ha appena ammesso di aver hackerato i computer del dipartimento di polizia con la stessa disinvoltura con cui io ammetterei di guardare video di gatti su TikTok.

"I tuoi ex colleghi possono aiutarmi?" le chiedo.

"No, mi dispiace" risponde. "Conosco dei federali, ma questo non è d'aiuto nel tuo caso. Se vuoi, posso mandarti il nome di un ottimo avvocato."

"Certo." Solo che non ho idea di come pagherei il suddetto avvocato. Grazie alle mie disavventure liceali, nessuna università mi ha voluto e così non ho mai realizzato il mio sogno di diventare una ricca imprenditrice. Attualmente lavoro part-time spazzando i pavimenti in un negozio di tatuaggi e tagliando i capelli nel negozio di un barbiere.

"Posso prestarti dei soldi" mi dice Blue, leggendomi chiaramente nel pensiero.

"No." Detesto la carità. "Prenderò l'avvocato d'ufficio."

"Si tratta di nuovo dei coupon, vero?" mi chiede sottovoce.

"Non sono sicura che dovrei parlarne" rispondo sussurrando. "Nemmeno in codice."

La sento digitare qualcosa sulla tastiera. Poi sussurra: "Non c'è bisogno che tu dica nulla. Ho appena controllato e la risposta è sì."

Cazzo! Vorrei prendermi a schiaffi. Dopo aver rigato dritto per anni, sono caduta nella tentazione di giocare a fare la Robin Hood e questo è il risultato. Il negozio di alimentari a conduzione familiare del mio quartiere è stato recentemente sostituito dal costosissimo supermercato Munch & Crunch e i miei anziani vicini mi hanno detto che fanno fatica a permettersi il cibo. Così ho falsificato alcuni buoni sconto per loro. Perché mai dovrebbe essere un reato?

"Qualcuno sta venendo verso di te" mi informa Blue, distraendomi dalle mie fantasticherie. "Ci sentiamo dopo."

Prima che io possa chiedermi come lei faccia a saperlo, riattacca e la porta si apre.

Fisso a bocca aperta l'uomo che entra. Alto, moro e

bello per antonomasia, ha i capelli castani ben tagliati e lisciati all'indietro, che mi fanno pensare a consigli di amministrazione aziendali e a un disturbo ossessivo compulsivo. Il suo mento marcato e la sua mascella muscolosa sono talmente ben rasati da sembrare lucidi, mentre i suoi occhi, di un vivido verde smeraldo di due tonalità più brillante dei miei, sono stretti come due fessure per la disapprovazione, come le labbra carnose ben serrate.

Chi è e perché ha un aspetto familiare?

Con quel completo su misura, è improbabile che sia un poliziotto. Forse un avvocato che non posso permettermi? È possibile, ma nei suoi tratti c'è qualcosa di fastidiosamente onesto e nobile, che associo più ai boy scout che a un azzeccagarbugli.

"Honey Hyman" dice con disgusto (e lo shock mi attraversa quando riconosco il suo baritono deliziosamente profondo, che ha fin dall'adolescenza).

"Gunther Ferguson?" sbotto, incredula.

È possibile che io l'abbia evocato pensando a lui mentre venivo qui, come se avessi invocato un demone? O forse mi sono addormentata nell'auto della polizia e sto sognando?

Se non è così, allora quest'uomo è il risultato adulto del ragazzo che odio, quello che mi aveva messa nei guai al liceo, dimostrando così che il karma è un dannatissimo miraggio. Se ci fosse stata giustizia al mondo, con il tempo lui si sarebbe deformato, come un malvagio Signore dei Sith; invece, è successo il contrario.

Come un vampiro di Anne Rice, la trasformazione malvagia lo ha reso ancora più bello.

"Il tuo ultimo giochetto è fare la finta tonta?" Gunther tira fuori una pila di coupon e li getta sul tavolo. "Farai finta di non sapere che è il mio supermercato quello che hai derubato?"

Stupita, abbasso lo sguardo.

Eh già. Quei buoni sconto sapientemente falsificati sono per quel Munch & Crunch che distrugge le piccole imprese. E, in effetti, sono opera mia, ma quel negozio fa parte di una catena multinazionale di supermercati, quindi come può essere suo? A meno che...

"Sei il proprietario di quel Munch & Crunch, nel senso di un franchising?" gli chiedo stupidamente.

Lui mi schernisce. "Possiedo l'intera azienda. Come se tu non lo sapessi."

Sbatto le palpebre. "In che modo potrei saperlo?"

Lui indica i coupon. "Nello stesso modo in cui sai come far sembrare questi indistinguibili da quelli veri."

Aspettate! Che lui sia solo un poliziotto astuto? "Non ho intenzione di incriminarmi. Ammesso che siano davvero falsi, sono sicura che chi li ha creati lo ha fatto solo per aiutare gli anziani vicini che facevano la spesa nel negozio che il tuo Munch & Crunch ha spietatamente fatto fallire. Quella gente non può permettersi i vostri prezzi normali. In ogni caso, la persona misteriosa in questione come poteva sapere che tu avevi a che fare con il supermercato? So che quelli come te pensano di essere il centro dell'universo, ma non è così."

Sospira. "Prima hai fatto la stessa cosa a mio padre. Ora a me. Se non ci hai presi di mira, devo supporre che crei così tanti coupon fraudolenti che questo è inesorabilmente accaduto di nuovo."

Spingo via i coupon. "Non ammetto nulla, ma perché non biasimare la sfortuna?"

Le sue labbra carnose si piegano in una smorfia. "Non credo nella sfortuna."

"Oh, la sfortuna esiste." La sfortuna è l'unica cosa che possa spiegare l'aspetto invitante della sua bocca, nonostante ciò che sta dicendo.

"Puoi tergiversare quanto vuoi, ma il caso contro di te è inattaccabile. In effetti, sono stato portato a credere che stavolta andrai in galera. A meno che…"

Aspettate! È un ricatto? "A meno che cosa?"

Una dozzina di scenari sconci su ciò che potrebbe chiedermi si susseguono nella mia mente: alcuni riguardano le manette (per via della stazione di polizia), altri la cera di candela (non so perché) e altri ancora un letto ricoperto di coupon Prendi 2 Paghi 1.

I suoi occhi verdi brillano trionfalmente. "A meno che non lavori per me. Allora farò cadere le accuse."

Tre

"COME, SCUSA?" HA DETTO LAVORARE *PER* O *SOTTO*?

Tira fuori un documento e lo sbatte sul tavolo di fronte a me. "Questo è il tuo contratto. Stabilisce che dovrai supervisionare i miei coupon, sia digitali sia fisici, per renderli a prova di truffa."

Afferro il documento senza guardalo. "Perché?"

Lui inarca un sopracciglio scuro. "È come nel film *Prova a prendermi*. Chi potrebbe farlo meglio della regina delle truffatrici in persona?"

A parte la connotazione negativa di "truffatrice", non mi piace nemmeno l'intera faccenda del ricatto.

Distogliendo lo sguardo dai lineamenti fastidiosamente simmetrici del mio nemico, scruto il documento. Il legalese sembra sancire qualcosa di simile a ciò che ha dichiarato lui.

Il mio cellulare vibra.

È un messaggio di Blue.

Accetta l'offerta.

Come ha fatto a...? Non importa. Il soprannome di Blue dovrebbe essere Grande Fratello (o Sorella Di Pari Dimensioni), perché sta sempre a osservare.

"Guardi davvero il telefono nel bel mezzo di tutto questo?" La voce di Gunther ha un tono deciso.

Alzo lo sguardo verso di lui. "Per quanto tempo durerà questo accordo?" gli chiedo, ignorando la domanda.

Lui si siede sulla sedia di fronte alla mia. "Finché il lavoro non sarà finito."

"Qual è il mio compenso?" gli chiedo.

Lui pronuncia una cifra.

Per poco non cado dalla sedia.

"Non è negoziabile" afferma, fraintendendo la mia espressione.

Dannazione! Considerando quanto sono al verde, non aveva bisogno di ricattarmi. Gli bastava semplicemente offrirmi questi soldi.

Beh, forse no. Non è esattamente il tipo di cifra per cui uno sarebbe disposto a "lavorare per qualcuno che odia", ma ci va vicino.

Il mio cellulare vibra di nuovo.

Sapendo che la cosa lo farà arrabbiare, guardo appositamente lo schermo.

Se vuoi qualcosa con cui negoziare, digli che sai che ti stalkera sui social media. Da anni.

Mi stalkera? Da anni? Perché?

Poi mi viene in mente. Sta tramando vendetta: per il fatto che avevo ferito la sua ragazza e per i falsi coupon al negozio di suo padre. Se questo è vero e se la vendetta è costringermi a lavorare per lui, farà in modo che io odi il lavoro tanto quanto odio lui (quindi, molto).

Quando incrocio di nuovo il suo sguardo, è completamente corrucciato. "Allora?" ringhia. "Hai deciso?"

"Sì. No."

La sua mascella cesellata si contrae. "Quale delle due?"

"*Sì*, ho deciso, e *no* è la mia risposta" specifico. "Per tutta la vita ho seguito la politica secondo cui, se il compenso non è negoziabile, mi rifiuto di prenderlo in considerazione."

È proprio come contrattare per ottenere i prezzi giusti nei punti vendita: una cosa per cui vivo.

"Bene." Lui si alza in piedi e io mi sento sprofondare quando immagino gli atti indicibili che potrei essere costretta a compiere in prigione, come puttanella di qualcuno... tutto a causa della mia dipendenza dai buoni sconto.

Sto per dirgli che ci ho ripensato, quando lui afferma: "Ti do un'unica possibilità di contrattare."

Scioccata, pronuncio una cifra che supera la sua del dieci per cento (prudente, perché se si trattasse di una *vera* trattativa di lavoro, avrei scelto il venti per cento).

Blue mi manda subito un messaggio e, stavolta, mi assicuro che lui non mi veda sbirciare di nascosto.

Audace. Non so se sono orgogliosa di te o preoccupata per la tua sanità mentale.

Gunther tira fuori una penna dall'aspetto elegante e

la fa scorrere verso di me. "Abbiamo un accordo se firmi entro i prossimi due minuti."

Scruto di nuovo il contratto, per assicurarmi che non stia acconsentendo a cedergli il mio primogenito o la mia anima. Sembra tutto legittimo. Con un sospiro riluttante, firmo quel dannato documento.

Lui lo prende e schiaffa un biglietto da visita sul tavolo di fronte a me. "Fatti trovare lì domani per il tuo primo giorno." Si volta per andarsene e, poi, da sopra la spalla, aggiunge: "Dirò agli agenti di far cadere le accuse."

Annuisco, ma lui se n'è già andato.

Rimango seduta lì, stordita. Prima di riuscire a elaborare completamente ciò che è appena accaduto, vengo rilasciata e riportata a casa in un'auto della polizia.

Quattro

"Raccontami tutto!" pretende Pearl quando entro nel mio appartamento.

Mi aspettavo pienamente l'interrogatorio. Pearl è la più grande pettegola nella nostra famiglia di pettegole.

Ci sediamo sul divano del salotto, lei con la sua gatta in grembo e io con una bottiglia di soda che ho comprato per dieci centesimi (grazie a un buono sconto legittimo). Mentre le racconto quello che è successo, i suoi occhi diventano così grandi da ricordarmi un personaggio dei cartoni animati.

"Perché pensi che lui ti abbia offerto il lavoro?" mi chiede quando ho finito.

Faccio spallucce. "Probabilmente per il motivo che ha detto: deve salvaguardare i suoi coupon."

Mia sorella inclina la testa. "Sei sicura che non sia perché gli piaci?"

Piacergli? "Sei impazzita?"

Lei accarezza la gatta addormentata con aria

pensosa. "Devono pur esserci altri esperti di coupon al mondo."

Sorseggio la mia bibita. "Probabilmente vuole prendere due piccioni con una fava: tormentare me *e* salvaguardare i suoi coupon."

"Forse. Ma se fosse perché ti desidera, cosa farai?"

La schernisco. "Non mi desidera."

Lei mi rivolge uno sguardo che ricorda in modo inquietante quello di nostra madre. "Sei single da troppo tempo."

"Come se tu avessi avuto molte relazioni."

"Io non ho a disposizione un tipo sexy dei tempi del liceo" ribatte. "Uno che sicuramente ti fissava in mensa."

Il mio cuore salta un battito. "Davvero?"

Lei annuisce.

"Non è possibile. Come faceva a sapere chi ero? Ero seduta con cinque persone identiche a me." Per quanto riguarda i tatuaggi e i piercing che mi contraddistinguono attualmente, all'epoca ne avevo solo alcuni e in posti nascosti, quindi *questo* non avrebbe aiutato minimamente Gunther a riconoscermi.

Pearl ridacchia. "Non ripeti sempre di essere la più attraente di noi sei?"

"Perché lo sono" dichiaro con sicurezza (e vorrei poterci credere). Ho iniziato a fare affermazioni come questa dopo aver letto *Il segreto*. Ho pensato che, se la "legge di attrazione" è reale, allora forse potevo manifestare la convinzione di avere un aspetto eccezionale... il che sarebbe stato un affare incredibile, come quella volta in cui ho procurato a papà un set di pneumatici gratis e poi ho ottenuto trecento dollari per me dopo il rimborso. Scrollandomi di dosso quel ricordo, continuo. "In ogni caso, dubito che lui da lontano riuscisse a capire chi era la più attraente tra noi."

Pearl rotea gli occhi. "Hai già dimenticato la tua fase dei capelli verdi? O quanto presto hai iniziato a indossare vestiti in pelle?"

Accidenti! Ha ragione. Ora che ci penso, l'ultima volta che ho vissuto l'esperienza traumatica di essere scambiata per una delle mie sorelle risale alle scuole medie.

"Tanto è tutto irrilevante" dichiaro con fermezza. "Anche se volessi frequentare qualcuno, cosa che non voglio, Gunther sarebbe l'ultimo uomo che prenderei in considerazione. Lo odio per avermi rovinato la vita. E lui mi odia per aver tagliato Tiffany e per la storia dei coupon. E poi siamo troppo diversi. Lui è raffinato e io sono l'esatto contrario. Lui è ricco, io sono povera. Lui è un…"

"La signora protesta troppo" dice Pearl alla sua gatta in tono cospiratorio. "Mi sembra."

"Chiudi il becco."

"Beh…" Sorride maliziosamente. "Devi ammetterlo, hai pensato parecchio all'idea di uscire con Gunther."

"Non è vero."

"Sì che è vero."

"No-no."

"Sì-sì."

Continuiamo così per un po', finché lei non capitola dicendo: "Ritengo di aver espresso la mia opinione."

Lancio un'occhiata significativa alla sua gatta. "Pensi che Atonic sia incinta?"

Pearl fa spallucce. "Non è garantito, ma, se resteremo qui con voi, lo sarà di sicuro e di una grande cucciolata."

"Anche se rinchiudo Bunny lontano da lei?"

"La vita troverà il modo" afferma Pearl nella sua migliore imitazione di Jeff Goldblum. "Proprio come con te e Gunther."

Non volendo rivisitare il nostro sofisticato dibattito di un minuto fa, le chiedo: "Allora dove alloggerai, se non da me?"

"Da Pixie" risponde.

"Perché?"

Abbassa lo sguardo su Atonic. "Anche Blue ha un gatto, Lemon ha un roditore molto commestibile, Olive è in Florida, Gia…"

"E la tartaruga gigante di Pixie?"

Sospira. "È pur sempre il migliore degli scenari possibili. Dubito che troverò un albergo che ammetta animali domestici."

"D'accordo" dico. "Quando sei pronta, ti aiuto a fare i bagagli."

———

Dopo la partenza di Pearl, faccio uscire Bunny dalla camera da letto.

Con aria indignata, lui va in cucina e sgranocchia rabbiosamente i croccantini che gli avevo comprato con un'offerta Prendi 2 Paghi 1.

"Mi dispiace" gli dico. "Ho dovuto aspettare che Atonic se ne andasse."

Lui mi guarda con la sua solita espressione assassina:

Quindi non posso torturare e uccidere un membro della mia stessa specie? Che delusione! Colei Che Mi Nutre farebbe meglio ad avere il sonno leggero, perché potrebbe svegliarsi con un artiglio o una zanna in un occhio.

Quando Bunny perde interesse per me (un millisecondo dopo), gli dico che gli voglio bene e poi inizio a prepararmi per l'imminente giornata di lavoro: un compito che consiste in una domanda che non avrei mai pensato di pormi, perché va contro la mia stessa natura.

Come si può sventare un falso coupon?

Cinque

LA SEDE CENTRALE DELLA MUNCH & CRUNCH SI TROVA a Midtown, quindi devo subire l'oltraggio del traffico mattutino a New York. Non mi sorprende che la mia destinazione sia un grattacielo. Secondo le targhette, la Munch & Crunch non occupa l'intero edificio, ma solo una parte.

"Honey?" mi chiede la signora della sicurezza con un sorriso. "La gente deve chiamarti *Hon* in continuazione!" (In inglese, "hon" è un vezzeggiativo che significa "tesoro", "dolcezza")

"No, se non gradisce essere accoltellata alla milza" rispondo, mantenendo un tono gioviale, ma con sguardo serissimo.

Tanto vale che la mia solita reputazione si diffonda nel nuovo posto di lavoro.

Il sorriso della signora viene sostituito da un'espressione più professionale, mentre mi informa che devo salire negli uffici esecutivi all'ultimo piano.

Che strano! Mi chiedo perché Gunther mi voglia lì.

Quando arrivo al piano, vengo accolta da un uomo tarchiato. Il completo gli sta sformato, i capelli sono quasi inesistenti e il suo viso rotondo mi ricorda un cherubino.

"Signorina Hyman?" mi chiede con un tono sorprendentemente caloroso.

"Per favore, chiamami Honey" gli dico. "E non chiamarmi mai e poi mai Hon."

Un sorriso gli solleva le guance paffute. "In questo caso, chiamami Ashildr e non chiamarmi mai e poi mai Ash."

Gli stringo la mano. "Dove mi siedo?"

Arrossisce. "Questo è ancora in fase di definizione. Nel frattempo, ti andrebbe di fare un giro turistico?"

"Se sono già in servizio, certo."

Sorride. "Perché non cominciamo dalla dispensa?"

Lascio che mi conduca lungo il corridoio. Passiamo accanto a una signora elegantemente vestita. Quando lei non può sentirci, Ashildr mi sussurra: "Quella è Linda. Il signor Ferguson l'ha assunta per fare un favore a un socio in affari. È abbastanza amichevole, ma è una che parla alle spalle degli altri."

Inarco un sopracciglio. "Parlare alle spalle?"

Il senso dell'ironia di Ashildr è stato rimosso chirurgicamente? Di questo passo, definirà la prossima persona che incontreremo la pettegola dell'ufficio.

"Eccoci" annuncia quando entriamo in una stanza grande come il mio salotto.

"E questa la chiami dispensa?" Vedo un'elegante

macchina per il caffè di dimensioni industriali, un frigorifero da ristorante, una ciotola gigante con frutti vari e un assortimento osceno di snack sparsi su ogni superficie. "È più che altro una cucina. Di una sala di catering."

Lui prende una tazza e preme un pulsante sulla macchina del caffè. "Al signor Ferguson non piace il termine 'sala relax'. Pensa che incoraggi troppe pause inutili." Indica il cartello sopra il microonde. "A proposito del signor Ferguson, questo avviso viene da lui, quindi è *legge*."

Niente pesce. Niente popcorn. Niente curry.

"Ah" commento. "Gunther è sensibile agli odori?"

La mia sorella di covata Lemon ha una versione estrema di questo problema, al punto che devo usare prodotti privi di profumo per due giorni prima di vederla, altrimenti mi tocca sorbirmi infinite lamentele.

"Per favore, chiamalo signor Ferguson" mi dice Ashildr con tono deciso. "E no, non è sensibile agli odori, è solo attento alla salute di tutti."

Vedremo. Mi è venuta improvvisamente voglia di pesce al curry con popcorn al caramello per dessert.

Ashildr allarga le braccia come per chiedere un'ovazione. "Ti va di prendere qualche snack o bere un drink prima di continuare il giro?"

Sento una familiare scarica di dopamina correlata al fare un affare. "È tutto gratis, vero?"

"Naturalmente."

Afferro una manciata di lamponi. "Sono lavati?"

Lui annuisce e io mi infilo le bacche in bocca. Mentre mastico, afferro tre barrette di cioccolato e me le infilo nelle tasche della giacca di pelle. Poi prendo un muffin e due pesche noci.

Ashildr mi guarda con un'espressione confusa. "Se hai fame, ti porto alla mensa."

Ingoio il boccone. "La mensa è gratis?"

"No, ma ha prezzi molto agevolati."

"No, grazie." Adocchio un secondo muffin. "Sono a posto così."

"Che ne dici se ti faccio vedere la palestra?" mi chiede, seguendo il mio sguardo.

Stringo gli occhi. "Cosa stai insinuando?"

Ashildr impallidisce. "Ho solo pensato che, visto che ti interessano i vantaggi gratuiti, forse…"

"Ti stavo solo sfottendo" dico con un sorriso.

"Per favore, astieniti dall'usare parolacce" mi dice con una smorfia. "Soprattutto in presenza del signor Ferguson."

"Ne prendo nota" replico, reprimendo l'impulso di sorridere perfidamente. "Avanti, portami a vedere la palestra."

"Certo." Ashildr mi guarda le mani con disapprovazione.

Sospiro e rimetto a posto a malincuore una delle pesche noci. "Andiamo."

Proprio mentre lui si volta per uscire, una donna entra nella stanza: una bionda di una bellezza fredda, che mi sembra vagamente familiare. Ignorando

Ashildr, lei mi squadra da capo a piedi, come se fossi un oggetto da museo.

"Ci conosciamo?" mi chiede, storcendo il naso perfetto.

"Questa è la signorina Hyman" Ashildr mi presenta e poi si rivolge a me. "Lei è la signorina Ichor."

Sbatto le palpebre. Al liceo conoscevo una persona con lo stesso cognome. Si chiamava Tiffany: la stessa Tiffany con cui usciva Gunther.

Alias, la bulla che si era tagliata con il mio coltello.

Una scintilla di riconoscimento è già presente nei suoi occhi, seguita ovviamente dall'odio.

"Che ci fai tu qui?" mi sibila contro.

"È una nuova assunta" spiega Ashildr, che sembra piuttosto sorpreso dal suo tono. "Credo che lavorerete insieme."

"Davvero?" Io e Tiffany gridiamo all'unisono.

Lui sbianca. "Sono sicuro che il signor Ferguson vi spiegherà tutto più tardi."

Quindi è questo il piano malvagio di Gunther? Farmi lavorare con la persona peggiore del mondo? Oltre a lui, s'intende.

Storcendo il naso, Tiffany inizia a prepararsi un caffè e Ashildr si affretta a uscire dalla dispensa. Io lo seguo, stordita. Solo quando entriamo nell'ascensore, Ashildr china la testa verso di me e mi dice a bassa voce: "Non è molto competente, quella lì."

"Chi, la signorina Ichor?"

Annuisce. "Gira voce che il signor Ferguson si sia

sentito in colpa per averla mollata quando erano ragazzi, così l'ha assunta per pietà."

Oppure l'ha assunta per dare fastidio a me. Perché questo mi sembra molto più plausibile?

"Qual è il suo lavoro?" gli chiedo.

"È una delle coordinatrici degli sconti sui prezzi" risponde. "Si occupa dell'iniziativa CLIFF."

Il mio sopracciglio pone una domanda ovvia.

"CLIFF è l'acronimo di Customer Loyalty Integration For Future (Integrazione della fidelizzazione dei clienti per il futuro)" spiega Ashildr. "Il tizio che Tiffany ha sostituito si chiamava Cliff: era stato lui a inventare il nome del progetto, che poi è rimasto. L'idea è che il signor Ferguson sia disposto ad avere margini di guadagno più bassi quando apriamo i nostri negozi in quartieri emergenti, nella speranza di stabilire una fedeltà al marchio fin dall'inizio e poi, man mano che le condizioni finanziarie dei quartieri migliorano, anche i margini di profitto possono aumentare."

Che machiavellico da parte di Gunther! Solo che, se il mio quartiere è un esempio, ha messo la persona sbagliata a capo di questo particolare progetto. I prezzi nel nostro Munch & Crunch locale sono alti per tutti, non solo per le persone a reddito fisso del mio condominio con gli affitti a canone calmierato.

L'ascensore si ferma e noi entriamo in una palestra, che sta a ogni altra palestra come un hotel a cinque stelle sta a un ostello… del tipo in cui si viene ammazzati.

Oltre alle attrezzature per il fitness, ci sono una vasca idromassaggio, un bagno turco, una sauna finlandese, una piscina, lezioni di yoga e massaggi su appuntamento. Ashildr non lo menziona, ma scommetto che i servizi includono anche sessioni private con un harem di gigolò, uno zoo di lama da accarezzare e un bonus che prevede che, una volta al mese, ciascun personal trainer ti permetta di prenderlo a calci nelle parti intime.

"È a prezzo agevolato, come la mensa?" chiedo quando torniamo verso l'ascensore.

"No" risponde Ashildr. "È gratis."

Resto a bocca aperta. "Completamente gratis?" Immaginarmi in tutto quel lusso sembra troppo bello per essere vero (non diversamente dal pan di zenzero gratuito che la strega offrì ad Hansel e Gretel).

"Il signor Ferguson è dedito alla salute dei suoi dipendenti" afferma con orgoglio Ashildr.

Sì, certo. Più probabilmente, avrà fatto un'analisi dei costi-benefici che ha concluso che l'accesso alla palestra ridurrà i giorni di malattia e aumenterà la produttività.

"Quanto dura la pausa pranzo?" chiedo.

Ashildr preme un pulsante dell'ascensore con la lettera M, che deve stare per mensa. "Il signor Ferguson crede nella flessibilità degli orari. Se vuoi, puoi prenderti un'ora per il pranzo e un'ora per la palestra, purché tu non sia impegnata in qualcosa di urgente, come una riunione. Basta che poi ti assicuri di rimanere in ufficio più a lungo per compensare le ore extra."

Anche in questo caso, scommetto che si tratta di una spietata analisi costi-benefici. Una cosa del tipo: "gli orari flessibili migliorano la fedeltà e il morale dei dipendenti, il che aumenta la produttività." Potrebbe persino avere un acronimo simile a CLIFF. Magari CLIT?

Prima che Ashildr possa parlarmi ancora delle meraviglie della Munch & Crunch, le porte dell'ascensore si aprono e noi facciamo il giro della mensa, che è un termine improprio. In realtà, dovrebbe chiamarsi ristorante di lusso.

Mmm. I prezzi sono piuttosto buoni, soprattutto per l'aragosta e il caviale. Tuttavia, devo essere realista. Finché ci sarà cibo gratis nella dispensa, mi atterrò a quello.

"Laggiù si svolgono pranzi e cene di lavoro" mi spiega Ashildr, indicando una sala separata a lato della mensa, dove vedo un gruppo di persone in giacca e cravatta dall'aria seria. "E, in questo caso, sono pagati dall'azienda, ovviamente."

"Ne prendo nota" dico. "A proposito, non dovremmo sederci e parlare un po' di lavoro oggi?"

Sorride. "Credo che il signor Ferguson monopolizzerà il tuo tempo."

Ed ecco che, in un istante, ho perso l'appetito.

Il telefono di Ashildr vibra.

"Ah" commenta dopo aver letto il messaggio. "La tua scrivania è pronta."

Torniamo al piano esecutivo. Non mi sorprende che sia molto elegante, con uffici su uffici, compresi quelli più confortevoli lungo le pareti con vista mozzafiato sulla città.

Nel più grande di questi uffici siede Gunther, con la postura dritta e lo sguardo perso nello schermo del computer.

"E quello è il tuo" mi informa Ashildr, indicando l'ufficio adiacente a quello di Gunther.

Distolgo lo sguardo dal mio nemico e controllo la stanza. Dannazione! Se fossi un'arrampicatrice aziendale, avrei un orgasmo. La vista dal mio ufficio è straordinaria e la sala è abbastanza spaziosa per ballare una giga.

Ma c'è un problema. Grazie a tutte le vetrate e alla direzione in cui è rivolto il mio schermo, Gunther potrà vedere cosa guardo.

Oh, pazienza! Se fossi in lui, nemmeno io mi fiderei del fatto che non starei su TikTok tutto il giorno.

"Ti piace?" mi chiede Ashildr.

Annuisco, senza parole. Quanto importante è il mio nuovo ruolo?

"La tua password di accesso è impostata sulle tue iniziali, seguite dalle ultime quattro cifre del tuo numero di telefono. Nella casella di posta elettronica troverai alcune istruzioni per la formazione iniziale." Indica un ufficio vicino. "Io sarò lì, se hai delle domande."

"Grazie." Entro nel mio ufficio, mi avvicino al monitor e tocco la tastiera.

Non succede nulla.

Muovo il mouse.

Niente.

Cerco un computer da accendere, senza successo.

Mmm. Accendo e spengo il monitor.

Non è d'aiuto.

Credo di avere già una domanda (e forse una domanda stupida).

Esco dal mio ufficio ed entro in quello di Ashildr, dove per poco non vado a sbattere contro un aggeggio con dell'acqua.

"Mi dispiace" dice Ashildr. "È il mio umidificatore d'aria."

È per questo che il suo ufficio sembra un po' una sauna?

"Ne ho bisogno" mi spiega. "Altrimenti mi esce il sangue dal naso."

Mi blocco e cerco di trattenere l'improvviso scoppio di terrore.

Ashildr aggrotta le sopracciglia. "Ti senti bene?"

Come posso spiegarlo ad altri, se nemmeno io sono sicura del motivo per cui questo mi dà così tanto fastidio? So solo che la mia avversione per il sangue è peggiorata negli ultimi anni e ho appena appreso che lui avrebbe potuto sanguinare dal naso in qualsiasi momento della nostra conoscenza. Rabbrividisco. Questo è ciò che più si avvicina al mio incubo peggiore. L'unica cosa più spaventosa sarebbe entrare in uno di quei laboratori dove fanno i prelievi di sangue.

Non ho idea di quale sia il mio livello di colesterolo e probabilmente non lo scoprirò mai.

"Sto bene" riesco in qualche modo a dire, anche se con un tono poco convincente. "Volevo chiederti… Come si accende il computer?" E dov'è?

Si dà uno schiaffo sulla fronte. "I nostri computer sono integrati nel monitor." Indica un piccolo foro vicino alla videocamera del suo schermo. "Quello è un microfono. Per accendere il sistema si usa un comando vocale." Avvicina il viso al microfono e pronuncia: "Octothorpe, ho finito."

"Spegnimento in corso" pronuncia una voce da scoiattolo dagli altoparlanti del monitor. Il computer si spegne e lo schermo diventa nero.

Sorrido. "Octothorpe?" Sembra un lupo mannaro con otto teste e sarebbe un'ottima parola di sicurezza per una coppia BDSM che ama molto giocare a Scarabeo.

Ashildr si avvicina di nuovo al microfono. "Octothorpe, iniziamo."

"Avvio in corso" dice lo scoiattolo.

Il monitor si riaccende e viene visualizzata una schermata di accesso.

"Scommetto che si capisce che la parola è stata pensata per attirare l'attenzione del nostro assistente AI" afferma. "In realtà, è un altro termine per indicare il simbolo dell'hashtag. Il signor Fonzov, il creatore di questo prodotto, pensa che un sinonimo di hashtag funga da parola di comando migliore di qualcosa come Siri o Alexa."

"E questa parola di comando farà sembrare tutto ciò che dici al tuo computer un mucchio di hashtag dei social media."

"Hai ragione" conviene Ashildr, mentre io mi avvio all'uscita. "Ora, hashtag #lavorolavorolavoro."

Sorridendo, mi affretto a tornare nel mio ufficio.

Una volta lì, dico timidamente: "Octothorpe."

Sto per continuare, ma devo essere troppo lenta, perché la voce da scoiattolo si fa sentire. "Attendo il tuo comando."

Il mio comando? Sapevo che c'era sotto del BDSM!

"Iniziamo" dico nella mia migliore imitazione della dominatrice, anche se mi sento piuttosto goffa.

"Avvio in corso" recita ubbidientemente lo scoiattolo e il mio computer si accende.

Uso le informazioni fornite per effettuare l'accesso e, quando richiesto, cambio la mia password in: GuntherIsAnAs$h01e (Gunther è uno stronzo).

Per prima cosa, controllo le email introduttive e inizio le attività di formazione, come consigliato. È tutto talmente noioso che mi viene il presentimento che avrei dovuto chiedere a Gunther più soldi (o accettare la prigione).

Si spera che si tratti di una pena una tantum.

Decidendo di ravvivare un po' l'atmosfera, tiro fuori il cellulare, mi maledico per aver dimenticato le cuffie e imposto *Spiderman* dei Ramones a tutto volume, per quanto lo permettano i piccoli altoparlanti del telefono.

Ecco. Va meglio. Riprendo la noiosa attività.

Quando arrivo alle politiche delle Risorse Umane, ne spicca una:

"Se inizi a frequentare un collega, compila il modulo delle Risorse Umane numero 66669."

Mmm. Quindi… uscire con un collega di lavoro è permesso qui? E se uno dei due fosse il proprietario dell'azienda? Di certo, è una dinamica di potere poco chiara. Non che io rischi di trovarmi in quella situazione. Odio troppo Gunther e lui odia me. Sono più che altro preoccupata per Tiffany, nel caso in cui lui l'abbia assunta con intenti amorosi piuttosto che per pietà.

Sì, ecco. Si tratta di questo. Sono solo preoccupata per Tiffany.

E comunque… modulo 66669? Combina il numero del diavolo *e* una posizione sessuale: non è esattamente qualcosa che ti fa venire voglia di fidarti di quel modulo.

Oh, pazienza! Individuo PowerPoint sul desktop e faccio del mio meglio per prepararmi all'inevitabile conversazione con Gunther. Devo essermi persa nel compito, perché vengo colta alla sprovvista quando qualcuno bussa alla porta del mio ufficio.

Mi giro sulla sedia.

È Gunther (e ha un aspetto affascinante, accidenti a lui!).

"Avanti" dico e, poi, incerta sul protocollo, mi alzo in piedi.

Non appena entrato, trasalisce. "Cos'è questo rumore orribile?"

Lo fulmino con lo sguardo. "Intendi la migliore canzone di tutti i tempi?"

"Spegnila prima che mi sanguinino le orecchie."

L'orribile immagine mi fa venire la pelle d'oca, ma faccio del mio meglio per non mostrare alcuna debolezza di fronte al mio avversario e mi limito a spegnere la musica.

Gunther mi squadra da capo a piedi. "Pensi che questo sia un abbigliamento adatto per oggi?"

Abbasso lo sguardo. Indosso la mia solita giacca di pelle, una maglietta dei Sex Pistols, pantaloni punk e stivaletti di pelle con plateau: un abbigliamento non molto diverso da quello che avevo quando lui mi ha vista l'ultima volta e mi ha ricattata per impormi questo lavoro. "Cosa c'è che non va nei miei vestiti?"

Se un sospiro potesse avere le spalle, quello che esce dalla sua bocca reggerebbe il peso del mondo. "La Munch & Crunch non è una banda di motociclisti."

Una risatina mi sfugge dalle labbra.

Lui mi guarda male.

"Munch & Crunch sembra il nome della banda di motociclisti più sfigata che ci sia" commento. "A meno che non siano cannibali."

La sua occhiataccia non mostra alcuno spiraglio. "In questo edificio abbiamo un codice di abbigliamento business casual. Mi aspetto che tu lo segua."

Lo schernisco. "Non ho soldi per abiti nuovi. Se ti interessa quella merda, comprala tu."

"Linguaggio!" ringhia.

"Come, scusa?"

"Mi aspetto che tu ti astenga dall'usare parolacce nel mio edificio."

"Devo fare un esorcismo?" gli chiedo.

Ah. Ho finalmente cancellato quell'espressione sicura di sé dal suo volto compiaciuto.

"Di cosa stai parlando?" domanda.

"Sembri posseduto... dal fantasma di una governante con una scopa su per il culo."

La sua unica risposta è qualcosa di incomprensibile mormorato sottovoce.

"Linguaggio!" lo rimprovero, facendo del mio meglio per imitare il suo tono.

Le sue narici si dilatano. "Non ho... lascia perdere. Possiamo finalmente parlare di coupon?"

"La parola 'finalmente' implica che sia *io* a perdere tempo con le digressioni su ciò che è appropriato indossare e dire per una signora."

"Giusto, una signora." Mi volta le spalle. "Ci vediamo nella sala riunioni A."

Poi si allontana e, dato che non va verso il suo ufficio, presumo che sia diretto alla sala riunioni in questione. Lo seguo, ma le sue gambe sono più lunghe e faccio fatica a stargli dietro. A un certo punto, quando gira l'angolo, lo perdo di vista.

Grandioso. Dove cazzo è quella sala riunioni?

Individuo un bagno, ne faccio uso, poi torno sui miei passi e chiedo ad Ashildr dove andare.

Quando arrivo a destinazione, Gunther, Tiffany e alcune persone che non conosco sono seduti lì, con aria impaziente.

"Signorina Hyman" dice Gunther freddamente. "Grazie per aver trovato il tempo." Poi procede a presentarmi tutti, compresa la "signorina Ichor", come se non sapesse che la conosco (intimamente, come solo un'accoltellatrice può conoscere la sua accoltellata).

Reprimo un attacco di timidezza (raro per me), mentre tutti gli occhi sono puntati nella mia direzione. "Come faccio a mostrare qualcosa sullo schermo del televisore?" chiedo, superando la sensazione di disagio. "Ho preparato una piccola presentazione."

Gunther sembra sbalordito, come se gli avessi appena detto che ho costruito un missile balistico da sola. Ciononostante, prende il portatile accanto a sé, digita qualcosa per far apparire il suo schermo sul televisore, poi si disconnette e mi fa cenno di accedere al mio account. Quando lo faccio, la mia presentazione è lì sul desktop, a indicare che il file si trova da qualche parte nel cloud aziendale della Munch & Crunch.

"Grazie." Mostro la prima diapositiva. "Per iniziare, ho pensato di illustrare le caratteristiche dei coupon che piacciono a chi ama abusarne, sia che si tratti di un normale utilizzatore di buoni sconto sia che si tratti di qualcuno con scopi più nefasti." Procedo a spiegare tutte le caratteristiche, sentendomi una traditrice mentre lo faccio.

Tutti sembrano impressionati, tranne Tiffany, e alcuni prendono addirittura appunti.

Passo alla diapositiva successiva. "Ora passiamo agli affari loschi." Parlo di alcune tecniche che un ipotetico genio del crimine potrebbe usare per creare un coupon fraudolento, come cambiare il numero di sconto percentuale su un coupon reale, ad esempio trasformando il 10% in 70%. Poi mi addentro in scenari più diabolici, come la creazione di un coupon da zero utilizzando una stampante speciale e una carta apposita.

Di nuovo, tutti mi prestano attenzione, persino Tiffany.

Sentendo un'iniezione di fiducia, cambio diapositiva. "Prima di parlare delle possibili contromisure, ho una domanda. La Munch & Crunch ha il controllo sui coupon che vengono pubblicati su riviste, giornali e blocchetti di buoni sconto?"

Una donna severa, di cui ho già dimenticato il cognome, scuote la testa. "No, non le versioni cartacee. Noi diamo loro solo la creatività digitale."

"Ha senso" commento e cambio diapositiva. "In tal caso, ecco alcune soluzioni." Riferisco alcune idee che mi sono venute in mente, come quella di assicurarsi che sul coupon ci sia sempre un codice a barre da scansionare, anche se il negozio non prevede la scansione. "Bisogna avere le palle per falsificare un coupon con un codice scansionabile" affermo. "E ancora di più per entrare nel negozio e usarlo."

L'espressione di Gunther è difficile da interpretare. O non vede l'ora di castigarmi per aver detto "palle" o è sul punto di applaudire la mia genialità.

Condivido altre idee, incluso ciò che non mi piace in quanto appassionata di coupon della vecchia scuola: i coupon digitali.

"Ci sono domande?" chiedo quando arrivo alla fine della mia presentazione PowerPoint.

"Qual è il budget per queste misure?" chiede la donna severa... severamente.

La cifra pronunciata da Gunther mi sconvolge, ma tutti sembrano noncuranti.

"Hai deciso chi guiderà questo progetto?" chiede Tiffany ed è chiaro che desideri disperatamente offrirsi volontaria (per il progetto, oltre che per il letto di Gunther).

"Pensavo fosse ovvio" risponde Gunther. "Lei."

Tutti rimangono a bocca aperta nel fissare la direzione in cui punta il suo dito.

Il mio cuore salta un battito e, all'improvviso, mi sembra di essere circondata dai motociclisti cannibali precedentemente menzionati.

Gunther sta indicando me.

Sei

"MA È NUOVA" COMMENTA LA DONNA SEVERA.

Tiffany le rivolge un cenno di approvazione. "Per giunta, è a malapena…"

"Le mie decisioni sono mai aperte a discussione?" le interrompe Gunther, stringendo gli occhi.

"No, signore" mormorano tutti.

Lui si alza in piedi. "In questo caso, la riunione è aggiornata."

Tutti se ne vanno, ma io rimango seduta lì, ancora stordita.

"Come faccio a dirigere un progetto?" chiedo a nessuno in particolare.

"Con il mio aiuto, naturalmente" dice Gunther, facendomi trasalire. Non mi ero nemmeno accorta che fosse rimasto.

"Eh?"

"Che ne dici se ti faccio un corso accelerato?" propone.

"Ho facoltà di scelta?"

"No" replica e poi fa esattamente come ha suggerito: mi consegna un corso così noioso che mi manda in tilt il cervello un paio di volte. Imparo cose come: cos'è il ciclo di vita del project management e come si svolge presso la Munch & Crunch. Tra le righe, apprendo anche quanto a Gunther piacciano gli acronimi e il gergo aziendale. Il mio preferito di oggi è probabilmente SoW, che sta per Statement of Work (Dichiarazione di lavoro), anche se a me fa venire in mente Petunia, una scrofa (in inglese, appunto, "sow") della fattoria dei miei genitori. A mia madre piace raccontare la storia di come avesse portato la scrofa all'orgasmo come parte dell'inseminazione artificiale.

Proprio così. Ho una teoria, secondo cui avere così tante figlie femmine possa aver danneggiato qualcosa nel cervello della mamma (forse anche in quello di papà). Siamo otto in tutto: prima della mia covata, avevano già avuto due gemelle. Non che queste giustificazioni avessero fatto sentire meglio Petunia riguardo alla violazione del suo corpo.

"Allora" dice Gunther, strappandomi ai miei pensieri legati ai suini. "Perché non lavori al SoW?"

"Ho facoltà di scelta?" chiedo di nuovo, perché piuttosto preferirei replicare il dubbio risultato di mia madre con Petunia.

Lui scuote la testa. "Questa è la tua unica via d'uscita da un pasticcio che tu stessa hai creato."

"Suppongo che lavorerò a quel dannato maiale... voglio dire al SoW."

Le sue sopracciglia scure si aggrottano pericolosamente. "Ho appena sprecato il mio tempo?"

"Non ti stanchi mai di fare il Signor Dittatore? Ho detto che lavorerò a quella stupida cosa e lo farò."

Lui indica il portatile. "Puoi portarlo con te nel caso in cui dovessi lavorare a distanza o durante gli spostamenti. Se hai bisogno di forniture, rivolgiti ad Ashildr. È l'assistente esecutivo."

La parte di me che adora gli affari è irragionevolmente entusiasta di avere un computer portatile gratuito, anche se la parte razionale sa che questo "gratis" è controproducente. Per esempio, se decidessi di marinare il lavoro fingendo di essere malata, questo portatile sarebbe un ostacolo.

"Ashildr può farmi impiantare un chip nel cervello, in modo che possa lavorare quando sono sotto la doccia?" chiedo.

Gunther si alza in piedi. "Se non vuoi il portatile, non sei obbligata a prenderlo."

Detto ciò, se ne va.

Controllo l'elegante dispositivo. L'ultima volta che ne ho visto uno simile in vendita, costava un migliaio di dollari e non potevo permettermelo. In altre parole, certo che lo accetto! Infatti, la prossima cosa che faccio è passare dall'ufficio di Ashildr per scoprire dove posso trovare una custodia per il portatile, perché non posso non proteggere il mio nuovo giocattolo dai graffi.

"Lascia che ti mostri il magazzino" propone Ashildr e mi conduce in quella che si rivela essere la terra promessa.

Spillatrici, Post-it, quaderni, calendari, organizer da scrivania e tutto quanto meravigliosamente gratuito!

"Prima che tu me lo chieda, se hai bisogno di portare a casa qualcosa, puoi farlo" mi informa Ashildr.

"C'è un carrello della spesa che posso prendere in prestito?" sussurro, meravigliata.

Lui ridacchia nervosamente. "No. Solo quello che riesci a portare con te."

Sfida accettata. Con l'aiuto di Ashildr, porto nel mio ufficio abbastanza materiale per gestire un negozio di cancelleria per una settimana.

"Ti lascio sistemare" mi dice Ashildr e se la svigna prima che io possa usarlo di nuovo come mulo.

Allestisco il mio ufficio con tutti gli articoli omaggio, poi inizio a lavorare allo stupido SoW.

Quando mi viene fame, vado in dispensa per dare un'occhiata agli snack. Wow! Qualcuno ha portato ancora più cibo. Per una volta, però, non mi ci butto a capofitto perché qualcosa di strano attira la mia attenzione.

Un grande barattolo, contenente un liquido denso e giallastro, e un biglietto:

Miele (Honey), per il piacere di tutti.

Digrignando i denti, reprimo l'impulso di spaccare il barattolo contro il muro. Conosco quella grafia. L'ho vista su tutti i documenti che ho firmato di recente. È stato Gunther a scrivere il biglietto e ha lasciato lì il miele come parte di uno stupido scherzo.

È una sorta di bullismo? Ma la scelta delle parole...

"Piacere?" "Di tutti?" Sta insinuando che sono la sgualdrina dell'ufficio? Inoltre, la battuta sul miele è incredibilmente poco originale. Se avessi un quarto di dollaro per ogni volta che qualcuno ha collegato il mio nome ai fluidi corporei delle api, a quest'ora potrei nuotare nell'oro come Zio Paperone.

Entro nell'ufficio di Gunther per dirgli esattamente quello che penso, ma non lo trovo.

Mmm. Forse questa è un'opportunità.

Mi precipito nel magazzino e prendo tutti i Post-it rosa che riesco a portare con me, poi torno nell'ufficio di Gunther. Con un sorriso maligno, inizio ad attaccare i Post-it secondo lo schema che ho in mente: sulle finestre, sul monitor, sulla tastiera, sul pavimento e sulla sedia.

Quando ho finito, guardo la mia opera e rido.

Prima l'ufficio era freddo e moderno, ma con tutto quel rosa sembra la casa dei sogni di Barbie.

Ridacchiando, torno nel mio ufficio e installo uno specchietto retrovisore sul mio monitor, per poter osservare la reazione di Gunther quando tornerà e vedrà il mio operato.

Dopo aver aspettato un paio di minuti, mi rendo conto di essermi dimenticata di mangiare, quindi provvedo.

Gunther non è ancora tornato.

Oh, pazienza! Per ora posso lavorare al SoW per ammazzare il tempo.

"Octothorpe, iniziamo" dico con aria divertita.

"Avvio in corso" pronuncia la voce da scoiattolo, che sembra (oscenamente) più allegra di prima. Forse il computer imita le mie emozioni?

Mi metto al lavoro, ma in realtà sto aspettando.

E aspetto.

E aspetto ancora un po'. Gunther non torna nemmeno dopo un'ora. Né due ore. Né tre.

Persino dopo che ho terminato il documento, lui non si è ancora fatto vivo.

Bastardo! Merita una sorta di premio per riuscire a infastidirmi *senza* essere presente.

Il mio stomaco brontola, perciò faccio un'altra capatina nella lussuosa dispensa.

Il barattolo di miele è lì, ma manca parte del suo contenuto.

Oh, no. La gente si sta davvero servendo del miele? Fanculo! Prendo un paio di barrette proteiche e un po' di frutta in una mano, il barattolo incriminato nell'altra.

"Questo viene a casa con me" dichiaro, nel caso in cui ci sia una telecamera di sorveglianza a registrarmi. "Non mi farò umiliare un secondo di più!"

Tornando a grandi passi nel mio ufficio, mangio alla scrivania e guardo l'orologio.

Le cinque sono passate da un pezzo.

Probabilmente lui non tornerà.

Pazienza.

Prendo il barattolo dalla scrivania e vado a casa.

Vicino alla mia porta d'ingresso ci sono dei pacchi ad aspettarmi.

Strano. Non avevo ordinato nulla.

Li porto dentro e li apro uno per uno.

Ma che diavolo? Sono vestiti e scarpe.

Non può essere... vero?

Ebbene, sì. C'è un biglietto di Gunther:

Abbigliamento adeguato all'ufficio. Dopo il tuo primo stipendio, mi aspetto che acquisterai altri vestiti da sola.

Ah. Ci sono sette abiti qui. Perché mai dovrei sprecare soldi per comprarne altri?

Dei passi letalmente felpati attirano la mia attenzione. Mi volto e vedo gli occhi diabolici di Bunny che brillano di curiosità.

Colei Che Mi Nutre mi lascerà giocare con quegli scatoloni o finirà scuoiata... e sotto terra.

"Tutti tuoi" gli dico, dopo aver tirato fuori il contenuto.

Bunny si avvicina prontamente alla scatola di scarpe, come se si trattasse di qualcosa di piccolo, peloso e carino.

Lascio il barattolo di miele in cucina e inizio a provare gli outfit.

Sembro una dannata bibliotecaria, ma mi sta tutto a pennello, persino le scarpe.

Una delle mie sorelle ha forse aiutato Gunther con la mia taglia? Prima di oggi, farmi provare i vestiti da una di loro era l'unico modo per non andare a fare shopping di persona.

Sospiro.

Immagino che domani dovrò giocare al travestimento.

Sette

Con mia grande delusione, la mattina dopo, quando passo davanti all'ufficio di Gunther, i post-it sono tutti spariti.

No, non sono spariti.

Gunther ne ha in mano una grossa mazzetta mentre mi intercetta lungo il tragitto verso il mio ufficio. "È questo che hai fatto ieri invece di lavorare al SoW?"

"Buongiorno, *Gunther*." Il giorno in cui lo chiamerò "signor Ferguson" sarà il giorno in cui dovrò farmi esaminare la milza. "È un piacere vederti. Come vanno le cose?"

"Avrei dovuto saperlo" ringhia. "Avevi detto che avresti…"

"Piantala!" sbotto. "Ho finito quel fottuto SoW. Vuoi vedere?"

Lui sembra stupito, ma non so se sia per la parolaccia o per il fatto che ho svolto una giornata di onesto lavoro.

"Vieni." Lo conduco alla mia scrivania, ordino a Octothorpe di aprire la mia postazione di lavoro e mostro sullo schermo i frutti del mio operato (il tutto senza sedermi).

"Ottimo lavoro" commenta lui dopo averlo esaminato, con un'aria fastidiosamente sorpresa.

Provo uno stupido e sgradito impeto d'orgoglio. Faccio del mio meglio per reprimerlo. "La prossima volta, informati prima. Finora ho fatto tutto quello che mi hai chiesto, persino indossare questi orribili vestiti."

Lui mi guarda da capo a piedi e i suoi occhi di smeraldo brillano (probabilmente di rabbia).

"Pensi di avere un aspetto professionale?" mi chiede infine, sembrando incredulo.

Abbasso lo sguardo. "Indosso una camicetta e una gonna."

Lui indica il mio avambraccio destro. "Quello è un tatuaggio di Biancaneve con un fucile e con indosso la maschera di Guy Fawkes?"

"Non siamo negli anni Cinquanta" commento, roteando gli occhi. "Al giorno d'oggi non sono soltanto i criminali a tatuarsi."

Lui indica il mio avambraccio sinistro. "Quello è un demone che sodomizza un mimo?"

Faccio spallucce. "Mi hai mandato dei vestiti e io li ho indossati."

Mi lancia un'occhiata severa. "Aspettati un'altra serie di abiti, stavolta a maniche lunghe."

"Bene. Come vuoi." Indico la porta. "Non hai un posto dove andare?"

I suoi occhi si restringono ulteriormente. "Devo dirti su cosa lavorare adesso." Indica la mia sedia. "Accomodati."

Mi siedo e... per poco non mi viene un infarto.

All'inizio, il rumore mi sembra quello di una dozzina di gatti che fanno sesso nelle mie orecchie, ma poi mi rendo conto di cosa sia in realtà.

Un megafono.

Quando riprendo fiato, verifico la mia teoria.

Eh già.

Qualcuno ha legato un megafono sotto la mia sedia con del nastro adesivo.

In base alle dita nelle orecchie di Gunther e all'espressione compiaciuta sul suo volto, non è difficile indovinare chi sia il colpevole.

"Ho un fratello minore" afferma, sogghignando. "Quando si tratta di fare scherzi, non ho rivali."

Sbuffo. "Hai dimenticato che io ho sette sorelle? Conosci Gia, vero?"

Lui sembra meno sicuro di sé (e a ragione). Mia sorella maggiore, Gia, è diventata una maga, cioè un'ingannatrice professionista. Quando era giovane, la sua sadica creatività in fatto di scherzi era leggendaria.

Ricomponendosi rapidamente, Gunther indica lo schermo con un gesto imperioso. "Parliamo delle tre P della pianificazione di un progetto" mi dice e continua a discorrere per un po', raccontandomi cose così noiose che nessun orecchio mortale dovrebbe subirle. Alla fine mi assegna un compito correlato e se ne va.

Stacco il megafono da sotto la sedia e pianifico il

mio prossimo attacco prima di iniziare a lavorare al mio compito.

Alle nove e mezza, Gunther lascia la sua scrivania.

È la mia occasione. Afferro un pezzo di nastro adesivo e mi precipito nel suo ufficio. Rovescio il suo mouse, attacco il nastro adesivo al sensore laser e torno indietro.

Quando sono seduta sulla mia sedia, lo vedo tornare.

Afferra il mouse.

Lo dimena.

Il suo volto sembra infastidito.

Lo agita di nuovo.

Io scoppio a ridere.

Lui dimena l'oggetto per un altro minuto, poi lo capovolge.

Una volta notato il nastro adesivo, lancia uno sguardo letale verso il mio ufficio. Aspetto che venga da me e mi sgridi, ma non lo fa. Si limita a strappare il nastro adesivo e poi si mette al lavoro su qualsiasi cosa facciano gli amministratori delegati.

E sembra sexy mentre lo fa, il bastardo.

Uff! Beh, almeno gli ho giocato un bel tiro.

Per le due ore successive gongolo, il che aumenta la mia produttività. Solo quando sento i morsi della fame, mi rendo conto che lasciare l'ufficio mi espone a ritorsioni.

Oh, pazienza.

Vado nella dispensa e prendo un po' di snack. Sulla

macchina del cappuccino noto una nuova scritta: *Ora funziona a comando vocale*.

Ah. Prendo una tazza e la metto sotto il dispenser. "Octothorpe. Fai il caffè."

Non succede nulla.

"Octothorpe. È ora del cappuccino."

Nada.

Dopo il tentativo numero sei, sento uno sbuffo.

È Gunther, appoggiato allo stipite della porta con un ghigno di soddisfazione sul volto. "Non posso credere che tu ci sia cascata."

Senza volerlo, mi avvento su di lui, non sapendo se il piano sia quello di schiaffeggiarlo o leccargli via quel sorrisetto dalla faccia.

"Ti pentirai di aver iniziato questa faida" gli dico quando sono talmente dentro il suo spazio personale che riesco a sentire il suo odore (qualcosa di seducentemente maschile con note di candele bruciate, che mi fa venire in mente una camera da letto romanticamente addobbata).

Il suo sorrisino è svanito: un punto per me. "*Io* avrei iniziato?"

Come una falena attratta dalla fiamma di una candela, mi sporgo verso di lui. Per qualche motivo faccio fatica a ragionare, ma riesco comunque a dire: "Sei tu che hai lasciato quel barattolo con il suggerimento di usarmi per il piacere di tutti."

I suoi lineamenti si incupiscono. "Lascio il miele qui ogni settimana."

Mi sento improvvisamente la bocca asciutta, perciò mi inumidisco le labbra. "Perché?"

Lui sembra affamato (probabilmente avrà bisogno di pranzare). "Nel tempo libero, faccio l'apicoltore."

Lo fisso sbattendo le palpebre. "Apicoltore? Dove hai trovato le api?" Ho sempre immaginato che abitasse in un attico di Manhattan, ma mai con un alveare all'interno, o addirittura sul tetto.

"Le mie api vivono accanto a casa mia" risponde. "Nel New Jersey."

Ah. Vive nel New Jersey. Non lo sapevo. Lì c'è molto più spazio, persino troppo.

"Davvero?" gli chiedo.

Questo spiegherebbe quel sottile profumo che mi solletica piacevolmente le narici. Non si tratta di candele. È cera d'api e fumo.

Lui si china in modo che i nostri occhi siano alla stessa altezza. "Anche se hai la sensazione che il mondo giri intorno a te, non è così."

Cazzo! Se volessi baciarlo, le mie labbra dovrebbero avanzare solo di pochi miseri centimetri. "Come facevo a sapere che sei un apicoltore?"

Lui si raddrizza, liquidando la mia domanda. "L'unica cosa che dovevi sapere è che non avrei mai scritto una frase così ignobile."

Stavolta non so perché mi inumidisco le labbra. "Su di me in particolare o sui tuoi dipendenti in generale?"

I suoi occhi lampeggiano di verde. "Se vuoi gestire dei progetti, devi imparare a giudicare meglio il carattere delle persone."

Uno sciame di api si ammutina nel mio ventre (senza dubbio chiedendo che Gunther usi la sua particolare abilità per domarle). "Sono *bravissima* a giudicare il carattere delle persone."

Gunther china di nuovo la testa verso di me. "L'evidenza suggerisce il contrario."

Cosa posso replicare? Non posso certo affermare che il buonsenso mi aveva abbandonata a causa *sua*. O che mi sta abbandonando ora. Come spiegare altrimenti il fatto che mi sto avvicinando a lui, come se fossi tirata da api che tengono fili invisibili? Il mio battito cardiaco accelera e il mio respiro si fa affannoso mentre un calore sgradevole si accumula dentro di me, rendendomi acutamente consapevole del mio corpo e dei vestiti sconosciuti che lo confinano... nonché del modo in cui le sue labbra dall'aspetto morbido si socchiudono mentre mi fissa con nascente consapevolezza. I suoi occhi diventano di un verde smeraldo più brillante quando abbassa la testa verso di me e...

Qualcuno si schiarisce la gola, a disagio.

Mi allontano di scatto da Gunther.

Ashildr (lo schiaritore di gola) ha l'aria di volersi trovare ovunque tranne che qui, persino dentro un alveare.

"Dunque... apicoltura" dico senza fiato a Gunther. "Perché no? È un buon affare. Le api hanno l'opportunità di pungerti e tu, in cambio, ricevi miele gratis."

Se avessi l'occasione di morderlo, sicuramente

anch'io gli cederei alcuni dei miei fluidi corporei.

L'espressione di Gunther è difficile da interpretare, mentre fa un passo indietro e si schiarisce la voce. "Sì, è rilassante stare con loro." Si aggiusta la cravatta e mi guarda. "E tu? Hai qualche hobby?"

Facendo un pessimo lavoro nel fingere che questa conversazione sia normale, Ashildr va verso la macchina del caffè e inizia a preparare qualcosa. Con mio grande disappunto, non si lascia ingannare dalla frase "a comando vocale."

Riporto la mia attenzione su Gunther e faccio del mio meglio per continuare la finzione. "Sai già che mi piacciono le offerte e i buoni sconto."

"Non è un hobby" ribatte Gunther, apparentemente entrato nello spirito della conversazione.

Lo schernisco. "Lo è, invece. Che differenza c'è tra collezionare coupon e collezionare francobolli? Inoltre, possiedo anche un metal detector e lo uso in spiaggia. Quello è un hobby, di sicuro."

Lui fa spallucce. "D'accordo. Questo si qualifica, forse."

Mi rianimo. "Inoltre, vado a cercare funghi. Il che non è molto diverso dall'apicoltura, anche se è molto più sicuro."

Gunther sbuffa. "I funghi potrebbero essere velenosi."

"Non se uno porta con sé la sua amica micologa quando va a raccoglierli."

Ashildr sguscia fuori dalla dispensa come un topo inseguito da Bunny.

Tra noi cade un silenzio imbarazzante. È chiaro che la conversazione sugli hobby abbia fatto il suo corso. E adesso? Mi sono immaginata quello che è successo (o quasi) prima? Una parte di me vuole avvicinarsi di nuovo a lui, ma una parte molto più sana di mente impone all'altra di darsi una calmata.

"È meglio che vada" dice Gunther, gettando acqua fredda su tutte le mie parti. "Ho un appuntamento."

"Certo" rispondo con aria dubbiosa.

Si acciglia. "È la verità. Ho il ferro alto, quindi dono il sangue all'inizio di ogni mese."

Perché mai avrebbe dovuto dire proprio *questo*? La mia pelle diventa immediatamente sudaticcia e mi sento svenire.

Tra tutte le attività umane, nulla mi spaventa di più di un prelievo di sangue. Ho più paura io di questa procedura medica di quanta ne abbia mia sorella Blue degli uccelli rabbiosi. Non so perché, ma il solo pensiero è sufficiente a farmi entrare in una spirale di nausea. Lo stesso vale per la vista di una sanguisuga. O di una zanzara iper-nutrita.

"Stai bene?" mi chiede Gunther e la sua voce sembra stranamente distante, come se la sentissi attraverso un tunnel. "Mi dispiace se hai pensato che stessi per fare qualcosa di inappropriato prima. Non lo farei mai."

Aspettate, che cosa? Riprendo completamente la concentrazione. Quindi non mi ero immaginata il quasi-bacio? Dimentico la procedura medica che è meglio non menzionare e fisso Gunther.

Lui ricambia lo sguardo con aria preoccupata.

Com'è giusto che sia. Cioè, perché dichiararsi così determinato a non baciarmi? Come scrisse Charles Dickens: mai dire mai.

"Non si tratta di questo" riesco a dire. "Credo di avere un calo di zuccheri."

"Oh." Stringe gli occhi come è solito fare. "In questo caso, mangia qualcosa. È un ordine."

Sbuffo. "Non siamo nell'esercito. Non puoi darmi ordini."

"Sei sul mio libro paga. Se ti chiedo di mangiare durante l'orario di lavoro, mangerai." Sembra un sergente istruttore.

Aspettate, perché me lo sto immaginando in divisa? Nello specifico, perché questo mi eccita? Sbatto le palpebre e cerco di raccogliere le idee. "Ok, mangerò. Tu vai pure a fare quello che devi." E, per favore, non ripetere di cosa si tratta.

Annuisce imperiosamente. "Bene. Voglio vederti mordere qualcosa. Adesso."

Gulp! Perché mi fa pensare a mordere... cose? Cose inappropriate? Come labbra succulente e... "Ok" squittisco e afferro la prima cosa che trovo sopra il tavolo: una barretta alle noci.

Sotto il suo sguardo determinato, apro l'involucro e do un morso. Duro.

"Brava ragazza" mormora, con gli occhi socchiusi. Poi, rendendosi apparentemente conto di come gli è uscita la frase, si schiarisce la voce e dice: "Cioè, ben fatto."

Si gira e se ne va così velocemente che non posso fare a meno di pensare che stia scappando.

Lo seguo con lo sguardo, masticando distrattamente. Non riesco a credere a quello che è appena successo. O quasi successo? Non ne sono sicura. Stento persino a credere che non sia stato lui a iniziare la nostra battaglia di scherzi. Comunque, mi ha fregata e adesso è il mio turno. Mi rifiuto di lasciargli l'ultima parola. È in gioco la mia reputazione di persona con sette sorelle.

Così, dopo essermi ripresa da quello che potrebbe essere o non essere successo, raccolgo i miei snack, li lascio cadere sulla mia scrivania e vado nell'ufficio di Gunther, dove scambio la sua tastiera Bluetooth con la mia.

Sorridendo per l'aspettativa, mi metto a lavorare sul portatile e aspetto il suo ritorno.

———

"Hai mangiato qualcos'altro?" sento Gunther chiedere all'improvviso.

Mi riprendo dallo spavento e giro la sedia per guardarlo (in tutta la sua statura di quasi un metro e novanta). "Mi hai spaventata."

Come ho fatto a non vederlo entrare nel mio ufficio? Devo essermi fatta assorbire dal lavoro, per quanto noioso.

"Mi dispiace" dice, senza sembrare minimamente dispiaciuto. "Ora rispondi alla domanda."

Roteo gli occhi. "Sì, mammina. Ho la pancia piena. Ora vai." Faccio il gesto di scacciarlo via. "Lasciami lavorare."

Lui chiude la porta dell'ufficio e io lo osservo nello specchietto retrovisore che ho installato.

Quando si siede alla sua scrivania, cerco su Google il testo di *Gangnam Style*.

Quando vedo Gunther iniziare a scrivere, copio-incollo il testo e mi godo l'espressione confusa sul suo volto mentre legge righe e righe di K-Pop che appaiono all'improvviso nel bel mezzo di un'importante email che stava redigendo. A meno che lui non parli coreano, le uniche parole distinguibili in quella canzone sono "Eh, sexy lady" e "style".

Con fastidiosa rapidità, Gunther balza in piedi, afferra la tastiera, si precipita nel mio ufficio e la scambia con la mia senza dire una parola.

Non gli piace perdere, eh?

Oh, pazienza.

Riprendo il mio lavoro. Tutto va bene per un po', ma poi mi squilla il telefono: una linea fissa che non sapevo di avere.

Con cautela, rispondo.

"Ciao" dice la voce di un'anziana signora.

"Salve" ricambio. "Come posso aiutarla?"

"Ashildr, sei tu, tesoruccio?" chiede la signora. "Devi parlare più forte. Mi si è rotto l'apparecchio acustico."

"Non sono Ashildr" dico a voce più alta. "Chi parla? Posso riferirgli che ha chiamato."

"Chi ha cantato?" mi chiede.

"No" grido. "Non sono Ashildr."

"Come mi hai definita?"

"Non l'ho definita in nessun modo. Le stavo solo dicendo che non sono..."

In lontananza sento delle risate, così guardo tardivamente nello specchietto retrovisore.

Cazzo!

Gunther ha in mano il telefono e mi sta guardando dritto negli occhi. "Te l'ho detto, ho un fratello minore." Questa frase, che esce dal mio ricevitore, inizia con la voce dell'anziana signora, ma a metà strada si trasforma nella voce di Gunther.

Gridando di frustrazione, sbatto giù la cornetta: un piacere che non è possibile con gli smartphone.

Per le ore successive, penso agli scherzi. Sento che sto perdendo, quindi devo escogitarne uno che lo freghi per bene. E, come bonus, pensare agli scherzi mi impedisce di pensare ad altre cose. Per esempio, a ciò che ha ammesso Gunther. E ciò che io mi rifiuto di ammettere.

Verso le quattro del pomeriggio, la signora severa che ho conosciuto ieri bussa alla porta del mio ufficio.

"Avanti" dico con riluttanza.

Che cosa vorrà?

Lei entra con un'espressione illeggibile. "Sono la signora Severina" afferma. "Ci siamo incontrate alla prima riunione sul miglioramento dei coupon."

"Certo" rispondo. "Piacere di rivederti." Vorrei chiederle che cazzo ci fa qui, ma temo che mi rimprovererebbe per il mio linguaggio ancora più di quanto abbia fatto Gunther.

"Il signor Ferguson mi ha chiesto di illustrarti il nostro attuale processo di creazione dei coupon" spiega. "Se non è un buon momento…"

"No." Chiudo il file con cui avevo quasi finito. "Sono curiosa di conoscere questo processo."

Lei si guarda intorno con disapprovazione. "Perché non hai una sedia per gli ospiti?"

Dev'essere l'anima di ogni festa. "Vado a prendertene una."

Mi dirigo verso un ufficio vuoto nelle vicinanze e prendo la sedia meno comoda che vedo. La spingo fino al mio ufficio e indico alla signora di accomodarsi.

"Posso condurre io?" mi chiede.

Mi allontano dalla tastiera. "Mi casa es su casa."

Lei prende il mio posto e mi mostra le basi, battendo Gunther in tutto e per tutto quando si tratta di rendere noioso l'argomento.

Eppure, c'è una luce alla fine del tunnel. Nella mia mente comincia a farsi strada l'idea di uno scherzo epico, così subdolo che mia sorella Gia ne sarebbe orgogliosa.

Verso le cinque, la signora Severina interrompe la lezione. "Se sei una di quelle persone che lavorano dalle nove alle cinque, possiamo riprendere domani." Da come lo dice, fa sembrare il lavoro dalle nove alle cinque peggiore della tortura, del cannibalismo e dell'aumento dei prezzi messi insieme.

"Non ho problemi a continuare" replico. Visto

l'orario flessibile di questo posto, posso sempre fare un pranzo più lungo o andare in palestra domani per compensare.

Annuendo con approvazione, Severina continua a parlare e io ascolto, reprimendo uno sbadiglio. Mentre l'orologio scorre, non posso fare a meno di notare che Gunther è ancora nel suo ufficio.

"Lui a che ora va via?" chiedo a Severina, quando lei mi chiede se ho delle domande.

Per la prima volta, la sua espressione severa mostra una crepa. "Il signor Ferguson è sempre l'ultimo ad andarsene."

"Ah sì? Poverino. Lo stiamo tenendo lontano dalle sue api."

A questo punto, quasi sorride. "Teniamo il suo miele in alcuni dei nostri supermercati" sussurra con aria orgogliosa. "Il marchio è Buzz Beerin."

Sorrido. "Non sembra più il nome di una birra?"

La sua espressione severa è tornata. "È un nome molto intelligente per il miele. Buzz è il verso che fanno le api e, poi, c'è Buzz Aldrin, un famoso astronauta che…"

"Oh, capito." Le battute migliori sono sempre quelle che devi spiegare fino alla nausea.

Poi mi viene un'idea. Il Buzz Beerin potrebbe far parte del mio scherzo. È perfetto per questo.

Mi butto. "C'è mai stata una svendita di Buzz Beerin?" chiedo, facendo del mio meglio per sembrare disinvolta.

Lei scuote la testa. "Non ancora."

Ci sono quasi. "Sarebbe bello creare qualche coupon, per capire davvero come funziona il sistema" dico. "Il Buzz Beerin mi sembra un buon prodotto su cui fare pratica."

Gli occhi le brillano. "Magari uno dei nostri coupon digitali."

Bingo! "Sì. Certo. Se pensi che sia meglio."

Le sue dita sottili si muovono con entusiasmo sulla tastiera e presto compare un coupon per il Buzz Beerin, con uno sconto del 10% sul prezzo di listino, per l'esattezza.

"Così si imposta la data della promozione." Passa il cursore del mouse sopra l'icona sulla destra. "La imposterò a qualche settimana da oggi. Questo dovrebbe dare al team di merchandising e a tutti gli altri il tempo necessario."

"Ottimo." Mi stropiccio gli occhi. "Ora, se non ti dispiace, credo che per oggi vorrei tornare a casa. Sto morendo di fame e sono stanca."

"In realtà avevo quasi finito" dice e clicca sul pulsante dell'email nel modulo davanti a noi. "Inserisco il tuo indirizzo email, così verrai avvisata quando sarà attivo." Poi fa clic sul pulsante "Salva", che si trova proprio accanto ad "Annulla."

"Grazie mille" le dico con decisione.

Si alza con riluttanza. "Fammi sapere se avrai altre domande."

"Lo farò."

Aspetto che se ne vada e poi controllo lo

specchietto retrovisore per assicurarmi che Gunther non si sia avvicinato di soppiatto alle mie spalle.

No. Sono al sicuro.

Sentendomi estremamente perfida, cambio il 10% di sconto in 110%, il che significa che un cliente dovrebbe effettivamente essere pagato se acquistasse il Buzz Beerin nell'ambito di questa promozione.

Quando muovo il cursore per cliccare su "Salva", esito.

Considerando che Gunther mi ha portata qui per salvaguardare le operazioni sui suoi coupon, penserà che questo scherzo oltrepassi il limite? O peggio: lo vedrebbe non come uno scherzo, ma come un ritorno alle mie bravate?

Merda! Detesto quando la mia coscienza emerge all'improvviso. Faccio clic su "Annulla" e chiudo il file prima di essere indotta di nuovo in tentazione. Dovrò inventarmi un altro scherzo, che non sia correlato ai coupon.

Sentendomi sorprendentemente orgogliosa di me stessa per la mia moderazione, mi alzo per andarmene.

Gunther rimane dov'è.

Faccio capolino nel suo ufficio. "Buona serata."

"A domani" mi dice, senza staccare gli occhi dallo schermo. "Non dimenticarti di mangiare."

Otto

DOPO AVER MANGIATO, COME MI ERA STATO ORDINATO, mi occupo dei pacchi che ho trovato al mio ritorno a casa.

Come sospettavo, si tratta di vestiti: un abbigliamento adeguato, a maniche lunghe.

Bunny mi guarda con aria scettica quando ne provo uno.

Le possibilità di sopravvivenza di Colei Che Mi Nutre sono appena diminuite. Ora assomiglia troppo agli altri membri della sua cucciolata... e dovrebbe sapere quanto ardentemente desidero creare giocattoli di erba gatta con la loro pelle.

———

La mattina dopo, Gunther non è nel suo ufficio, così entro e organizzo il mio prossimo scherzo, usando elastici e nastro adesivo per montare una bomboletta di deodorante per ambienti che spruzzi in continuazione.

Quando inizia a sibilare, fuggo via.

Dannazione!

Nel tempo che mi ci vuole per scappare, il profumo è già così intenso che Lemon, la mia sorella ipersensibile agli odori, probabilmente morirebbe sul colpo. Non riesco nemmeno a immaginare quanto sarà terribile quando la bomboletta sarà svuotata.

Forse ho esagerato?

Ormai è troppo tardi.

Quando arrivo nel mio ufficio, mi acciglio.

L'odore proveniente dall'ufficio di Gunther si infiltra nel mio.

Dannazione! Sembra che sia esplosa una fabbrica di profumi qui dentro. Quanto sarà grave nell'epicentro? Non importa. L'espressione sul volto di Gunther farà sì che valga la pena sopportare questa seccatura.

Speriamo!

Mi siedo alla scrivania e sbatto le palpebre guardando lo schermo.

"Hai un virus" si legge sul monitor.

Come? Questo è un computer aziendale. Non dovrebbe avere un programma antivirus o qualcosa del genere? Dovrei chiamare il reparto IT... se non fosse che il numero di telefono è memorizzato in Outlook, come a dire che il computer è necessario per accedervi.

La buona notizia è che ho con me il portatile, quindi effettuo l'accesso da lì e cerco il numero che mi serve. In quel momento, vedo Gunther entrare nel suo ufficio.

L'IT può attendere.

Osservo la sua espressione.

Bastardo! Facendo finta di niente, Gunther si avvicina alla finestra e la apre.

Queste vetrate si aprono davvero?

Mi avvio verso la mia.

No. Nessun segno di chiusura né altro. Il che ha senso. Le finestre e il mondo aziendale non vanno d'accordo. Dopo aver ascoltato una lezione sul project management, troppe persone cederebbero alla tentazione di buttarsi giù.

Qualcuno bussa alla porta del mio ufficio.

È Gunther.

"Avanti" dico con riluttanza.

Lui entra e storce teatralmente il naso. "So che le Risorse Umane non l'hanno detto esplicitamente, ma troppo profumo non è gradito."

"Perché io non ho una finestra che si apre?" chiedo.

Lui fa spallucce. "Garanzia di sicurezza?"

"Ma la tua si apre."

Le sue labbra carnose si sollevano in quel sorrisetto irritante. "Ci sono dei vantaggi nell'essere il capo."

Faccio un passo verso di lui. "Riguardo a ieri…"

Si acciglia. "Non capisco a cosa ti riferisci."

Sospiro. "Quello che è successo nella dispensa…" Il quasi-bacio su cui ho fatto dei sogni erotici.

Lui finge uno sguardo di confusione. "Ti riferisci al

mio fantastico scherzo della macchina del caffè? O alla discussione sui nostri hobby?"

Quindi è così che vuole giocare, facendo finta che non sia successo nulla? Probabilmente è meglio, ma per qualche motivo mi fa incazzare.

"L'apicoltura è un lavoro, non un hobby" affermo con aria sprezzante. "E quello scherzo era così-così. Il mio sarebbe molto meglio, se tu non avessi una finestra."

Sorride diabolicamente. "Allora... pensi ancora che sette sorelle battano un fratello minore?" Prima che io possa rispondere, lui si avvicina al mio schermo e, con mio grande stupore, rimuove un foglio laminato che lo copriva.

Un foglio con su scritto: "Hai un virus."

Dannazione! È quasi un trucco degno di Gia. Non che lo ammetterei mai davanti a lui. "Continuo a sostenere che sette sorelle trionferanno. Se non altro, potrei far venire qui cinque di loro e farti credere che mi vedi dappertutto."

Lui controlla il mio abbigliamento a maniche lunghe. "Potrebbe quasi funzionare." Mi scruta in viso. "Ammesso che siano tutte disposte a farsi un piercing al naso e alle sopracciglia."

"Non dimenticare la lingua" dico, tirando fuori la mia per mostrargli il piercing che ho lì.

C'è orrore o qualcos'altro nel suo sguardo? L'espressione sparisce troppo in fretta, sostituita da una teatrale roteata di occhi. "Anche le tue sorelle mi farebbero la linguaccia, come i bambini di cinque anni?"

Lo odio ancora di più quando ha delle buone argomentazioni. È un bene che io non abbia elencato gli altri piercing che lui non può vedere, come quelli sui capezzoli, sull'ombelico e sulla mia parte più intima, che ho soprannominato Canna.

"Allora" dice e il suo tono diventa serio in un attimo. "Perché non discutiamo del tuo prossimo compito nel mio ufficio, dove l'aria è più fresca?"

———

Il giorno dopo, mi intrufolo nell'ufficio di Gunther e sostituisco le foto della sua famiglia con quelle di Ted Bundy, John Wayne Gacy e Ronald McDonald.

La sua ritorsione è rapida e malvagia. Quando mordo una mela caramellata dall'aspetto delizioso che trovo nella dispensa, scopro che è una cipolla. A quanto pare, Gunther ha preparato la "prelibatezza" e ha avvertito gli altri colleghi del piano di starne alla larga.

Mi consulto con Gia per la mia mossa del giorno seguente e Gunther trova nel cassetto della sua scrivania un gruppo di insetti dall'aspetto realistico.

Il giorno dopo, trovo il mio ufficio pieno zeppo di palloncini. Quasi divento sorda facendoli scoppiare, poi parlo con un tono acuto a causa di tutto l'elio che ho inalato.

Ci facciamo scherzi a vicenda per il resto della settimana. Lunedì, quando Gunther mi sorprende a piazzare una bomba di brillantini, afferma severamente: "Questa storia deve finire."

Lo guardo con aria innocente. "Cosa?"

"La mia produttività è in calo" dichiara. "Anche la tua, immagino."

Raddrizzo la schiena. "Ho svolto tutto il mio lavoro. In tempo." Ripensandoci, se non perdessi così tanto tempo a pensare agli scherzi, probabilmente potrei accettare del lavoro extra. O, meglio ancora, me ne andrei prima.

Lui sospira. "D'accordo. Ci fermiamo per il *mio* bene."

Sorrido diabolicamente. "Nel senso che ti arrendi?"

"È quello che ci vuole?"

"Sarebbe un inizio. Inoltre, mi farebbe comodo un'altra fonte di intrattenimento."

Le sue sopracciglia scure si aggrottano. "Sei qui per lavorare."

Mi accingo a sganciare la bomba di brillantini. "Se è così che vuoi giocare, non sono sicura che…"

"Che ne pensi dei coupon?" mi chiede con voce esasperata.

Lo guardo sbattendo le ciglia. "Quali coupon?"

"Prima di assumerti, abbiamo accumulato un mucchio di coupon della concorrenza a scopo di ricerca. Ti piacerebbe darci un'occhiata?"

A un orso piacerebbe avere accesso al frutto del lavoro delle api di Gunther? "Sì, grazie" esclamo, per poi rendermi conto di essere stata fregata.

I coupon sono legati al lavoro, dopotutto, e il luccichio nei suoi occhi dimostra che lo sa.

"Ottimo." Indica con un gesto la porta del suo ufficio. "Mi assicurerò che tu faccia quel tour entro la fine della giornata."

"Affare fatto." Mi volto per uscire, poi mi fermo. "Ah, e accetto la tua sconfitta."

———

Dopo pranzo, qualcuno bussa alla porta del mio ufficio. Mi giro e vedo Tiffany, che ha l'aria di aver ingoiato dei limoni conditi nella merda.

"Il signor Ferguson mi ha chiesto di farti fare un tour nel deposito dei coupon" mi informa, dopo che le ho indicato con un cenno (riluttante) di entrare. "È un buon momento?"

Gunther ha chiesto a *lei* di fare qualcosa con *me*? La guerra degli scherzi è ricominciata o questa è una faccenda più sinistra? In effetti, sospettavo che lui mi avesse portata qui per vendicarsi dei miei peccati del passato e il fatto che Tiffany faccia parte di questa vendetta sarebbe giustizia poetica.

"Adesso va bene." Dovrei vincere un premio per la cordialità del mio tono. "Fammi strada."

Con uno sbuffo da stronza, Tiffany mi conduce all'ascensore e scendiamo in silenzio fino al seminterrato, mentre l'aria tra noi crepita di ostilità per tutto il tempo.

"Da questa parte" mi dice e mi guida lungo un

corridoio.

Mmm. Un posto senza testimoni. Vorrà mangiarmi il fegato?

Forse. Per il momento, indica il lettore di badge accanto a una porta dall'aspetto semplice. "Prova tu. Dovresti avere accesso."

Ci passo sopra il mio badge e la serratura si apre con uno scatto. Lei mi tiene la porta mentre entro.

Santissimo Black Friday! È come se fossi arrivata sul mio pianeta natale.

Qui ci sono buoni sconto per il valore di un milione di dollari (ed è una stima prudente!).

Tiffany deve aver capito la mia espressione. "Prima che tu decida di portarne a casa qualcuno, devi sapere che sono stati tutti catalogati."

"Mi stai dando della ladra?" L'impulso di tirare fuori il coltello è forte, ma lo reprimo, essendo sul luogo di lavoro e tutto il resto. Per non parlare del fatto che questa idiota potrebbe auto-pugnalarsi di nuovo e il suo sangue è l'ultima cosa che voglio vedere.

"Se la scarpa calza..." Abbassa lo sguardo sulle mie décolleté adatte all'ufficio. "A differenza di quelle."

Faccio un passo verso di lei. "Che cosa hai detto?"

Indietreggia. "Non sei fatta per la Munch & Crunch e lo sai."

Inclino la testa. "Invece *tu* lo sei?"

"Lui ti ha assunta per pietà" afferma. "Ovviamente."

Sventolo la mano come la vincitrice di un concorso di bellezza. "Senti da che pulpito!"

Tiffany gira sui tacchi. "Trova da sola la strada per tornare indietro."

Mentre si allontana a grandi passi, le grido dietro: "Cioè percorrere un corridoio?"

Nessuna risposta.

Pazienza. Non importa. Spero che, la prossima volta che Gunther le chiederà di fare qualcosa che mi coinvolga, lei si rifiuterà.

———

Senza farci scherzi, le due settimane successive sono monotone; l'unica cosa positiva che posso dire del mio lavoro è che mi sono rivelata brava e non solo nei compiti relativi ai coupon.

La cosa peggiore è che Gunther continua a essere puramente professionale, parlando solo di lavoro e di nient'altro. Inutile precisare che continua a far finta che l'episodio nella dispensa non sia mai accaduto. Con il passare del tempo, comincio a chiedermi se me lo sono immaginato… e, in quel caso, se sia meglio così. Non devo dimenticare che lo odio… giusto?

Stanca per il lavoro, decido di fare qualcosa di divertente nel fine settimana; così, quando arriva il sabato, chiamo la mia amica Peach e le dico che dobbiamo andare a cercare funghi se voglio mantenere la sanità mentale.

"C'è una foresta nel Connecticut" mi risponde allegramente. "Sono mesi che ho intenzione di esplorarla."

"Perfetto." Individuo i miei scarponi da trekking. "Abbiamo un appuntamento."

———

Mentre mi preparo per il viaggio con Peach, ricevo una telefonata da Pearl.

"È ufficiale" afferma la mia compagna di covata con voce entusiasta. "Atonic è incinta."

Grandioso.   Sarò   nonna   *e*   prozia contemporaneamente.

Con un tempismo impeccabile, Bunny si struscia contro la mia gamba.

Colei Che Mi Nutre dovrebbe fare attenzione quando maneggerà quei gattini. Potrebbero ereditare l'appetito del loro padre... per succulenti bulbi oculari.

"Wow" esclamo al telefono. "Posso fare qualcosa per aiutare?"

"Tipo cosa?" mi chiede Pearl.

"Pagare gli alimenti sotto forma di cibo per gatti?"

"Accetterò dei buoni sconto per il cibo per gatti, se ne hai."

Ah. È facile. Ne ho una tonnellata nella mia collezione. "Qualcos'altro?"

"Forse potresti aiutarmi a trovare delle buone famiglie per i piccoli?"

"Certo. Oggi mi vedo con la mia amica Peach e le chiederò se ne vuole uno."

"La micologa?"

"Sì."

"Non ha già un animale domestico?"

Sbuffo. "Non credo che i funghi contino."

"Le piante possono fungere da animali domestici. La mia amica di Los Angeles considera tale il suo cactus."

Non posso fare a meno di imitare Peach quando affermo con tono professorale: "I funghi non fanno parte del regno vegetale. Sono miceti."

"Non vedo la differenza" ribatte Pearl. "Comunque, fammi sapere se vuole un micetto."

"Lo farò. C'è altro?"

"Sì" prosegue lei. "Parlami del tuo capo sexy."

Naturalmente! Pearl è la personificazione del gossip. È un miracolo che ci abbia messo così tanto per arrivare a questa domanda.

Le rispondo che non c'è molto da raccontare, ma poi le riferisco degli scherzi che io e Gunther ci siamo fatti a vicenda.

"Quando un ragazzo ti tira i capelli o ti fa uno scherzo, vuol dire che gli piaci" dichiara Pearl con tono saggio.

"Solo se il ragazzo ha cinque anni. Fidati, Gunther mi odia."

Lei sbuffa. "Andrai a letto con lui, lo so e basta. Se mi sbaglio, ti darò formaggio gratis per un anno."

"Ci sto. Ah, e questa è ufficialmente la scommessa più appetitosa che abbiamo mai fatto."

———

"No" dice Peach quando affronto l'argomento del gattino, dopo il primo chilometro della nostra escursione. "Non ci saranno figli del demonio a casa mia."

Ops! Avevo dimenticato di informare Pearl che a Peach non piace Bunny. Una volta, lei mi ha regalato un vaso con dei funghi e Bunny li ha fatti a pezzi, per divertimento.

"Fammi sapere se cambi idea" le dico e mi guardo intorno.

Questa foresta del Connecticut è stata un'ottima idea. Niente scioglie la tensione di un lavoro aziendale nella giungla di cemento come un'immersione nel verde.

Scorgo una macchia di colore arancione sul terreno alla mia sinistra. Quando mi chino, scopro che sono funghi, come pensavo.

Ne raccolgo uno e lo annuso. Ha un vago sentore di albicocca.

Allungo il mio bottino verso Peach. "Finferli, giusto?"

Lei annuisce con approvazione. "Deliziosi. Raccoglili tutti."

Lo faccio e continuiamo a cercare.

"Quelli sono velenosi?" chiedo a Peach quando vedo dei piccoli funghi bruno-rossastri con macchie verdi.

Lei controlla la mia scoperta e fischia. "Sono *Psilocybe caerulipes*."

La fisso con un'espressione esasperata. "Pensi che questo risponda alla mia domanda?"

Raccoglie i funghi e preme con un dito su uno di essi. Quello forma un'ammaccatura blu. "Sono noti anche come Bluefoot."

Roteo gli occhi. "C'è qualche correlazione con Barbablù, il famoso fungo che uccise tutte le sue mogli?"

Aspettate, perché le sto dando questa idea? Se i funghi potessero prendere moglie, lei ne sposerebbe uno più velocemente di quanto si possa pensare.

Peach raccoglie altri dei funghi in questione e inizia a lavarli. "Mai sentito parlare di funghetti magici?"

Oh, wow! I funghi commestibili sono già un ottimo affare di per sé, ma trovare allucinogeni gratis è tutto un altro livello.

Esamino i funghi con ammirazione. "Quanto costano sul mercato nero?"

Lei fa spallucce. "I funghi allucinogeni costano dieci dollari al grammo o giù di lì. Ma prima che tu ti faccia strane idee, sono altamente illegali."

"Certo, ma…"

Non finisco la frase perché Peach si mette in bocca un pezzetto di Bluefoot.

"Cosa stai facendo?" le chiedo, scioccata.

"Mi sto sballando?" Me ne porge un po'.

Rimango a bocca aperta di fronte all'offerta. "Vuoi farti un trip nella foresta?"

Si stringe nelle spalle. "Perché no? Perché altrimenti questi esserini produrrebbero una sostanza che si lega ai recettori del nostro cervello? *Vogliono* che viviamo la maestosità della foresta come fanno loro."

Faccio un passo indietro. "E la faccenda dell'illegalità?"

"Si rischia di finire nei guai solo se si viene sorpresi a venderli o a possederli."

Accetto con cautela la sua offerta. "Non è illegale anche il loro utilizzo?"

"Come si fa a essere scoperti? I comuni test antidroga non si curano di cercare questi stupefacenti e, anche se lo facessero, il corpo metabolizza gli ingredienti dello sballo entro ventiquattro ore. Dopodiché, l'unico modo per scoprirne la presenza è fare un test apposito sui capelli, ma persino quello darà risultati soltanto entro novanta giorni. In ogni caso, quel test viene usato raramente perché è costoso e inaffidabile."

Sorrido mio malgrado. Ancora una volta, in fatto di funghi, Peach è come una Wikipedia ambulante. Se la cura per il cancro provenisse da un fungo, sarebbe sicuramente lei a scoprirla.

"Questa è la tua unica possibilità" mi dice. "Se li portiamo via con noi, rischiamo di finire nei guai."

"Perfida" mormoro. "Sai che non so resistere a una OTL."

Lei inclina la testa. "Una OTL?"

"Offerta a Tempo Limitato" spiego, mettendomi in bocca un pezzo di fungo.

Mentre mastico, mi acciglio. Sa di farina. Strano.

Deglutendo, mi guardo intorno. "Non mi sento diversa."

"Potrebbe volerci una mezz'ora o poco più" dice lei. "Nel frattempo andiamo a cercare ancora."

Mentre riprendiamo la caccia ai funghi, la conversazione si sposta sul mio nuovo lavoro e io racconto a Peach quello che è successo tra me e Gunther, nonché ciò che Pearl pensa al riguardo.

"Devo concordare con Pearl" dichiara Peach quando ho concluso. "È solo questione di tempo prima che voi due finiate a letto insieme."

Grr! Naturalmente, si sarebbe schierata dalla parte di Pearl. Condividono il legame delle persone il cui nome inizia con la parola "pea" e, in più, si scambiano formaggio con funghi e viceversa.

Pazienza. Una quercia vicina attira la mia attenzione. Quando mi volto verso di essa, vedo uno strano bagliore, una specie di luccichio con bei colori, tutti molto piacevoli da guardare.

"I funghi hanno finalmente cominciato a fare effetto?" sento Peach chiedere in lontananza.

La quercia la guarda con disapprovazione.

"Lo so" dico alla quercia. "È scortese interrompere una conversazione."

Peach sogghigna. "Interrompere la tua conversazione... con un albero?"

"Io sono Groot" dice severamente la quercia.

Mmm. Sembra una violazione di copyright. Mi volto e vedo una ghiandaia azzurra.

"Ehi, uccellino" dico. "Sono proprio contenta che tu non sia una ghiandaia imitatrice."

"Yo" risponde l'uccello. "Come butta?"

Ridacchio. "Sai, ho una sorella che si chiama Blue. Ironia della sorte, avrebbe una paura mortale di te."

L'uccello saltella. "Ci sta guardando?"

Mmm. Di solito, Blue osserva tutto attraverso le telecamere, ma questa è una foresta. Solo gli spiriti ci stanno osservando. In qualche modo, mi sento collegata a loro. Collegata a ogni essere, ogni radice e ramo.

A proposito di legami, non ero venuta in questo viaggio da sola.

Dov'è Plum (prugna)? O era Apricot (albicocca)?

Mi giro e vedo che Come-si-chiama tiene tra le mani un piccolo ranocchio.

Certo. È logico.

Gli dà un bacino.

Trattengo il fiato, aspettandomi che la creatura si trasformi in un principe, o forse nell'artista formalmente conosciuto come Prince.

Ahimè, no. Il ranocchio brilla di colori vivaci, ma rimane un anfibio.

Ehi, non posso biasimare Nectarine (nettarina) per averci provato. Data la sua mancanza di una vita sentimentale, valeva la pena tentare.

Oh, pazienza! Continuo a esplorare la mitica foresta con i miei sensi recentemente acuiti.

"Non senti sapore di zucchero filato nell'aria?" mi chiede la mia compagna di trip.

Annuso con la bocca. "No. Per me tutto sa di numeri pari. In particolare, di quarantadue."

Fischia. "Questo *sì* che è un numero dal suono gustoso!"

Annuisco, poi inizio a chiacchierare con un pino riguardo a... la vita, l'universo e tutto quanto.

"È stato profondo" mi dice l'albero pungente. "Dovresti scrivere qualcosa di tutto questo."

Grande idea! Tiro fuori il cellulare e rimango a bocca aperta. Ha una forte aura, come quella di tutti gli esseri viventi. Il lato negativo dell'aura è che l'app delle note è difficile da individuare, quindi decido di lasciarmi un messaggio vocale con tutte le mie idee geniali.

Già. Molte sono correlate ai coupon, quindi sarebbe un peccato dimenticarle.

All'improvviso, mi ritrovo seduta in una radura, con il telefono in mano.

Per quanto tempo ho dettato quelle idee?

Boh!

Riattacco e trovo la mia amica, il cui nome finalmente mi torna in mente... ammesso che sia davvero Peach (pesca), ovviamente.

"Sei Pesca?" chiedo solennemente.

Lei smette di masticare (o di parlare con) un fungo finferlo. "Non siamo tutte pesche?"

Lo siamo? Non è possibile. Io sono qualcosa di dolce, ma non una pesca.

Forse melassa? Sciroppo d'acero?

Mi passa davanti un'ape e, per un attimo, vedo il mondo come quella piccola creatura: i colori ultravioletti dei fiori, la percezione dell'aria in movimento sulle mie antenne, la sensazione del rigurgito del nettare.

Aspettate un attimo!

Ecco il mio nome.

Miele... Honey.

Fiù!

Soddisfatta, mi sdraio sulla schiena e osservo il cielo sconfinato: è allora che il mio magico trip inizia sul serio.

———

"Si sta facendo buio" dice Peach qualche tempo dopo.

"Accidenti! Hai ragione." Mi guardo intorno, sentendomi molto più normale, ma non ancora al cento per cento. "Come siamo arrivate qui?"

Lei fa spallucce. "Vediamo se riesco a trovare un modo per tornare indietro."

Ci riesce, grazie a tutta l'esperienza di cercatrice di funghi.

Durante il tragitto di ritorno siamo calme e, quella notte, il mio sonno è profondo e riposante. La domenica mattina, mi sento di nuovo completamente me stessa e telefono a Peach.

"Eri sballata quanto me?" le chiedo, dopo che ci siamo scambiate un saluto imbarazzante.

"Stranamente, sì" risponde.

"Stranamente?"

"La specie di funghi che abbiamo ingerito è

considerata blanda" mi spiega. "Sembra che abbiamo assimilato una dose eccessiva."

"Wow. Rabbrividisco al pensiero di cosa mi farebbe un fungo forte."

"Già. A proposito, mi chiedevo… Hai tu i funghi che abbiamo raccolto durante la nostra uscita?"

Mi guardo intorno.

No.

Vedo solo il mio gatto dall'aria seccata.

Colei Che Mi Nutre deve giustificare la sua patetica scusa per esistere e, beh, deve effettivamente NUTRIRMI. Non costringermi a collezionare la mia libbra di carne umana.

Controllo in frigorifero. Non ci sono funghi. Prendo una scatoletta di cibo per gatti e la sistemo dove piace a Bunny: sopra il bancone.

Colei Che Mi Nutre potrà tenersi i bulbi oculari per un giorno in più.

"Qui non ne vedo" dico a Peach.

"Nemmeno da me" replica lei. "La morale della storia è: non assumere allucinogeni."

Eh già. Perdere un bottino di funghi gratis è l'unico motivo valido per non sballarsi. Cose come parlare con gli alberi e baciare le rane non contano.

"Comunque, goditi il resto della domenica" mi dice. "A meno che tu non voglia fare un altro giro a cercare funghi con me oggi?"

"Non posso" rispondo. "Devo portare in lavanderia i miei vestiti adatti al lavoro."

———

Il lunedì, ho appena iniziato a lavorare quando Gunther entra nel mio ufficio con un'espressione illeggibile sul volto rasato, anche se i suoi occhi verdi brillano minacciosamente.

"Credevo che gli scherzi fossero finiti" mi dice, omettendo i consueti saluti mattutini.

"Beh, è così" replico. "E se questo è il tuo modo di cominciarne uno, è sciocco."

Mi agita il cellulare davanti alla faccia. "Ti va di spiegarmi?"

"È uno smartphone?"

Lui sbuffa e preme un'icona sullo schermo.

Non appena sento la mia voce provenire dall'altoparlante del suo telefono, capisco di essere nei guai.

"Le fantastiche idee di Honey Hyman sotto gli effetti del Bluefoot" recita allegramente la mia voce.

Sarebbe già abbastanza grave così, ma la mia voce continua a parlare.

"Idea numero uno: Timber (legname): un'app di incontri per alberi."

Nove

MERDA! HO DAVVERO COMBINATO UN CASINO.

"Posso spiegare" blatero.

Il suo sopracciglio espressivo si inarca. "Spiegare che fai uso di narcotici? Mi piacerebbe sentirti."

Dannazione! Stavo per dire che Bluefoot è una marca di vodka e che ero soltanto ubriaca.

Faccio un respiro calmante. "Sono licenziata?"

E, se lo sono, questo significa prigione? Inoltre, perché l'idea di non vedere più Gunther mi preoccupa quasi quanto la prospettiva della galera?

Lui fa spallucce. "Non ho ancora deciso."

"In mia difesa, li ho assunti nel fine settimana" borbotto. "Non ero sballata in orario di lavoro."

Mi schernisce. "*Questa* è la giustificazione migliore che riesci a trovare?"

"Senti" gli dico, cominciando a infastidirmi (la mia reazione di default quando si tratta di Gunther). "Non è che mi sballo regolarmente. Io e la mia amica stavamo cercando funghi e abbiamo trovato per caso il Bluefoot, così ne abbiamo mangiato un po'."

Lui rotea gli occhi (e dev'essere l'unico umano al mondo a riuscire a farla sembrare un'azione sexy). "Sì, questo è *molto* logico. E se fosse stato un fungo velenoso?"

"La mia amica è un'esperta di queste cose. Sarebbe molto più probabile mangiare un panino velenoso in sua presenza."

Non sembra convinto. "Mettiamo il caso che trovi una valigetta con della cocaina al posto dei funghetti: faresti uso anche di quella?"

Mi stringo nelle spalle. "Probabilmente no. Ho visto abbastanza film come *Una vita al massimo* per sapere che simili valigette sono solitamente legate a mafiosi."

"Ah sì? È l'unico motivo?"

Grr! È difficile discutere quando il tuo avversario è nel giusto (ed è così distrattamente sexy come lui).

Sospiro sonoramente. "Ok, *mammina*. Le droghe sono cattive. Posso rimettermi al lavoro adesso?"

Lui scuote la testa, con un sorrisetto sulle labbra carnose. "Sei sicura di non voler ascoltare alcune delle tue idee geniali?"

Prima che io possa rifiutare, lui tocca ancora una volta lo schermo e (udite, udite!) il mio discorso leggermente biascicato ritorna, con la seguente perla di saggezza:

"L'idea numero ventisette è un altro coupon Munch & Crunch. Un dolce bacio di Gunther Ferguson in omaggio se si acquista un barattolo del suo miele. Idea numero ventotto: fare un calco delle labbra di Gunther, poi creare un rossetto con quella forma... e venderlo con un coupon Prendi 2 paghi 1. Idea numero ventinove: lasciamo perdere il rossetto. Creare un appendiabiti basato sul calco del suo..."

Tocca di nuovo lo schermo. "Hai afferrato il concetto."

Sento le mie guance assumere la tonalità di un segnale di stop. "Ricordo vagamente di aver pensato a qualche idea legata ai coupon" dico con voce strozzata. "Per lo meno, avevo il lavoro in mente."

Il suo sorrisino diventa ancora più perfido. "Se avevi il lavoro in mente, perché molte delle tue idee riguardano svendere me?" Con finta serietà, aggiunge: "Tanto per mettere le cose in chiaro, vorrei che l'accesso a qualsiasi parte del mio corpo restasse fuori dal sistema dei coupon aziendali. E anche il Buzz Beerin."

Mi sentirei meglio se sprofondassi attraverso il pavimento, magari fino all'atrio?

Con una risatina, Gunther esce dal mio ufficio, lasciandomi a chiedermi come potrò mai sopravvivere a questa umiliazione.

E poi il mio cellulare vibra.

È un messaggio di Gunther.

Vuoi sentire un'altra idea della tua lista?

Prima che io possa rispondere con "No, grazie", me ne invia una:

Proclamare una Giornata Nazionale dei Funghi, che sarebbe come Halloween, ma tutti si vestirebbero da funghi.

È davvero una mia idea? Sembra una cosa che verrebbe in mente a Peach.

Sparatemi adesso!

———

Come al solito, quando Gunther esce per andare da qualche parte (in questo caso, presumibilmente a pranzo), io sono tentata di organizzare uno scherzo nel suo ufficio.

Mi trattengo, per quanto sia difficile.

Merda! Ho bisogno di un altro sfogo per questa energia sessuale repressa.

Ed è allora che mi viene in mente. Ho accesso a quella lussuosa palestra *gratuita* e non l'ho usata nemmeno una volta.

Beh, non c'è momento migliore del presente.

Prendo uno spuntino nella dispensa e scendo con l'ascensore.

La palestra è elegante come da mia prima impressione, al punto che mi forniscono gratuitamente abiti e calzature per l'allenamento (tutti nuovi) e un armadietto dove tenerli.

Sto decisamente sbavando.

Una volta indossati i costosi leggings e il reggiseno sportivo di marca e una volta entrata nell'area della palestra, mi gira la testa per le tante opzioni a mia disposizione. Per mantenere la sanità mentale, decido di provare un po' di tutto, iniziando con i pesi liberi perché ho letto che sono ottimi per la densità ossea.

Mi avvicino a una panca e mi guardo intorno alla ricerca di un allenatore professionista.

Non ce n'è nessuno nei paraggi e forse è meglio così. Voglio sapere se questo mi rassoderà le tette.

Meglio provare direttamente e vedere.

Mmm. Qual è un peso ragionevole da sollevare sulla panca per una persona della mia corporatura?

Un tizio gracile che sembra più debole di me sta sollevando un bilanciere con un peso di dieci chili per lato, quindi suppongo che io dovrei essere in grado di sollevarne cinque senza problemi.

Metto i pesi da cinque e mi sdraio.

Ecco.

Sollevo il bilanciere.

È più pesante di quanto mi aspettassi.

Lo abbasso lentamente e poi lo spingo verso l'alto.

Ah. È molto, molto più pesante di quanto mi aspettassi, ma è bello far lavorare i muscoli delle tette. Non sapevo nemmeno di averli.

Per sicurezza, farò solo un'altra ripetizione. Dopotutto, questa è la mia prima volta.

Abbasso il bilanciere al petto.

Poi inizio a spingerlo verso l'alto... ma l'aggeggio non si muove.

Merda!

Mi sforzo, ma l'unico risultato che ottengo è quello di far rotolare il bilanciere dal mio petto al collo.

Oh-oh. Avevo già il respiro affannoso. Ora mi manca completamente il fiato.

Comincio a dimenarmi e tento persino un urlo, ma non esce nulla.

Cazzo!

È davvero così che morirò? Mi daranno uno di quei Darwin Award? Come alla coppia nuda trovata morta da un tassista nel 2007? Si è scoperto che avevano deciso di fare sesso sul tetto di un grattacielo e sono caduti giù, eliminando così il loro patrimonio genetico mentre si riproducevano.

Improvvisamente, mani forti afferrano il bilanciere e lo sollevano via da me.

Quando prendo fiato, l'aria sa di un odore maschile, con note di cera d'api e fumo.

Sbattendo le palpebre, osservo il mio eroe in tutta la sua gloria: in canottiera, con i bei muscoli imperlati di sudore.

È Gunther, naturalmente.

Non era uscito per andare a pranzo, bensì per allenarsi.

Sul serio. Sparatemi adesso!

Dieci

Mɪ sᴛᴀ ɢᴜᴀʀᴅᴀɴᴅᴏ ᴛᴏʀᴠᴏ, ᴄᴏɴ ɪʟ ᴠᴏʟᴛᴏ ᴛᴇᴛʀᴏ ᴄᴏᴍᴇ la notte.

"Cosa pensavi di fare?" Appoggia il bilanciere sui supporti.

"Volevo allenare i muscoli delle tette" mormoro mentre mi sollevo a sedere, con la mente confusa dalla mancanza di ossigeno e dall'aria che profuma di Gunther.

Lui si inginocchia accanto alla panca e mi esamina il collo con occhi socchiusi per la rabbia.

Sì! Ho sempre voluto giocare al dottore con lui.

"Ti verrà un livido" annuncia.

Trasalisco e mi sfrego la gola. "Non mi aspettavo che andasse così."

"Spero proprio di no, cazzo!" brontola, poi si acciglia. "Sei sicura di non essere ancora sballata?"

Scuoto la testa, poi mi rendo conto di una cosa. "Hai appena infranto la tua stessa regola sulle parolacce!"

Lui ignora la mia accusa. "Giura" mi ordina.

Mi metto una mano sul petto. "Se sono sballata, che io non abbia mai più la spedizione gratuita e nemmeno uno sconto del dieci per cento."

La sua espressione si addolcisce leggermente. "D'ora in poi, ti allenerai con me."

Allenarmi con lui? Cioè, vederlo regolarmente vestito così?

Forse *sono* ancora strafatta? Gli allucinogeni possono provocare un trip erotico?

"Dico sul serio" ribadisce, fraintendendo chiaramente la mia espressione sconcertata. "Hai perso il privilegio di usare la palestra da sola."

Le sue parole mi irritano. "Erano solo cinque chili."

"Ah, davvero? Quella barra pesa venti chili e tu avevi i pesi da cinque su ogni lato. Secondo i miei calcoli, fanno trenta chili."

"Ok, questo *sì* che è un po' pesante" ammetto timidamente. "Una volta, non sono riuscita a sollevare un cucciolo di bisonte di venti chili."

La sua fronte si aggrotta. "Dove hai trovato un cucciolo di bisonte?"

Mi sfrego di nuovo la gola e mi rendo conto che va molto meglio. "I miei genitori hanno una fattoria. Buffalo Wing è nato da una femmina di bisonte incinta che loro avevano salvato."

Mi guarda con evidente interesse. "È stato divertente? Crescere alla fattoria, intendo. Non sollevare il bestiame."

Sbuffo. "È stato come crescere in uno zoo... e

questo solo grazie alle mie sette sorelle."

Le sue labbra finalmente si incurvano in un accenno di sorriso. "Io avevo un gatto e un fratello minore, ma persino *quello* a volte sembrava uno zoo."

Mi siedo più dritta. "Ti piacciono i gatti?"

Sospira. "Sono stato troppo occupato per prenderne uno dopo essere andato a vivere da solo, ma è sulla mia lista di cose da fare."

"Fico" commento, resistendo all'impulso di chiedergli se ciò significa che sarebbe disposto a diventare il padre adottivo del mio felino maniaco omicida. Cioè, nella remota possibilità che arrivi un'apocalisse e che io e Gunther ci sposiamo per salvare la nostra specie.

Lui mi esamina di nuovo il collo e aggrotta le sopracciglia. "Ti senti meglio?"

"Sto bene" rispondo (ed è quasi vero).

"Vai a cambiarti, allora, così ti riaccompagno in ufficio." La frase è più un comando che un suggerimento.

Adocchio l'attrezzatura che ci circonda e metto il broncio per la delusione. "Non posso allenarmi affatto? Questo era il mio primo esercizio."

"Ti propongo un accordo" dice. "Se domani ti sentirai bene, ti mostrerò come allenarti alla panca in modo corretto."

Wow!

La sua promessa è l'unica cosa a cui riesco a pensare mentre mi cambio e, poi, mentre lui mi accompagna al nostro piano.

È anche l'unica cosa a cui penso quando finisco la giornata e vado a casa.

Persino nei miei sogni c'è un esercizio sudato che coinvolge Gunther (ma i muscoli che lavorano sono quelli del mio pavimento pelvico).

———

Poiché il giorno dopo *sto* effettivamente bene, mi ritrovo di nuovo in palestra, ad aspettare Gunther vicino alla panca malefica.

Mmm. Perché il mio cuore batte forte così precocemente? Pensa forse che abbia già fatto un po' di attività cardio?

Prima che io riesca a capirlo, Gunther si avvicina e peggiora ulteriormente la situazione, perché indossa lo stesso outfit lusinghiero di ieri.

"Cos'è quella?" Indico la barra sottile che tiene in mano (perché è meglio che sbavare per il suo fisico).

Lui sostituisce il bilanciere che mi aveva quasi ucciso, spiegandomi: "Questo è un bilanciere da donna. È più leggero e sottile, più facile da impugnare per te."

"Sembra una frase sessista" mormoro. "Come se stessi insinuando che le mie manine delicate non possono maneggiare qualcosa che le tue possono."

Sospira. "È così che si chiamano: bilanciere olimpionico da donna o da uomo."

Lo schernisco. "Tutti dicono cose come 'tira fuori le palle', ma non per questo la frase suona meno sessista."

"Touché. Dovremmo chiamarlo bilanciere più

sottile contro bilanciere più grosso? O forse più leggero contro più pesante?"

Mi gratto il mento, esagerando la mia espressione pensosa. "Non sono sicura di cosa sia meglio per l'ego ipersensibile del *bilanciere* dell'uomo. Se diciamo che è 'più pesante', potremmo dargli un problema di immagine corporea. Invece 'più grosso' ha quelle sfumature falliche che potrebbero…"

Lui rotea gli occhi. "Opteremo per leggero e pesante. Ora" aggiunge con un tono molto più autoritario. "Sdraiati sulla panca."

Eseguo l'ordine e mi tornano in mente i flashback del sogno della notte scorsa, in cui lui mi aveva ordinato di sdraiarmi prima che le cose si facessero pesanti.

"Ti farò da spotter" dice.

Lo guardo sbattendo le palpebre, oltremodo distratta dal fatto che il suo inguine non fosse mai stato così vicino al mio viso. E, con quei pantaloncini da ginnastica, c'è più di un accenno di rigonfiamento. Con uno sforzo, trascino i miei pensieri in un'altra direzione. "Che cosa significa?"

Lui si accovaccia in modo che le sue mani siano vicine ai miei gomiti. "Se non riesci a sollevarlo da sola, ti aiuterò io, così." Mi sfiora i gomiti con tocco leggero come una piuma.

Per tutti i muscoli pettorali sovrasviluppati alla Arnold Schwarzenegger! La scintilla provocata dal suo tocco si diffonde nel mio corpo fino a depositarsi intorno al piercing sul clitoride.

Improvvisamente, mi sento potente. Pronta per qualsiasi cosa.

"Lo sollevo subito!" esclamo con voce roca.

"È questo lo spirito giusto" commenta con entusiasmo. "Arrabbiarsi con il peso."

Non sono sicura di essere arrabbiata, ma spingo il bilanciere come se mi stesse bloccando l'ingresso al Walmart durante il Black Friday.

Whoosh.

Lo faccio alzare (il bilanciere, intendo).

"Uno" conta Gunther, irradiando ancora una forte energia. "Fai dei movimenti più lenti. Più controllati."

Avrei comunque agito con lentezza e controllo durante la discesa: l'ultima cosa che voglio è far cadere questo aggeggio. Anche quando spingo di nuovo il peso verso l'alto, vado piano e capisco perché lui mi abbia suggerito di farlo. In questo modo, sento davvero i muscoli che dovrei esercitare.

"Due" conta.

"Il bilanciere più leggero è più facile da sollevare" ammetto.

"Non parlare" mi dice. "Concentrati sulla respirazione. Espira mentre sollevi."

Sto zitta, faccio come mi ha ordinato e sento la differenza.

"Cinque, sei, sette, otto" conta e, quando arrivo a quindici, mi dice di fermarmi.

"Ottimo lavoro" esclama. "Sei sicura di non esserti mai allenata alla panca prima d'ora?"

Per qualche motivo, il mio petto arrossisce

(probabilmente per orgoglio).

Gunther guarda la mia pelle esposta con approvazione.

Wow. Basta un'unica serie di sollevamenti alla panca e le mie tette sono irresistibili?

"Hai la pompa" dice.

"Cosa?" Resto perplessa.

"Si usa il termine pompa muscolare quando i muscoli sembrano gonfi dopo l'esercizio." Mette il braccio nella classica posizione di flessione e gonfia il bicipite come un palloncino di carne sexy.

Resto ammutolita. Sta illustrando le sue parole con quella manovra o sta cercando di farmi ovulare?

"Non credo che 'gonfio' sia la parola giusta per il tuo bicipite" dico, quando mi fido a parlare senza sbavare.

Un sorrisino appare sulle sue labbra carnose. "Visto che oggi sei la perfettina del linguaggio, dimmi tu una parola migliore."

"Ingrossato." Sto ancora parlando del suo bicipite?

"D'accordo. La 'pompa' è quando i muscoli sembrano *ingrossati*. Succede quando si spingono i muscoli al limite e il sangue affluisce in quell'area. Le persone che si allenano amano vedere i propri muscoli più grandi, anche se solo temporaneamente."

Ah-ah. La mia mente dev'essere ancora immersa nelle sconcezze, perché sto pensando a un altro scenario che prevede l'afflusso di sangue per far sembrare qualcosa più grande, associato anche alla parola "ingrossato."

"Ti si sono persino arrossati i pettorali" continua, "cosa rara." Lancia uno sguardo di approvazione al mio petto. "In realtà, sono invidioso. Come vedrai tra poco, il mio petto non si arrossa, nemmeno quando mi viene la pompa muscolare."

"Aspetta. Anche tu fai la panca?" E io posso assistere senza saltargli addosso?

"Non preoccuparti" mi dice. "Non c'è bisogno che mi fai da spotter."

"Eh?"

"Il peso che sto per sollevare è troppo pesante perché tu possa aiutarmi" spiega. "E non sto facendo il sessista. Anche pochi uomini qui potrebbero farmi da spotter."

Per dimostrarlo, impila sul bilanciere un numero di pesi tale che, se li si mettesse su un'altalena gigante, probabilmente farebbero volare un elefante (e non sto parlando di Dumbo).

"Tutto qui?" gli chiedo con tono palesemente sarcastico. È evidente che si stia mettendo in mostra.

Lui guarda i pesi con espressione accigliata. "Hai ragione. Non avevo tenuto conto che questo bilanciere è più leggero." Si avvicina a una rastrelliera adiacente e prende altri due piccoli pesi da due chili e mezzo, da aggiungere su ciascun lato.

Lo osservo con aria affascinata mentre si sdraia, inspira tanta aria da gonfiare un palloncino di compleanno e solleva il bilanciere con un movimento fluido e costante.

Accidenti a me!

Le estremità della barra si piegano a causa di tutta quella forza di gravità, ma le braccia di Gunther abbassano il bilanciere e lo spingono di nuovo verso l'alto, ripetendo la medesima impresa erculea per quindici volte. Nelle ultime ripetizioni, grugnisce in modo gutturale, procurandomi fantasie pornografiche di lui che viene, che si svuota dentro di me dopo una sessione di sesso selvaggio e martellante e…

"Com'era il mio esercizio?" mi chiede dal niente.

Merda! Si è già alzato dalla panca e mi sta guardando come se fossi pazza.

E lo sono. Come spiegare, altrimenti, il mio ultimo pensiero?

Mi schiarisco la gola. "Hai sollevato e abbassato abbastanza agevolmente." Gli guardo il petto con aria significativa. "Ed ecco la pompa."

Sarebbe così inappropriato leccare una sola gocciolina di sudore dal suo petto? E dal suo viso?

"Tocca a te" mi dice con tono autoritario mentre toglie tutti i pesi.

Mi sdraio ed ecco di nuovo la vicinanza di quel rigonfiamento da infarto. Sto prendendo così tanta confidenza con lui che potrei anche dargli un soprannome.

Forse Mr. Succhia & Lecca? Mi ricorda Munch & Crunch (mastica e sgranocchia), ma senza sfumature cannibalesche.

"Hai imparato" mi dice Gunther con energia maniacale. "Continua ad arrabbiarti con quel peso."

Arrabbiata: no. Arrapata: sì.

Incanalo tutte le mie energie e sollevo il bilanciere, espirando.

"Bene così" mi elogia Gunther. "Ora fai altre quattordici ripetizioni uguali."

Se fosse così bravo a motivarmi al piano di sopra, sarei la lavoratrice più dedita nella storia aziendale. Arrivo a quindici e lui deve solo aiutarmi un pochino con i gomiti nell'ultima ripetizione... e questo (oppure tutto l'afflusso di sangue ai muscoli delle tette) mi fa girare la testa per un secondo, mentre mi tiro su a sedere.

Lui mi esamina con aria preoccupata. "Stai bene?"

Faccio un cenno d'assenso con la testa, ormai stabile.

"Ti va di farne un'altra serie dopo questa? Tre è un buon numero."

Riesco ad annuire di nuovo. "Ora tocca a te."

Sorride, aggiunge ancora più pesi e si sdraia.

Il suo viso è sexy quando è sotto sforzo, tutto virile e selvaggio, come quello di un boscaiolo.

Grr! Per distrarmi dai pensieri impuri, imito i suoi conteggi motivazionali, il che è facile perché sono sinceramente eccitata da ciò che sta facendo, solo nel modo sbagliato.

"Quattordici... quindici!" esclamo, mentre un altro grugnito orgasmico prorompe dalle sue labbra serrate. "Ottimo lavoro."

Fiù! Sono davvero felice di fare la mia serie. Se sono fortunata, smaltirò un po' di questa energia nervosa che mi scorre dentro.

No. Persino dopo altre due serie, la sensazione della pompa muscolare non è esclusivamente nel mio petto. È anche nelle mie parti intime.

"Pronta per il fly?" mi chiede.

"Pronta per cosa?" È uno scherzo legato al mio nome, tipo il detto "andare come le mosche al miele"? (*Fly* significa, tra le altre cose, anche "mosca").

"Il fly è un tipo di esercizio." Indica un vicino macchinario, che sembra una rastrelliera per le torture.

Vedendo la mia espressione scettica, si siede sul sedile di fronte al marchingegno incrociato, afferra le maniglie ad esso collegate e tira finché le mani non si incontrano davanti al suo petto.

Oh mio Dio! Alla fine del movimento, i suoi pettorali si flettono con forza e sembrano incredibilmente enormi... e mi ispirano moltissimo a leccarli.

Ok. Ora ci sono. La mosca nel nome di questo esercizio è un riferimento alla mosca spagnola, il presunto afrodisiaco che fa sentire le donne accaldate e turbate, come sono io in questo momento.

"Vedi?" mi chiede, mentre esegue la ripetizione successiva. "Questo movimento è come un battito d'ali."

"Certo. Le ali di un albatro, non di una mosca."

Inarca un sopracciglio mentre le sue mani si uniscono di nuovo. "Primo, credo che ci fosse un complimento da qualche parte. Secondo, chi ha mai parlato di *Musca domestica*?"

Roteo gli occhi. "*Musca domestica*?"

Lui esegue un'altra ripetizione. "È il nome scientifico della mosca comune. Dato che hai confuso l'animale con il verbo (*fly* significa anche "volare"), ho pensato di essere più preciso per te."

"Non parlare" gli dico, imitando il suo tono meglio che posso. "Concentrati sulla respirazione. Espira mentre voli verso l'alto."

Sorride. "In realtà, questo non sarebbe il mio peso. Ti stavo solo mostrando cosa fare con quello che c'era già." Si avvicina e sposta il piccolo perno dei pesi attaccati al dispositivo di tortura fino in fondo. "Ora sì che sarà una sfida" si vanta, poi rifà lo stesso movimento (sempre senza sforzo) con le labbra invitanti premute in una linea decisa.

Come prima, mi distraggo contando per lui. A metà della sua serie, mi sento rizzarsi i peletti sulla nuca, come se si stesse avvicinando una persona nefasta.

Mi giro e vedo la causa: Tiffany. È su una cyclette ellittica e mi sta guardando malissimo.

Faccio finta di non notarla e aspetto che Gunther finisca.

Quando poggio il sedere sulla macchina della tortura e spingo le maniglie davanti al mio petto, Gunther si acciglia. "Non stai controllando il movimento." Si sporge in avanti. "Afferra bene le maniglie." Stringe le sue grandi mani intorno alle mie e mi dà una leggera strizzata alle dita, presumibilmente per illustrare ciò che intende.

La mia forte reazione primordiale a questa istruzione mi fa desiderare che la palestra fornisca anche un cambio di mutandine insieme all'abbigliamento sportivo.

"Ora spingi, così." Porta le mie mani in avanti lentamente.

Cerco di non svenire mentre la dimostrazione continua.

"Alla fine, flettiti lì." Mi indica un punto appena sotto la clavicola.

Mi fletto dove mi ha detto, anche se in realtà vorrei accavallare le gambe e flettere tutt'altri muscoli.

"Ottimo lavoro" commenta, iniziando a contare per me (e potrei giurare che sto sviluppando un feticismo per i numeri da uno a quindici).

"Non credo che dovresti farne ancora" dice Gunther quando ho finito con il fly.

Mi acciglio. "Perché? Pensi che sia troppo delicata?" Ho abbastanza energie per fare il doppio del sollevamento pesi che ho già fatto… seguito poi da una sessione rapida e selvaggia sopra Mr. Succhia & Lecca.

"Sono sicuro che potresti alzarlo" mi dice con tono rassicurante.

Il peso o il suo cazzo? "Ah sì? Allora perché fermarmi?"

Sospira. "Un errore comune dei principianti è quello di sforzarsi eccessivamente e poi, il giorno dopo, sono troppo indolenziti. Questo li scoraggia dal tornare."

"Quanto indolenzita sarò?" lancio un'occhiata al suo rigonfiamento.

"Ho visto persone che non riuscivano a camminare

il giorno dopo" replica. Vedendomi sgranare gli occhi, si affretta ad aggiungere: "È successo dopo una giornata di allenamento delle gambe e, in ogni caso, il dolore diminuisce man mano che si continua ad allenarsi. E si fa stretching."

Mi inumidisco le labbra. "Sono disposta a dedicarci tempo... e sono molto elastica."

I suoi occhi di smeraldo brillano. "È un ottimo atteggiamento. Assicurati di mangiare sempre bene un'ora prima e dopo."

Ingoio tutta la saliva in eccesso. "Saziare la fame prima di una sessione epica? Molto pratico."

Lui si asciuga una goccia di sudore dal petto. "Assicurati anche di idratarti bene."

"Buona idea." *Ho* effettivamente perso una quantità esuberante di umidità... in *tutti* i posti.

"Ok" dice. "Per completare la giornata, che ne pensi di un bagno turco?"

La mia bocca si socchiude mentre immagino noi due nel suddetto bagno turco, tutta la sua carne dura come una roccia, altre gocce di sudore che adornano la sua pelle, tutti i massaggi che mi offrirebbe per lenire i miei muscoli doloranti, tutti i...

"Ci vediamo?" Sembra confuso, probabilmente a causa dell'espressione sbavante sul mio viso.

"Sì. Ci vediamo."

Mi precipito negli spogliatoi come una pazza e, lì, mi imbatto in Tiffany.

"Vi ho visti" mi dice con cattiveria.

"E?"

"E tu sei un cliché" prosegue.

Inarco un sopracciglio.

"Sai cosa intendo." Sbatte la porta del suo armadietto. "Andare a letto con il capo per fare carriera."

Roteo gli occhi e l'azione è impregnata dello stesso atteggiamento che avevo quando eravamo al liceo. "Quale carriera? Sono qui per il progetto dei coupon e basta. Comunque, trovo interessante la rapidità con cui la tua mente è saltata a quella specifica conclusione."

Lei inspira per ribattere, ma io non mi curo di aspettarla e vado verso il mio armadietto.

Con mio sollievo, Tiffany non mi segue.

Apro l'armadietto, mi spoglio, mi copro con l'asciugamano e parto alla ricerca del bagno turco.

Quando lo localizzo, sento il sapore della delusione fino al clitoride.

Gunther non c'è.

Non può esserci, non senza infrangere i principali tabù della società. Essendo annesso allo spogliatoio femminile, il bagno turco non è misto: cosa che avrei capito, se la mia mente non fosse stata annebbiata dagli ormoni fuori controllo.

Oh, pazienza! Ne approfitto comunque, poi finalmente faccio quello di cui ho disperatamente bisogno a questo punto: una doccia fredda.

Undici

IL GIORNO DOPO, AL MATTINO FACCIO FATICA A concentrarmi. Il mio petto è indolenzito dall'esercizio del giorno precedente e le mie parti intime sono indolenzite perché, forse, ho usato troppo il vibratore per le fantasie di una versione molto più sconcia di quell'allenamento.

In qualche modo riesco a combinare qualcosa, ma, proprio quando entro in modalità concentrazione, Gunther fa capolino nel mio ufficio. "Ti va di allenare le spalle con me oggi?"

Il mio cuore sussulta. "Tu che ne dici?"

Sorride. "Lo prenderò per un sì."

———

A proposito di frustrazione sessuale, guardare Gunther fare esercizi per le spalle ha un effetto peggiore sulla mia libido dell'allenamento di ieri. Il giorno successivo è ancora più difficile, perché lui fa esercizi per le gambe. Persino questo non è niente in confronto al giorno dopo, quando alleniamo i muscoli della schiena, mentre il più frustrante di tutti gli allenamenti è quando lui flette le braccia grandi, forti e da toccare.

E così, per le settimane successive, di giorno andiamo in palestra insieme e di notte mi masturbo eccessivamente. Quest'ultima attività diventa così varia che finisco per visitare "Impastare la Gnocca", un blog gestito dalla mia compagna di covata Lemon.

Ho scoperto di essere una fan di una tecnica chiamata "Lunga vita e prosperità." È quella in cui si tengono le dita a forma di V come nel saluto vulcaniano.

———

Sono seduta nel mio ufficio e mi sto facendo aria con le mani dopo l'ultimo allenamento con Gunther, quando entra Ashildr con un biglietto di auguri festoso.

"È il compleanno di Tiffany" mi informa. "Puoi firmare questo biglietto per lei?"

Grandioso. Tiffany mi guarda di traverso ogni volta che ci incrociamo e, ora, devo trovare qualcosa di carino da augurarle. Forse dovrei optare per: "Ti auguro di diventare più saggia con l'avanzare dell'età. Al momento sei troppo idiota." Oppure: "Che tu possa avere positività nella tua vita. Potrebbe essere l'unico modo per cancellare dalla tua faccia quell'espressione da stronza acida."

Con la coda dell'occhio, vedo Gunther dirigersi verso il proprio ufficio e mi viene un'idea. Forse, potrei scrivere qualcosa come: "Che i tuoi desideri si avverino, a meno che non riguardino Mr. Succhia & Lecca: nel qual caso, spero che tu avvizzisca e muoia."

No, non posso.

Con un sospiro, scrivo "Auguri", seguito da uno scarabocchio del mio nome che spero lei non riconoscerà.

Proprio mentre restituisco il pennarello ad Ashildr, una goccia di liquido rosso appare sul bianco del foglio.

Una goccia di sangue.

Il tempo sembra rallentare; sento i miei sensi abbandonare il corpo mentre fisso la goccia, a cui se ne unisce un'altra, poi un'altra ancora, tutte fuoriuscite dalla narice sinistra di Ashildr.

"Ti senti bene?" sento Ashildr chiedermi, ma la sua voce arriva come se mi trovassi in fondo a un pozzo. "Perché sei così pallida?"

Si ode un clamore. Penso che sia la porta del mio ufficio, ma potrebbe essere il suono della mia consapevolezza che scivola via.

In un attimo, rovescio gli occhi all'indietro e svengo.

Dodici

Sᴃᴀᴛᴛᴏ ʟᴇ ᴘᴀʟᴘᴇʙʀᴇ ᴇ ᴍɪ ʀɪᴛʀᴏᴠᴏ ᴛʀᴀ ʟᴇ ꜰᴏʀᴛɪ ʙʀᴀᴄᴄɪᴀ di Gunther. È inginocchiato sul pavimento e il suo tocco elettrizza il punto in cui i nostri corpi si incontrano.

Chiudo di nuovo gli occhi e mi chiedo se sto facendo quel sogno, quello in cui Gunther mi usa per allenare i bicipiti. Se è così, perché non sono in aria? Mi ha forse messa a terra per riposare? So solo che essere in palestra spiegherebbe come mai mi sento così dannatamente stordita. Devo aver usato troppi pesi nell'ultima serie di esercizi.

"Si è appena ripresa" dice la voce di Ashildr da lontano. "Credo."

Oh, cazzo. Potrebbe non essere un sogno.

Mi torna in mente tutto. Ashildr ha iniziato a sanguinare, io sono svenuta come una babbea e Gunther deve aver assistito alla scena.

Ora tengo gli occhi saldamente chiusi. L'ultima cosa

che voglio è vedere di nuovo il naso di Ashildr sanguinare e svenire una seconda volta. Il solo pensare a questa maledetta situazione mi fa girare la testa.

"Potete uscire?" sussurro. "Ho bisogno di tutto l'ossigeno." Se sono fortunata, non ci sarà sangue da nessuna parte nel mio ufficio.

"Lasciaci." Il tono di comando con cui Gunther pronuncia questa parola renderebbe orgoglioso un comandante militare.

"Guarisci presto" borbotta Ashildr, poi lo sento allontanarsi.

Sbircio attraverso le ciglia.

Fiù! Si è portato via il biglietto di auguri, il naso e tutte le tracce di sangue. Ora, se riesco a sbarazzarmi di Gunther, forse non morirò di umiliazione.

"Come ti senti?" mi chiede con dolcezza.

Mi sento un'idiota. La prima volta che ho udito Ashildr parlare del suo problema di secchezza nasale, avrei dovuto procurarmi un umidificatore per il mio ufficio.

"Ho deciso." Gunther mi solleva da terra come una sposa (o come un paio di manubri). "Andiamo."

Quando inizia a trasportarmi, mi aggrappo istintivamente alle sue spalle, poi mi rendo conto di quello che sto facendo e mi dimeno tra le sue braccia, ma la sua presa è ferrea.

E ora ho delle perversioni in mente.

"Dove mi stai portando?" gli chiedo, facendo del mio meglio per non inalare troppo il suo profumo delizioso, che mi circonda.

"In ospedale." Quando pronuncia la parola, siamo già a metà strada verso gli ascensori.

Un ospedale è un luogo in cui potrei imbattermi nella vista di altro sangue, quindi portarmi lì sarebbe come cercare di curare l'alcolismo con la Spirytus Stawski: una vodka polacca col novantasei per cento di alcol.

"Mettimi giù!" Mi dimeno di nuovo inutilmente, spingendo sui muscoli duri delle sue spalle.

Nonostante la mia richiesta a gran voce, ogni singolo tirapiedi della Munch & Crunch intorno a noi tiene lo sguardo fisso sul proprio schermo, come se la vista di Gunther che trasporta una collega bellicosa fosse uno spettacolo di tutti i giorni.

"Davvero, sto bene" ringhio quando siamo davanti all'ascensore.

Lui mi stringe più forte al petto per poter premere il pulsante dell'ascensore con il gomito. "Le persone che stanno bene non svengono."

Dovrei dirgli la verità?

Non esiste! È l'ultima cosa che voglio. Mi deriderebbe o mi compatirebbe (e non so quale delle due sarebbe peggiore).

"Ho sicuramente avuto un calo di zuccheri" blatero.

Ops! Era chiaramente la scusa sbagliata. I suoi occhi sono come una lente d'ingrandimento puntata su un insetto in una giornata di sole. "Ti sei dimenticata di mangiare... di nuovo?"

Di nuovo? Ah, giusto. Il giorno in cui pensavo che ci fossimo quasi baciati, avevo usato questa stessa scusa.

Merda! Dopo quell'episodio, per un po' di tempo lui ha insistito affinché mangiassi. La cosa peggiore è che, da quando ci alleniamo insieme, mi fa la predica sul corretto apporto calorico dopo gli allenamenti e spesso condivide con me i suoi frullati proteici.

È il momento di fare marcia indietro. "È stato un errore ingenuo. Ho semplicemente avuto da fare. Quando…"

"No" dice di botto, poi mi posa delicatamente a terra.

Sarò la prima persona al mondo a essere licenziata per non aver mangiato? O la prima dipendente a essere sculacciata vicino all'ascensore?

Gunther estrae una barretta proteica dalla tasca interna della giacca. "Mordi questa."

Reprimendo un "vai a quel paese", gli obbedisco e gemo internamente per l'intensità con cui mi guarda: come se non si fidasse del fatto che ingerirò.

Mastico in modo molto deciso e deglutisco rumorosamente. Poi, per sicurezza, apro la bocca per mostrargli che il boccone è davvero finito.

I suoi occhi brillano. "Bene. Ora andiamo in mensa."

Le porte dell'ascensore si aprono proprio mentre chiedo: "Perché?"

Lui mi spinge all'interno. "Perché una mensa è un luogo dove si mangia?"

Grugnisco. "Octothorpe, disattiva le fastidiose definizioni di Wikipedia."

Con mio grande stupore, un piccolo altoparlante

sopra la mia testa dice con una voce da scoiattolo: "Tutte le notifiche sono già disattivate nell'ascensore."

"Grandioso" brontolo. "La macchina del caffè non è dotata di intelligenza artificiale, ma l'ascensore sì. Ho paura di parlare con un gabinetto."

Con un piccolo sorriso sulle labbra, Gunther preme il pulsante della mensa.

Mi metto le mani sui fianchi. "Non hai risposto alla mia domanda."

Sospira. "Visto che ti dimentichi di mangiare, ti sorveglierò io."

Le mani mi cadono lungo i fianchi. "Cosa?"

"Pranzeremo insieme. Mangeremo usando piatti veri. È un concetto estraneo, lo so."

Roteo gli occhi. "E poi cosa, hai intenzione di imboccarmi?" Sono contenta che, nel mentirgli, non gli ho detto che avevo dimenticato altre funzioni corporee di base. È chiaro che lui non veda l'ora di avere altre cose da supervisionare.

Il sorriso di Gunther è davvero diabolico. "L'imboccamento è l'ultima risorsa."

Mmm. Perché l'idea mi sembra un po' piccante?

No. Dacci un taglio. Così non va bene.

O forse sì? Mi sono stancata del cibo della dispensa, anche se è gratis. A proposito… "Parleremo di lavoro durante il pranzo?"

"Perché?" mi chiede, imitando il mio tono precedente.

"Ashildr mi ha detto che, se si tratta di una riunione di lavoro, i pasti della mensa sono gratuiti."

Gunther sbuffa. "*Possiamo* parlare di lavoro, ma non siamo costretti. In ogni caso, offro io."

"Oh. Immagino che non sarebbe la fine del mondo dover mangiare l'aragosta con te lì... solo per stavolta."

Le porte dell'ascensore si aprono e, uscendo, Gunther mi dice da sopra la spalla: "Non solo stavolta. Ogni giorno."

Ah.

Ogni giorno. Insieme.

Non ho la possibilità di stabilire cosa penso di questo sviluppo, perché devo affrettarmi a seguire i suoi lunghi passi mentre mi conduce nella raffinata mensa, dirigendosi verso l'area più esclusiva e riservata, dove ci sono una direttrice di sala, dei camerieri e menù plastificati con un elegante font Centeria Script.

"Buongiorno, signor Ferguson" dice la direttrice di sala con voce smielata. "Desidera il tavolo delle riunioni o il suo personale?"

"Personale" risponde lui.

Annuendo, lei ci conduce al tavolo più bello, nell'angolo, con le posate che sembrano di platino e una vista su Manhattan che mi rende momentaneamente ammutolita.

Quando mi riprendo, do un'occhiata al menù... e mormoro imprecazioni sottovoce quando vedo i prezzi folli.

"Linguaggio!" mi rimprovera Gunther, ma il suo tono è meno severo del solito.

Giro la pagina. "Pensavo che questo posto avesse prezzi agevolati."

Lui fa spallucce. "La sezione self-service ha costi più contenuti. In ogni caso, visto che abbiamo sottratto uno chef a un ristorante stellato, definirei questi prezzi ragionevoli."

"Se lo dici tu."

Si sporge in avanti con fare cospiratorio. "Se questo fa sentire meglio l'appassionata di sconti che c'è in te, in pratica qui pagherò me stesso."

Ah. Giusto. A volte dimentico che lui è il proprietario di tutta la Munch & Crunch, compreso questo ristorante.

"In tal caso, prendo il piatto 'mari e monti'" dichiaro, nominando il piatto più costoso del menù. "Voglio essere sicura che tu ci guadagni."

"Che fortunata" commenta lui, chiamando un cameriere con un cenno.

Perché sarei fortunata? Prima che possa chiederglielo, il cameriere arriva con un elegante cestino del pane.

Gunther ordina il "mari e monti" per me, un avocado toast e le uova alla Benedict per sé.

Due pasti? Considerando quello che gli ho visto fare in palestra, i conti tornano.

"Ordini sempre piatti fuori menù?" gli chiedo quando il cameriere se ne va.

"Il toast e le uova sono nel menù del brunch" spiega Gunther. "In ogni caso, lo chef tiene sempre pronti gli ingredienti, visto che ordino spesso questa combinazione."

Mmm. Allora perché io sarei fortunata a mangiare bistecca e aragosta? "Sei vegetariano?"

Lui scuote la testa. "Mi limito a prodotti a basso contenuto di ferro."

È vero. Aveva già accennato alla sua condizione, ma, dato che il contesto era quello della donazione di sangue, ho bloccato l'informazione come faccio con tutto ciò che riguarda la mia fobia.

Accidenti! Ora che mi sono messa a pensare a questo, mi sento di nuovo stordita.

"Mangia il pane" mi ordina lui. "Sei di nuovo pallida."

Con un sospiro, obbedisco.

Il pane è fantastico (soprattutto la crosta croccante), quindi mi fa davvero sentire meglio.

"Ora hai una nuova serie di responsabilità in questo lavoro" mi informa Gunther quando alzo lo sguardo.

"Eh?"

Prende una pagnotta dal cestino per sé. "Scatterai una foto di tutte le tue colazioni e cene e me la manderai via messaggio."

Cominciano a venirmi i nervi, ma li reprimo. Le mie stesse bugie mi hanno cacciata in questa situazione. "E se non lo faccio? Mi imboccherai?"

"Peggio ancora. Ogni foto mancante ti costerà l'1% del tuo bonus."

"Riceverò un bonus?"

"A partire da ora, sì." Vedendo l'interesse nei miei

occhi, sembra trionfante. "O più correttamente... forse."

Bene. Posso scattare qualche foto se poi verrò ripagata. Dopotutto, la gente posta questo genere di cose sui propri social media a titolo gratuito.

"A che ora vuoi riceverle?"

Gli angoli delle sue labbra carnose si sollevano. "A che ora mangi di solito?"

Glielo dico e lui annuisce con approvazione. "Puoi mandarmi un messaggio subito dopo."

"Certo. Non vorremmo ritardare i miei pasti."

"Qualcosa del genere."

"D'accordo. Ci proverò."

Si acciglia. "Non provarci. Fallo."

"Ok, Yoda."

"Se hai bisogno di un ulteriore promemoria, posso mandarti un messaggio. Ma, se lo faccio, potrei anche condividere altre delle tue fantastiche idee sotto l'effetto dei funghetti. Come questa." Tira fuori il cellulare e preme un pulsante sullo schermo.

"Colorare tutti i cartelli stradali di viola" dice la mia voce.

Rabbrividisco. "È un ricatto?"

Lui allarga le mani. "Ho detto che le avrei mandate solo a *te*, non a un intero gruppo di persone."

Già. Decisamente un ricatto.

Il cameriere si presenta con un vassoio.

Inizio a sbavare. Tutto sembra ottimo. Il mio 'mari e monti' è come quei piatti finti che preparano per le pubblicità con colla, spugne e lucido da scarpe, ma in qualche modo reale. Inoltre, il capolavoro culinario è tanto buono quanto bello e, a giudicare dall'espressione beata sul viso di Gunther, anche il suo cibo è ottimo.

È questo l'aspetto che avrebbe Gunther se stesse mangiando me?

Per poco non mi strozzo con l'aragosta.

Lui mi guarda male. "Non ti ho mai detto di mangiare così velocemente da finire soffocata."

Vorrei che mi soffocasse mentre mi mangia?

Grr! Sul serio? Ho bisogno di una distrazione, subito, prima che la mia faccia inizi a combaciare con il colore dell'aragosta sul mio piatto.

"Raccontami qualcosa di te" dico di botto.

Sì. Questo è un argomento più sicuro (a meno che non mi dica che gli piace mangiare miele).

Gunther inclina la testa. "Tipo cosa?"

Faccio spallucce. "Qualcosa che pochi sanno?"

Apre la bocca, poi sembra riconsiderare ciò che stava per dire. Alla fine, afferma: "Non sono sicuro di potermi fidare a dirtelo."

Mi sfrego le mani con entusiasmo. "Dai, smettila di stuzzicarmi."

"Forse, se tu mi raccontassi qualcosa di imbarazzante su di te?"

Perfido. "Hai già le mie idee sotto l'effetto dei funghi. Cosa ti serve ancora?"

"Qualcosa di più personale" risponde.

"Bene." Intingo un pezzo di aragosta nel burro. "Mi piacciono i film horror."

Era iniziato come un tentativo di terapia di

esposizione, ma poi ho scoperto che la vista del sangue sullo schermo non mi disturba affatto, probabilmente perché so che in realtà si tratta di sciroppo di mais o di cioccolato con colorante alimentare rosso o, nei film più recenti, di pura CGI (*Computer-Generated Imagery*).

Lui sembra sul punto di strozzarsi con la polpa di avocado. "Sei una sensitiva o qualcosa del genere?"

"Perché?"

"Lo sporco segreto che ho esitato a condividere ha a che fare con i film horror. Quelli orribili."

Lo guardo con gli occhi stretti. "Non è possibile."

"Ebbene sì. Mi piacciono quei film disprezzati dai titoli 'Questo vs. quello'."

Lascio cadere la forchetta con un sussulto. "Anche a me."

Lui sembra dubbioso. "Mi stai dicendo che sei la prima persona che incontro ad assomigliarmi?"

Mi associo al suo scetticismo. "Ammesso che tu non te lo stia inventando."

"Qual è il tuo preferito?" mi domanda. "Rispondi di getto."

"*Freddy vs. Jason*. Il tuo? Di getto."

"*Alien vs. Predator*" risponde senza un attimo di esitazione.

"Quello è peggiore del mio... e l'hai detto così in fretta. Forse non stai mentendo, dopotutto. Cazzo! Non posso credere di aver incontrato un altro fan dei film 'versus'."

Il suo buon umore si affievolisce. "Linguaggio, per favore."

Roteando gli occhi, prendo un coltello e inizio a tagliare la mia bistecca, mentre Gunther mi osserva con crescente disapprovazione.

"Cercherò di non dire parolacce in futuro" dichiaro. "Giurin giurello."

"Non si tratta solo di questo." Indica le mie mani. "Il coltello dovrebbe stare nella mano destra."

"Ah sì?"

"Ecco perché si trovava sul lato destro del piatto" spiega. "E, dato che siamo in tema di buone maniere a tavola, non dovresti usare la forchetta da aragosta per la bistecca." Indica la forchetta normale sul lato sinistro del mio piatto.

C'è abbastanza sarcasmo nel mio tono quando gli chiedo: "Nient'altro, egregio signore?"

Lui annuisce, tutto serio. "I rebbi della forchetta dovrebbero essere rivolti lontano da te." Prende forchetta e coltello e imita il taglio di una bistecca immaginaria.

"Capito." Prendo le posate giuste nelle mani giuste e taglio lentamente la bistecca come lui mi ha insegnato, roteando gli occhi.

"Grazie" mi dice.

"Nessun problema" mento. "Ora, dimmi. Qual è il film 'vs.' che ti piace di meno tra quelli che hai visto?"

Si accarezza il mento. *"King Kong vs. Godzilla."*

"Non è nemmeno un film horror."

"Sì. Forse. E il tuo?"

"Se parliamo di non-horror, *Scott Pilgrim vs. the World.*"

Fa un sussulto teatrale. "È un film così sottovalutato. Perché è quello che ti piace di meno?"

Sorrido. "Il problema sono le recensioni positive. Per essere un autentico film 'vs.', deve essere un horror scadente e avere valutazioni schifose."

I suoi occhi di smeraldo brillano mentre ricambia il mio sorriso. "Devi ammettere, però, che aveva un cast straordinario."

"Eh?"

"Assolutamente sì. Uno degli ex malvagi ha poi interpretato la Torcia Umana e in seguito, notoriamente, Capitan America. Un altro è stato Superman e un altro ancora è diventato Capitan Marvel."

Assaggio gli asparagi grigliati che accompagnavano il mio piatto e persino questa verdura, normalmente noiosa, qui ha il sapore di una prelibatezza. "Imbroglione" esclamo. "Mi sta venendo il sospetto che i film di supereroi ti piacciano tanto quanto quelli 'versus'. O anche di più."

Scuote la testa con veemenza. "No. I film 'vs.' avranno sempre un posto speciale nel mio cuore. Eppure, chi non apprezza un buon film di supereroi?"

"Io." Stringo gli occhi su di lui. "Fammi indovinare. Il tuo preferito è *Capitan America*. Chris Evans è un perfettino ben curato in quel franchising, quindi è ovvio che tu possa immedesimarti."

Lui abbassa lo sguardo sul suo abito perfettamente realizzato su misura e poi torna a guardare me. "Sarebbe come se io insinuassi che tu devi essere una fan di *Millennium - Uomini che odiano le donne* perché la protagonista ha tatuaggi e piercing."

Agito trionfalmente la forchetta. "Infatti mi piace *davvero* quel film, così come le versioni svedesi e i libri, quindi la mia logica *è* valida."

"Beh, il mio eroe preferito è Deadpool. Non è poi così curato."

"Certo... interpretato dal curatissimo Ryan Reynolds. Basta guardare *Ricatto d'amore*. Resto della mia idea."

Lui sospira. "Sei incorreggibile."

"Se con questo intendi dire che controbattere con me è inutile, allora sì. Non prenderti nemmeno il disturbo." Finalmente arrivo ad assaggiare il purè di patate e, prevedibilmente, è paradisiaco. "Non posso credere che tu riesca a tollerare tutte le parolacce che ci sono in *Deadpool*."

Sbuffa. "Solo perché si dà il caso che io consideri poco professionale dire parolacce sul lavoro non significa che sia un puritano."

"Ah no?"

"No." Guarda con invidia il mio piatto. "Com'è la tua ordinazione ricca di ferro?"

"Deliziosa" rispondo timidamente. "E mi dispiace, la prossima volta posso ordinare qualcos'altro."

"Non farlo. Lasciami vivere indirettamente attraverso di te."

Ah. "Così?" Usando la mano giusta, infilzo un pezzo di bistecca con la forchetta, poi la sollevo sensualmente davanti alla bocca prima di masticare lentamente.

Wow. Gunther deve davvero sentire molto la mancanza della carne. I suoi occhi voraci mi ricordano un lupo affamato.

Si aggiusta la cravatta. "Quello è più che altro stuzzicare." Per qualche motivo, la sua voce è un po' roca.

"Mi dispiace" dico, ma non lo penso nemmeno per un secondo. In palestra lui mi stuzzica con la sua carne maschile, quindi è equo che io lo provochi con la mia versione bovina.

"Raccontami qualcos'altro di te" mi esorta Gunther, cambiando appositamente argomento.

Mangio un boccone di aragosta nel modo meno stuzzicante possibile, rinunciando addirittura a intingerlo nel burro. "Come già saprai, mi piacciono i Ramones. Ma anche i Sex Pistols. O dovrei dire "bip" Pistols?"

Lui rabbrividisce. "Ci sono i Ramones dietro quella canzone da emicrania di *Spiderman* che avevi messo nel tuo ufficio?"

"E osi definirti un fan dei supereroi?" lo schernisco. "Chi è il *tuo* musicista preferito?"

Sorride con affetto. "Kenny G."

Sputo l'aragosta. "Lo sfigato che fa smooth jazz?"

"No." I suoi occhi verdi diventano sottili come due fessure. "Il musicista di talento."

"Fammi sentire una sua canzone" lo sfido.

Gunther tira fuori il cellulare e fa partire *qualcosa*. All'inizio penso di essere al funerale di Enya, ma poi entra in scena un sassofono triste e, a quel punto, capisco che il funerale è per l'intero concetto di buona musica.

"Abbassa il volume" lo imploro.

Lui abbassa il volume fino a quando si sente a malapena il sax, ma è ancora troppo alto.

"Del tutto" preciso. "E avverti i tuoi avvocati. Le mie orecchie sporgeranno denuncia."

"Sei fuori di testa." Gunther culla il proprio cellulare ancora gracchiante in modo protettivo. "Questa musica è fantastica."

"Orribile."

"Beh, è il mercato a parlare." Finalmente spegne quel crimine contro l'umanità. "Kenny G è l'artista più venduto di tutti i tempi, con oltre settantacinque milioni di dischi venduti."

"Oh, la beatitudine del silenzio!" Mi asciugo un sudore inesistente dalla fronte. "I Ramones hanno praticamente inventato il punk rock, cioè un genere musicale completamente nuovo."

"Kenny G ha ridefinito la musica d'atmosfera."

Sbuffo. "Musica d'atmosfera! Dovrebbe chiamarsi 'violazione dell'udito'."

Gunther apre la bocca per ribattere, ma il cameriere si avvicina ed esamina i nostri piatti quasi vuoti. "Avete posto per il dessert?"

Gunther e io ci guardiamo con aria interrogativa.

"Ti va di condividere qualcosa?" gli chiedo.

"Di solito non mangio dolci" risponde. "Ma posso prendere una cucchiaiata di qualsiasi cosa tu scelga."

"Avete del gelato?" domando al cameriere.

Quello raddrizza la schiena. "Abbiamo vaniglia, cioccolato, tè verde e burro di pecan."

Wow. "Vada per la vaniglia" dico, rivolgendo un sorrisino a Gunther. "Immagino che sia il tuo gusto preferito."

Gunther borbotta qualcosa di incomprensibile mentre il cameriere se ne va.

"Allora, ti piace lavorare alla Munch & Crunch?" mi chiede Gunther.

Inarco un sopracciglio. "È una minaccia? O ti stai assicurando che questo sia *davvero* un pranzo di lavoro, dopotutto, in modo da poterlo usare come detrazione fiscale?"

Sbuffa. "Ci vorrebbe ben altro che battute sulla vaniglia per indurmi a minacciarti di licenziamento. In quanto alla detrazione fiscale, io..."

"Non fraintendermi, approverei se tu riavessi indietro un po' di soldi dal governo per questo pranzo." Indico il tavolo con un ampio gesto. "Nella tua fascia di reddito, probabilmente è una detrazione del quaranta per cento."

Sbuffa. "Ti manda il mio commercialista?"

Prima che io possa replicare, il cameriere torna portando un elegante vassoio con il gelato. Quando siamo di nuovo soli, infilo la mano in tasca e chiedo: "Ti dispiace se la trasformo in una coppa di gelato?"

Gunther aggrotta le sopracciglia. "No, ma..."

Vedendomi tirare fuori un sacchettino di M&Ms, smette di parlare e mi fissa mentre guarnisco il gelato con i cioccolatini. Poi tiro fuori una manciata di caramelle incartate, le scarto e le aggiungo alla mia creazione, seguite da un sacchetto di orsetti gommosi.

Alla fine lui esce dalle sue fantasticherie. "Tieni sempre delle caramelle in tasca?"

"Solo quando lavoro in un posto che le offre gratuitamente nella dispensa" rispondo.

"Giusto, ma perché non ordinare direttamente una coppa di gelato?"

Lo guardo come se fosse scemo. "E pagare il doppio?"

"Ti ho detto che pago io."

Faccio spallucce. "Non voglio che nessuno sprechi soldi, nemmeno tu."

"Come vuoi, allora." Osserva con aria affascinata mentre aggiungo al dessert qualche altro elemento proveniente dalla dispensa, ma, quando tiro fuori i Reese's Pieces, rabbrividisce. "Se vuoi ancora condividere, per favore evita tutto ciò che ha a che fare con il burro di arachidi."

Mi fermo di botto. "Sei allergico?"

Annuisce, ma sembra incerto.

Beh, pazienza. "La coppa di gelato ha già abbastanza ingredienti" annuncio con enfasi. "Diamoci dentro."

Lui ne mette in bocca una cucchiaiata e mormora con approvazione. "Non so se il mio dentista ne apprezzerà gli effetti, ma il sapore è ottimo."

Ne mangio una cucchiaiata anch'io e annuisco. Non avrò l'insana voglia di dolci di mia sorella Lemon, ma ogni tanto mi godo una coppa di gelato, soprattutto quando è gratis.

"Sai perché in inglese la coppa di gelato si chiama sundae?" mi chiede Gunther. "Con quella strana grafia?"

Scuoto la testa. "Ho il presentimento che stia per iniziare una lezioncina paternalistica."

Lui mette giù il cucchiaio. "No, se non vuoi saperlo."

Trangugio un'altra cucchiaiata. "Beh, hai stuzzicato la mia curiosità. Perché si chiama così e si scrive così?"

"Forse dovrei lasciarti in sospeso."

A giudicare dalle nostre sessioni di ginnastica insieme, è molto bravo a lasciarmi in sospeso (al punto che devo usare il blog sulla masturbazione di Lemon come guida). "Sai che posso usare questa invenzione chiamata Google?"

"Non farlo. Ti spiegherò io." Lecca il proprio cucchiaio. "In passato" esordisce in tono professorale, "le bibite al gelato erano molto popolari, ma c'erano leggi che le vietavano di domenica, quindi..."

"Aspetta, perché?"

"Erano così buone da essere considerate peccaminose."

"Ah. Evidentemente il livello di peccaminosità era piuttosto basso prima che venissero inventati gli Oreo fritti e Pornhub."

Sorride. "Già. Hanno dovuto inventare un altro dessert a base di gelato che fosse più mite e, quindi, più adatto a essere gustato di domenica. È stato associato a quel giorno, ma hanno usato una grafia diversa in segno di rispetto per la parola 'sunday' (domenica)."

Quindi, secondo questa logica, se Mr. Succhia &

Lecca ha un sapore peccaminosamente buono (e c'è un'ottima probabilità che lo abbia), dovrò inventarmi una versione più blanda del nome per la domenica. Magari 'Lecca solo con un preservativo'?

"Il conto, per favore" richiede Gunther al cameriere di passaggio, interrompendo le mie contemplazioni lessicografiche. Poi si rivolge a me. "Mi dispiace. Devo correre a una riunione."

Indico con un gesto il piatto da dessert vuoto. "Avevamo finito, quindi è tutto a posto."

Gunther prende il conto dal cameriere e vi deposita sopra una mazzetta di denaro. "Domani, stesso posto e stessa ora?"

"Certo." Il mio cuore infido accelera (probabilmente per vendicarsi di tutto il colesterolo che ho appena consumato). "Torniamo insieme in ufficio?" chiedo, balzando in piedi.

Lui si avvicina, con gli occhi pieni di rammarico. "La riunione è in centro, quindi posso accompagnarti solo fino all'ascensore."

"Va bene." Davvero, cuore, perché?

La camminata verso l'ascensore è in qualche modo imbarazzante, almeno per me, perché mi sembra di avere le zampette di un gattino che mi tamburellano nello stomaco. Il che mi ricorda...

"Vorresti un gattino?" chiedo di botto.

Lui rallenta il passo e mi rivolge uno sguardo di smeraldo incredulo. "Un cosa?"

"Un cucciolo di gatto. Piccolo, adorabile, miagolante. Hai presente?"

"Perché?"

Sospiro. "Avevi accennato al fatto che ti piacciono i gatti, quindi volevo chiedertelo, ma…"

"Intendo: perché hai dei gattini da regalare?"

"Oh. Il mio gatto ha messo incinta la gatta della mia gemella."

Lui riprende il suo passo spedito. "Sembra una cosa vagamente incestuosa."

"È quello che ho detto io!"

Mi apre la porta della mensa con un sorriso. "Inoltre, a rischio di essere accusato di nuovo di dare spiegazioni paternalistiche, ti informo che in inglese una gatta femmina si indica col termine *molly*."

"Sono abbastanza sicura che 'molly' sia un altro nome dell'ecstasy, la droga MDMA" dico mentre passo.

"Il fatto che quella droga si chiami così non significa che 'molly' non possa essere anche un termine per indicare un gatto femmina. 'Ecstasy' ha altri significati." Si ferma davanti all'ascensore e, molto premurosamente, preme sia il pulsante "giù" sia quello "su."

Guardando quelle dita, posso facilmente immaginarlo mentre mi fa urlare di estasi, senza bisogno di droghe.

Mi schiarisco la gola improvvisamente secca. "Mia sorella definisce la sua gatta 'queen'."

"Quel termine si usa nel contesto della riproduzione. Il parto dei gatti si chiama 'queening', anche se non so bene perché."

"C'è qualcosa che non sai? L'universo potrebbe

implodere." Sorrido per togliere peso alle mie parole, poi aggiungo: "Forse è perché le gatte femmine hanno lo stereotipo di essere capricciose e schizzinose, come le regine."

"Forse." L'ascensore che scende si apre e Gunther lo adocchia, poi guarda me.

È la mia immaginazione o è riluttante a lasciarmi?

"Ciao?" mi avventuro dolcemente.

"Ciao" replica, ma non si muove verso l'ascensore.

"Domani, stesso posto e stessa ora?" chiedo (e vorrei prendermi a schiaffi). Perché lo sto facendo sembrare un appuntamento?

"Sì. A domani" conferma, ma ancora non si muove verso l'ascensore, che sta per richiudersi.

Si aprono le porte di un nuovo ascensore, quello con illuminato il pulsante "su", cioè il mio.

"Dovrei andare" dico, ma resto ferma.

"Già." Lui si avvicina a me. "Non vogliamo fare tardi."

Come in risposta, la porta del suo ascensore si chiude.

All'unisono, ci avviciniamo per premere il pulsante "giù."

Cristo santo! Il suo dito tocca il mio e mi sembra che il mio clitoride sia diventato un componente del motore dell'ascensore.

Allontano di scatto la mano.

La porta "giù" si apre di nuovo.

Riesco a pensare solo a lui che scende con la bocca sul mio corpo.

Gunther indica la porta "su" mentre cattura il mio sguardo.

Sul serio?

I suoi occhi verde smeraldo mi sembrano profondi come l'oceano mentre le sue labbra pronunciano: "Vai."

Non ci riesco, quindi me ne esco con: "Vai tu per primo."

"Prima le signore" mi dice, ma il modo in cui mi guarda mi fa sentire l'opposto di una vera signora.

"L'età prima della bellezza" riesco a ribattere.

"Ho solo un paio d'anni più di te" mi dice con tono roco, ma ancora non si muove, dannazione.

È ridicolo. Si sta comportando come nella dispensa, fingendo di volermi baciare quando sappiamo entrambi che non lo vuole affatto.

"Sarebbe inappropriato se ci salutassimo con un abbraccio?" gli chiedo, perché deve succedere *qualcosa* per rompere questa stupida situazione di stallo.

Le sue sopracciglia scure si aggrottano.

"O c'è un modulo per gli abbracci che dobbiamo prima compilare con le Risorse Umane?" domando (e questo sembra spezzare qualsiasi incantesimo lo avesse colpito). In un batter d'occhio, mi avvolge tra le sue braccia forti, premendomi contro tutte le sue parti deliziosamente dure.

Wow! Ha qualcosa di extra duro in tasca. È...

Prima che io possa finire il pensiero, Gunther mi ha già lasciata andare e si sta tuffando nella cabina dell'ascensore come se fosse in ritardo per un trapianto di organi.

Entro nel mio ascensore barcollando, ma non ho più voglia di tornare in ufficio.

No.

Quello che mi serve è il piano della palestra, perché lì c'è la doccia fredda più vicina.

Tredici

QUANDO TORNO A CASA, APRO IL FREEZER E PRENDO UN burrito di marca Munch & Crunch con salsiccia, uova e formaggio.

Erano in offerta 2 al prezzo di 1 e ne ho acquistati così tanti da stancarmi. Con un sospiro, metto il burrito nel microonde e, mentre aspetto, apro una scatoletta di cibo per gatti. Questa marca con questo gusto è l'unica cosa che Bunny si degna di mangiare (e si dà il caso che non sia mai in saldo).

"Bunny?" lo chiamo.

Lui entra nella stanza e salta con grazia sopra il tavolo, dove ho posato la sua ciotola.

Colei Che Mi Nutre ha placato la mia ira ancora una volta. Dovrebbe sempre mangiare pasti che costino meno dei miei. E che siano meno nutrienti.

Il mio telefono vibra: è un messaggio di Gunther.

È ora di cena e non ho ricevuto ciò che mi era stato promesso. Ecco un'idea utile tratta dal tuo messaggio vocale, per ora condivisa solo tra me e te: "Vietare tutti i vestiti a pois. Anche le ceramiche. Forse persino i fumetti con Mister Pois."

Mi do una sberla sulla fronte, il che induce Bunny ad alzare lo sguardo dalla sua ciotola con aria stizzita.

Se Colei Che Mi Nutre vuole dolore, deve solo chiedere. I miei artigli e i miei denti saranno ansiosi di accontentarla.

Scatto una foto del mio triste burrito, la invio a Gunther e inizio a pensare a una risposta pungente con cui accompagnarla, ma il mio telefono squilla.

Il mio cuore salta un battito.

Sarà Gunther?

No. È Pearl.

"Se non è la più formaggiosa delle mie sorelle" dico quando rispondo alla chiamata.

"Molto divertente" replica lei. "Com'è andata con Gunther oggi?"

Sorrido. "Qualcuno vuole la sua dose serale di gossip?"

"Lo sai benissimo. Ora spara."

Bene. Le racconto tutto quello che è successo dall'ultima volta che ci siamo parlate.

"Allora" esordisce Pearl quando ho finito, "prenderà un gattino?"

"È tutto quello che hai da dire sul pranzo?"

"Che altro c'è da dire?" mi chiede. "La mia opinione non è cambiata. *Andrai* a letto con lui. Tutto questo è solo un prolungato preliminare. Risparmiami il tempo al telefono e fallo direttamente."

Il mio cellulare vibra per un messaggio di Blue.

Risparmieresti anche a me il tempo di ascoltare le tue conversazioni insensate.

Giuro, a volte vorrei essere nata figlia unica. "Sì, certo. Mi sacrificherò per il tuo bene. Avevi in mente una posizione e un luogo?"

Pearl mormora con aria esageratamente pensierosa. "Posizione dell'amazzone girata di spalle? In quanto al luogo (e presumo che tu non intenda vagina contro culo), se non fosse così lontano, suggerirei il Palace Hotel. Sai, dove si celebrerà il matrimonio."

Quasi mi strozzo con il burrito. "Quale matrimonio?"

"Non l'hai ricevuto?" mi chiede Pearl.

"Ricevuto cosa?"

Blue interviene con un messaggio di testo:

L'oggetto in questione è molto vistoso.

Fulmino il mio schermo. "Di cosa stai parlando?"

"Hai controllato la posta?" mi chiede Pearl.

Scuoto la testa prima di rendermi conto che lei non può vedermi (ma probabilmente Blue sì). "Lo faccio subito."

Do un bel morso alla mia cena e poi vado a prendere la posta, che sfoglio alla ricerca di qualcosa di vistoso. E lo trovo, *eccome* se lo trovo! Un oggetto che sta alle altre buste come Liberace è stato al resto della razza umana.

"Sono gioielli veri?" chiedo al telefono mentre apro lo sfarzoso involucro.

"È probabile" risponde Pearl. "E, prima che tu lo chieda, sì, *puoi* barattarlo al banco dei pegni."

Non era quello che volevo chiedere, ma è un'ottima idea.

Estraggo la lettera e sussulto. Non è di carta. È oro trasformato in un foglio sottile, con delle parole incise sopra:

Lei e un Suo accompagnatore siete cordialmente invitati alle nozze della signorina Gia Hyman e di Sua Altezza Reale Anatolio Cezaroff.

E bla bla bla.

Incredibile! Fino a oggi pensavo che il miglior trucco magico della carriera di Gia fosse quello di uscire con un principe in carne e ossa, ma ora lo sposerà addirittura. Proprio nell'hotel dove tiene il suo spettacolo di magia.

"Verrà chiamata principessa dopo il matrimonio?" chiedo, con gli occhi ancora puntati sull'invito.

"Non ne sono sicura" risponde Pearl. "Ma, se così fosse, ci costringerà a chiamarla esclusivamente Principessa Gia."

In difesa di Gia, lo farei anch'io.

"È così ingiusto" borbotta Pearl. "Sposare un principe era il *mio* sogno, non il suo. Tutto ciò che lei ha sempre voluto è essere un David Blaine al femminile. O un David Copperfield. O Golia."

"Golia non era un David; è stato ucciso da un David."

"Si chiama scherzo" dice Pearl con tono sprezzante. "Inoltre, Golia era un gigante, il che corrisponde all'ego del personaggio da prestigiatrice di Gia."

Finalmente distolgo lo sguardo dal ridicolo invito. "Tu porterai un accompagnatore?"

"No, per me si tratta di un lavoro retribuito. Ho sentito dire che ci sarebbero stati ricchi intenditori di formaggio, così ho pregato Gia di lasciarmi preparare il catering degli antipasti."

Sorrido. "Tutto legato al formaggio, senza dubbio."

"È l'occasione di una vita."

"E il resto della nostra covata?" le chiedo.

Blue risponde immediatamente: *Io porterò Max. Tu dovresti portare Gunther.*

"Olive porterà il suo uomo della Florida" mi informa Pearl. "Lemon sarà ovviamente con il suo neo marito ballerino. Holly porterà il suo ragazzo dei videogiochi e Blue il suo fidanzato-spia. Non parlo con Pixie da qualche giorno, ma scommetto che…"

"I nostri genitori ci saranno?" chiedo con tono preoccupato.

"No, si perderanno il matrimonio della loro primogenita."

Un messaggio di Blue chiede:

È Gia la primogenita o Holly?

Ignoro le mie sorelle mentre l'enormità della situazione mi colpisce.

Se sarò l'unica sorella single su otto, la piena potenza dell'empia attenzione di nostra madre sarà puntata su di me… ed è già preoccupata per le mie prospettive di fidanzamento a causa dei miei piercing e tatuaggi, anche se non lo ammette.

Merda! Se non porterò qualcuno, la mamma

potrebbe mettersi in testa di "fare una chiacchierata" con me... e io non voglio sentir parlare dei benefici dell'orgasmo per la milionesima volta.

Mi stringo il ponte del naso, cercando di pensare a cosa fare. La mia cosiddetta vita sentimentale disastrosa non aiuta la situazione, soprattutto considerando l'ultima relazione catastrofica che ho avuto. Credevo che Spike fosse l'uomo per me. Mi ero fatta tatuare il suo nome sul corpo e, cosa molto più impegnativa, avevo detto ai miei genitori che lui era "quello giusto." Poiché la vita è quello che è e gli uomini sono quello che sono, due mesi dopo dovetti dire ai miei genitori che io e lui ci eravamo "lasciati consapevolmente" (parole sue, non mie) e trasformai il suo nome nel tatuaggio di un unicorno, con un piercing ad anello sul suo ben dotato pene equino. Giusto per chiarire, la parte sul pene ben dotato si riferisce all'unicorno, non a Spike. Quest'ultimo era, al massimo, nella media.

"Ti conviene rispondere presto" mi suggerisce Pearl, strappandomi alle mie cupe elucubrazioni. "Sai come diventa Gia."

Lo so e non lo so. Quando eravamo bambine, il dispiacere di Gia poteva significare pepe nelle mutandine o dentifricio al posto della glassa su un cupcake. Ma cosa potrebbe fare oggigiorno? A pensarci bene, è molto più semplice rispondere prontamente al suo invito e non scoprirlo.

"Provvedo subito" dico. "Ci sentiamo domani."

Quattordici

IL GIORNO DOPO, MENTRE MI ALLENO CON GUNTHER, non posso fare a meno di sentirmi su di giri nel sapere che poi andremo a pranzo insieme. Reprimo la sensazione il più possibile, ma si manifesta come l'effervescenza di una bottiglia di soda agitata. Faccio del mio meglio per non pensare al significato di tutto questo e mantengo un atteggiamento disinvolto. Una volta in mensa, ordiniamo e chiacchieriamo un po' di lavoro, poi mi ricordo che non mi ha confermato se prenderà il gattino o meno.

"Mi devi ancora una risposta" gli dico mentre il cameriere arriva con il nostro cibo (lo stesso ordine di Gunther di ieri, ma stavolta per tutti e due).

Gunther solleva un sopracciglio.

Aspetto che il cameriere se ne vada prima di chiarire: "Alla proposta allettante che ti ho fatto."

Al sopracciglio si unisce una leggera ruga della fronte.

"Sai" dico. "La mia proposta di darti... un gattino."

A giudicare da come si schiarisce la gola, le mie parole lo hanno quasi fatto soffocare. "Ti riferisci al cucciolo incestuoso?"

Con un sorrisetto, annuisco e assaggio le uova alla Benedict... e gemo di piacere.

Sembra che lui si stia strozzando di nuovo. "Ho qualche preoccupazione riguardo al *gattino*."

"Del tipo?" Rifletto su quale coltello usare per tagliare le uova, poi decido di romperle con la forchetta, per evitare un'altra ramanzina sulle buone maniere a tavola.

Lui si acciglia per ciò che ho fatto con la forchetta, quindi immagino di aver sbagliato comunque. Tuttavia, invece di farmi la predica, mi chiede: "I gatti possono essere punti dalle api?"

"Sì" rispondo, ricordando un incidente alla fattoria dei miei genitori. "Quando l'ho visto accadere, la reazione del gatto era lieve, ma i miei genitori lo portarono comunque dal veterinario perché una piccola minoranza di felini può essere allergica, proprio come le persone."

Gunther si gratta il mento. "Qual è la probabilità che il gattino che mi darai sia uno di quei rari casi allergici? Ho più api intorno della maggior parte delle persone."

"La probabilità è bassa, ma, per ogni evenienza, esistono delle EpiPen per gatti. Tieni le api dentro casa? O prevedi di lasciare che il tuo gatto vaghi all'esterno?"

"Niente api in casa" afferma definitivamente. "Però, sì, credo che per un gatto sarebbe bello poter uscire."

Mmm. Al mio felino maniaco omicida piacerebbe vivere all'aperto per una parte del tempo? No. Non è una cosa pratica a Manhattan, ma forse sarebbe più fattibile nella parte del Jersey dove si possono tenere gli alveari.

Assaggio l'avocado toast e lo trovo troppo delizioso per un alimento così semplice. "Nella remota possibilità che il tuo gatto risulti allergico, potresti allestire uno spazio riparato all'esterno."

Annuisce. "Potrei aggiungerne uno anche per me. Un vero e proprio patio, intendo. Al momento, non posso mangiare anguria all'aperto in una giornata calda: ricevo troppe attenzioni indesiderate."

Mi immagino i succhi di anguria che scorrono sul suo petto nudo e solidarizzo con le api. "Esatto. Così vincono tutti."

Per il resto del pasto, discutiamo di cosa ci piace e non ci piace al di fuori della musica e dei film. Quando arriva l'offerta del dessert, prendo di nuovo il gelato e stavolta la mia coppa è ancora più bella, perché mi sono preparata con ingredienti extra.

"Cosa ne pensi?" gli chiedo quando ho finito.

"Penso che ora sia più simile a una banana split" replica Gunther. "E penso che portarsi una banana in tasca per risparmiare qualche dollaro sia eccessivo."

"Era un mezzo per raggiungere un fine." Ma l'accenno alle banane nelle tasche mi ricorda... Quando ci siamo abbracciati l'altro giorno, avrei giurato di aver percepito...

"Parlando di mezzi per raggiungere un fine" dice. "La festa aziendale di venerdì è un modo per rafforzare i legami di squadra. In quanto nuova arrivata nel team, ne avresti bisogno, quindi voglio assicurarmi che parteciperai."

Lo guardo sbattendo le palpebre. "C'è una festa aziendale?"

È forse un'imprecazione quella che ha appena mormorato sottovoce? "Avresti dovuto essere invitata. Tutti lo sono."

"Ah sì? Da chi?"

"Tiffany."

Quella stronza! "Sembra che invitare *me* le sia sfuggito di mente."

"Mi dispiace" dice sinceramente. "Considera questo il tuo invito ufficiale."

Oh, cavoli. Perché non ho tenuto la bocca chiusa? Il sudore che avevo diligentemente lavato via in palestra si insinua di nuovo e i miei muscoli sovraccarichi si tendono. È già abbastanza brutto dovermi preoccupare di partecipare a un matrimonio reale senza un accompagnatore; ora devo anche affrontare questa robaccia della festa aziendale. Non ho nulla da indossare. Non ho idea di come...

"Sembra che ti stia chiedendo di dormire su un letto di chiodi" afferma.

La mia mente sconcia sente solo "dormire, "letto" e

qualcosa che parla di essere inchiodati. "Perché dovrei andare dove non sono gradita?"

Si acciglia. "Sono sicuro che Tiffany si sia semplicemente dimenticata di invitarti."

"Sì. Giusto. È una santa, quella lì."

"Beh, invito a parte, penso che dovresti esserci" afferma. "E, se non dovessi venire, vorrei che fosse per le giuste ragioni, ma non me ne viene in mente nessuna."

Grugnisco per la frustrazione. "Tu che cosa diresti se io insistessi per farti venire con me a un evento a caso, all'improvviso?"

Sorride. "Direi: 'Grazie per aver pensato a me.'"

"Ah, sì? In tal caso, sei formalmente invitato come mio accompagnatore al grande e lussuoso matrimonio di mia sorella."

Ecco. Credo che una parte di me volesse davvero invitarlo, ma, ora che le parole sono uscite, vorrei ricacciarle nella mia stupida bocca. I problemi che insorgerebbero dall'andarci insieme a lui sarebbero incalcolabili. Incontrerebbe quella banda di matti che è la mia famiglia. La stessa famiglia crederebbe che sto per sposarlo: lui, l'uomo che mi ha rovinato la vita. E questo è solo l'inizio.

Aspettate! Mi sto preoccupando per niente. Non è possibile che accetti la mia folle proposta. Non è...

"Sì" dice, facendomi trasalire.

"Eh?"

Il suo sorriso diventa presuntuoso. "Sì, verrò al tuo evento se tu verrai al mio."

Oh, cavoli! "Il 'mio evento' è un matrimonio reale."

Il suo sopracciglio si inarca in un punto interrogativo. "Reale?"

"Esatto." Gli racconto di come mia sorella Gia abbia conosciuto il suo temerario principe, concludendo con: "Quindi, immagina quanto dovrai comportarti in modo rigido e appropriato a questo ricevimento."

Lui fa spallucce. "Questo mi fa solo venire più voglia di andarci, non meno. Io non sono te."

Cazzo! Avevo dimenticato che 'rigido' e 'appropriato' sono i suoi secondi nomi.

"Non ho nulla da indossare per nessuno dei due eventi" mormoro.

Il mio modus operandi abituale è quello di comprare un abito per qualche uscita e poi restituirlo, ma questo mi ha fatta finire nella lista nera di fin troppi negozi.

Un luccichio gli balena negli occhi. "E se ti comprassi *io* un vestito?"

Questa è una mossa perfida. "Stai cercando di tentarmi con un regalo?"

"Funziona?"

Scuoto la testa, ma è uno scuotimento debole e credo che lui se ne accorga.

"Ho forse detto *un* vestito?" chiede innocentemente. "Intendevo dire *vestiti*, uno per ciascuna delle due uscite, naturalmente."

Perfido è un eufemismo. Un abito adatto al matrimonio di Gia costerà sicuramente una fortuna (per non parlare della tortura che sarebbe trovare un negozio in cui sarei la benvenuta, provare l'abito, tenerlo pulito e poi restituirlo).

"Se dico di sì, puoi prendere i vestiti senza di me e mandarmeli a casa?" Abbasso lo sguardo sul mio abbigliamento. "Sai, come hai fatto con gli indumenti da lavoro da sfigata?"

Lui guarda con apprezzamento gli indumenti che ha acquistato per me. "Sì, anche se le cose che indossi *non* sono da sfigata."

La mia modalità "affari" è completamente attivata. "E il regalo di nozze?"

Lui stringe gli occhi. "Vuoi affidare a *me* il compito di prendere un regalo per il matrimonio di *tua* sorella?"

"Touché." Mangio l'ultimo boccone di gelato. "Con il lavoro che mi hai dato, suppongo di *potermelo* effettivamente permettere."

E forse ci sarà un'offerta vantaggiosa su qualcosa da qui a quel giorno.

"Allora è deciso." Fa cenno al cameriere per il conto e, quando lo riceviamo, ci getta sopra una mazzetta di contanti: una mancia esuberante, se qualcuno volesse il mio parere, soprattutto considerando che Gunther è il proprietario del locale.

"Ti va di salire insieme al nostro piano?" gli chiedo, mentre il ricordo dell'abbraccio di ieri riaffiora con la forza di tutti i miei ormoni.

I suoi occhi brillano di un verde più intenso. "Andiamo."

Quindici

PRENDIAMO L'ASCENSORE IN UN SILENZIO particolarmente teso. Non so Gunther, ma io non riesco a pensare ad altro che al nostro abbraccio di commiato. Tuttavia, quando arriviamo al suo ufficio, lui entra vigliaccamente senza nessun accenno a un abbraccio, nemmeno un "ci vediamo dopo."

Ingoio la mia delusione. Le sue azioni hanno senso. I colleghi intorno a noi potrebbero non considerare appropriato un abbraccio, per non parlare degli alti premi che Gunther dovrebbe pagare per l'assicurazione dell'edificio se il cervello di Tiffany esplodesse su tutte le pareti per la gelosia.

Per il resto della giornata, lavoro con la mente annebbiata. Quando torno a casa, mi aspettano tre pacchi: uno firmato Louis Vuitton, uno Christian Dior e il terzo Manolo Blahnik.

Mentre il mio gatto mi guarda con gli occhi stretti come due fessure, io mi avvento sulle scatole come una donna posseduta da ghiottoni rabbiosi. In pochi istanti, tiro fuori il contenuto.

Ci sono due abiti da cocktail, uno nero e uno rosso, e un paio di tacchi dorati che si abbinano a entrambi. Sospiro, esaminando gli abiti. Ognuno di essi metterebbe in mostra *parecchia* pelle, soprattutto quello rosso.

Ne deduco che Gunther non sia infastidito dall'idea dei miei tatuaggi in un contesto di festa.

Sapendo che Pearl non mi perdonerebbe mai se non la aggiornassi, indosso l'abito nero e videochiamo la piccola pettegola.

"Wow!" esclama lei. "Ti vuole ancora di più di quanto pensassi."

"Sì. Certo." Mi cambio per indossare il vestito rosso e mia sorella fa un fischio quando le mostro il risultato.

"Metti il rosso al matrimonio" mi ordina. "Se non ti violenta dopo aver visto questo, aumenterò la fornitura di formaggio che ti avevo promesso da un anno a un decennio."

"È un grosso impegno."

Lei strizza l'occhio alla videocamera. "Sarai la persona più sexy all'evento... con la nostra faccia, almeno. Sono felice di indossare un'uniforme da cameriera e quindi di non essere in gara."

Faccio un sorrisino. "È un bene che io e Gia non abbiamo lo stesso identico viso. Si incazzerebbe se dovessi essere io la più sexy al suo matrimonio."

Pearl sogghigna. "Si incazzerebbe solo se indossassi un vestito bianco."

Mentre chiacchieriamo ancora un po', mi preparo la cena, ne scatto una foto e la invio a Gunther (senza dire nulla a Pearl, perché penserebbe che abbiamo uno strano rapporto BDSM o qualcosa di altrettanto assurdo).

"Devo andare" mi dice Pearl. "La gravidanza di Atonic la rende molto irritabile e ha bisogno di attenzioni in questo momento."

"Salutamela" dico e riattacco.

Proprio in quel momento, il responsabile della suddetta gravidanza entra nella stanza con un'espressione scontrosa.

Colei Che Mi Nutre ricorda il suo scopo?

Sì, sì.

Gli preparo una scatoletta di cibo per gatti, prima di tuffarmi sul mio pasto.

———

"Posso mangiare un pezzo della tua bistecca?" mi chiede Gunther il giorno dopo, dopo che l'ho ordinata per pranzo.

"Suppongo di sì" rispondo. "Ma che mi dici del tuo ferro?"

Mi mostra l'interno del braccio muscoloso e venoso. "Oggi devo donare il sangue, quindi penso che un morso vada bene."

Sono contenta di essere seduta, perché le mie ginocchia traballano così violentemente che avrei sicuramente perso l'equilibrio.

Gunther si siede più dritto. "Hai *di nuovo* un calo di zuccheri?"

Cazzo! Mi aveva dato un po' del suo frullato proteico in palestra, quindi se continuo con la storia del basso livello di zuccheri, lui inizierà a darmene di più e io diventerò grossa come la International House of Pancakes.

Una strana tentazione mi assale. Per qualche motivo, sento che posso confidargli il mio segreto. Forse perché si è aperto con me riguardo al suo imbarazzante feticismo per Kenny G.

"Passami il tuo cellulare" gli dico.

Con aria confusa, lui mi porge il dispositivo.

Mi metto il dito davanti alla bocca per indicargli di fare silenzio, poi porto il suo e il mio telefono a un tavolo lontano da noi, fuori portata di orecchio, nel caso in cui Blue sia in ascolto.

Quando torno, Gunther mi sta guardando come se avessi perso le ultime rotelle, perciò sussurro: "Mia sorella Blue lavorava per una certa agenzia governativa che ama ficcare il naso negli affari di tutti. Per questo motivo, non mi fido a confidare segreti nelle vicinanze dei dispositivi elettronici."

L'espressione preoccupata di Gunther si trasforma in un'espressione incuriosita. "Segreti?"

"*Un* segreto. Al singolare." Prendo fiato. "Non è stato il calo di zuccheri a farmi sbiancare, ma *ha* effettivamente a che vedere col sangue."

"Col sangue? Perché? È quel periodo del mese?"

Lui sembra essere perfettamente a suo agio nel

dirlo, mentre io rabbrividisco al pensiero. È evidente che ci sia un'inversione di ruoli, in cui il ragazzo parla di sangue mestruale senza battere ciglio, mentre la ragazza è disgustata.

"Non si tratta di questo" rispondo quando mi riprendo. "È solo che non mi piace parlare di sangue. Né vederlo. Né pensarci. Soprattutto l'idea che fuoriesca." Quello che non aggiungo è che non mi piace soprattutto l'idea del sangue perso dalle persone a cui tengo, perché non voglio fargli credere che lo considero in quella categoria.

Perché non è così.

Si tratta più che altro di una reazione generica.

Sì. Mi atterrò a questa versione.

Lui sgrana gli occhi. "Quindi, quella volta che sei svenuta…"

"Ashildr aveva il naso secco e…"

"Non dire altro" interviene Gunther. "Non voglio che tu riviva quell'episodio e ti senta peggio."

"Grazie."

"Ma perché mentire sulla tua emofobia?"

Storco il naso. "Non è emofobia."

Lui annuisce con saggezza. "Scusa se cerco di etichettare, ma sai cosa intendo. Perché mi hai detto che era un calo di zuccheri?"

"Non è ovvio?" Lo scruto negli occhi. "È una debolezza, quindi non ne parlo mai con nessuno."

Lui mi schernisce. "*Non è* una debolezza."

"Siamo d'accordo sul non essere d'accordo."

"Beh, ti sentiresti meglio se ti dicessi che la mia fobia sembra molto più da deboli della tua?"

"Forse. Si tratta di clown?"

Apre la bocca, ma il cameriere arriva con il nostro cibo.

Quando costui se ne va, Gunther allunga la forchetta. "Allora, che ne dici di quel pezzo di bistecca?"

Gli schiaffeggio la mano. "Bel tentativo. Sputa il rospo."

Lui guarda la bistecca con desiderio, ma poi scuote la testa. "Non ne vale la pena."

"No. Devi dirmelo. Non puoi tirare in ballo una cosa del genere e poi non raccontarmela. Inoltre, io ti ho svelato la mia."

"D'accordo." Allunga di nuovo la mano e io taglio un pezzo di bistecca per lui. Uso addirittura la mano giusta per ogni posata.

Una volta finito di mangiare, lui si guarda furtivamente intorno e sussurra: "Arachibutirofobia."

Sbatto le palpebre. "Ragni?"

"Quella è aracnofobia. *Aracne* significa ragno in greco."

"Cosa significa la tua paura in greco?" Scommetto che è la fobia di avere compagni di pranzo con un vocabolario ridotto.

Si guarda di nuovo intorno. "*Arachi* significa 'noci pestate' e…"

"Ahi! Quindi è la paura di farsi spappolare i testicoli? Non ce l'hanno tutti i maschi?" ("Noci" in inglese si dice "nuts", che nel linguaggio colloquiale indica anche i testicoli).

Sospira. "Non ho finito. *Butir* sta per 'burro', quindi…"

"Burro di noci?" Speriamo che *non* si riferisca a un burro di testicoli… ne avrei paura anch'io.

"Nello specifico: burro di arachidi" dice con disgusto. "Più precisamente, è la paura che mi si attacchi al palato."

Stringo gli occhi. "Non mi avevi detto di essere allergico?"

Le sue spalle muscolose si muovono su e giù, come quando solleva i pesi. "Non sei l'unica che sa mentire per coprire la propria fobia."

Lo fisso, momentaneamente a corto di parole.

"Alcuni pensano che sia sciocco, ma in fondo si tratta di paura di soffocare" aggiunge sulla difensiva.

Scuoto veementemente la testa. "Non penso che sia sciocco. Penso che sia terribile."

"Grazie" dice. "Mio padre mi ha raccontato che vidi mio cugino andare in shock anafilattico dopo aver mangiato del burro di arachidi. La gola di mio cugino iniziò a chiudersi e, per salvarlo, fu necessario correre al pronto soccorso: fu tutto piuttosto spaventoso, soprattutto per un bambino. Io non ricordo che sia successo, ma sembra una spiegazione plausibile del perché ho sviluppato quella particolare fobia."

Allungo la mano e la poso sopra la sua. "Mi dispiace che ti sia capitato questo da piccolo."

Con un'espressione di disagio, lui ritrae delicatamente la mano.

Cazzo! Ho oltrepassato ancora una volta i confini tra dipendente e datore di lavoro?

"Non è grave" afferma, ma non sembra convincente. "Al giorno d'oggi ci sono così tante persone allergiche alle arachidi che raramente mi imbatto in quell'alimento. Immagino che il sangue non sia altrettanto facile da evitare."

"Purtroppo hai ragione."

Mi guarda negli occhi. "Anche tu hai avuto un episodio catalizzatore per la tua fobia, o è stata solo una cosa che..."

"Sì" rispondo. "Ma, se te lo racconto, deve rimanere tra noi."

"Certo."

"No." Agito il coltello. Nel caso in cui ciò sembri un gesto troppo minaccioso, lo metto giù. "Dico sul serio. Al matrimonio conoscerai la mia famiglia e non voglio che loro sappiano della faccenda del sangue né del cosiddetto episodio catalizzatore."

Lui si mette una mano sul petto. "Se mai dovessi rivelare il tuo segreto, che la mia bocca si riempia di burro di arachidi."

Lancio un'occhiata furtiva in direzione dei nostri cellulari, poi sussurro: "Nella mia famiglia, chiamiamo l'evento in questione 'il Massacro della Cinciallegra Zombie'."

Aspetto che lui rida, invece sembra inorridito (che è

la reazione più appropriata), quindi continuo. "Ricordi la fattoria dei miei genitori?"

Fa un cenno d'assenso appena percettibile, come se temesse che un movimento più brusco possa spaventarmi.

"Beh, i miei tengono lì ogni sorta di animali salvati e, a un certo punto, hanno dato rifugio a un *parus major*, un uccello più comunemente conosciuto come 'cinciallegra'." Tuttora non c'è il minimo accenno di sorriso sul suo volto. Impressionante. Continuo, osservandolo attentamente. "La cosa più rilevante è che questo uccello viene chiamato anche 'cinciallegra zombie' per via della sua autentica sete di cervelli. In natura, i cervelli che bramano sono quelli dei pipistrelli, ma, a quanto pare, in una fattoria attaccano volentieri anche i polli."

"Oh, no" mormora lui.

"Oh, sì. La mia compagna di covata Blue ha assistito all'intera vicenda e, da allora, ha una paura mortale degli uccelli. Mia sorella Gia, la sposa reale del matrimonio a cui parteciperemo, è stata la seconda ad arrivare sul posto e ancora oggi ha la fobia dei germi."

Lui sembra confuso; probabilmente si chiede perché nascondo la mia esperienza se ho due sorelle che possono capirmi.

"Comunque" continuo. "Dopo che loro sono corse a casa e hanno raccontato al resto di noi quello che era successo, io sono sgattaiolata fuori e ho fatto la cosa più stupida che potessi fare: ho controllato la scena del crimine."

"Perché?" mi chiede con un sussurro.

Esalo un respiro frustrato. "Non so cosa stessi pensando. All'epoca *ero* ossessionata dall'apparire una dura, quindi forse era una prova di coraggio." Rabbrividisco. "Ho visto solo un breve scorcio di quello che è successo a quei polli, ma è stato sufficiente. Da allora, non sono più riuscita a guardare una goccia di sangue." Il mio sorriso è teso quando aggiungo: "Stupida, vero?"

Non credo che lui si renda conto delle sue azioni quando mi copre la mano con la sua. "Non sei stata stupida. Eri solo curiosa. Probabilmente io avrei fatto lo stesso da bambino."

Non. Devo. Piangere. Gunther pensa già che io sia una pappamolle.

Faccio un respiro profondo e, quando riesco a controllare le mie emozioni, guardo con gratitudine la sua mano di conforto, nel momento in cui (purtroppo) lui la ritrae goffamente.

"Che ne dici di parlare di qualcos'altro?" suggerisco, iniettando allegria nella mia voce.

"Sì, certo."

"Aspetta un attimo" dico e vado a prendere i nostri telefoni.

Quando torno, mi chiede: "Pensi davvero che al governo interessi quello che mi hai detto?"

Copro il microfono del mio cellulare e sussurro: "Non al governo di per sé, ma più che altro a una certa sorella che ha lavorato per loro e ha imparato a spiare."

"Oh. Capisco. Ancora non riesco a credere che lei non sappia del tuo segreto."

"Non lo sa nessuno. Tu sei la prima persona a cui l'ho rivelato."

E, se Blue sta ascoltando in questo momento e sta morendo di curiosità, ben le sta!

Gli occhi di Gunther brillano. "Grazie per esserti fidata di me."

Preoccupata che le lacrime non siano lontane, liquido le sue parole gentili con un gesto della mano. "E tu?" chiedo con nonchalance. "Immagino che il tuo non sia un segreto, vero?"

Aggrotta la fronte. "I miei genitori lo sanno. E l'avevo detto alla mia ex, quella con cui le cose erano diventate piuttosto serie. Ma questo è tutto."

"Intendi Tiffany?"

Lui mi guarda di nuovo come se fossi pazza. "Io e Tiffany ci siamo frequentati brevemente al liceo. Non era affatto una cosa seria. Altrimenti non l'avrei mai assunta."

"Ah."

Sorride. "Inoltre, non dimenticare: ero un adolescente al liceo e lì non ammettono cose del genere."

"Ripeto: ah." Dovrei concedermi il permesso di sentirmi speciale? Forse. Prima le cose importanti. "Chi era quell'ex, allora?"

Il suo sorriso si smaterializza. "Il suo nome era… *è* Chelsey. Le piaceva molto il burro di arachidi, quindi non ho avuto altra scelta che confessare, quando siamo andati a vivere insieme. Se avessi saputo che un anno dopo lei avrebbe rotto il nostro fidanzamento, le avrei mentito dicendo che ero allergico."

Stavolta non prendo la sua mano, ma l'impulso c'è. "Mi dispiace" gli dico dolcemente.

Lui si stringe nelle spalle. "Non fa niente. Mi ha fatto un favore. Non sono un tipo da matrimonio."

Ah no? Non che mi interessi, ma non è una cosa che si dovrebbe dire a una ragazza *prima* di ricattarla per farla lavorare per te, poi chiederle di allenarsi con te in palestra e pranzare insieme e...?

"E tu?" mi chiede. "Qualche storia seria?"

Grandioso. Ora devo raccontargli anche questo?

Non ho scelta, in realtà.

Con riluttanza, condivido la storia di Spike (ma non tutto e, specialmente, non la parte del tatuaggio).

"È davvero terribile" commenta Gunther.

"Già" concordo. "E non è finita lì. Una settimana più tardi, dopo che gli ho detto di andare all'inferno, ha preso la mia moto per farsi un giretto e l'ha distrutta."

Gli occhi di Gunther si stringono come due fessure. "Si è almeno rotto qualcosa?"

"Sì. L'anca... come una vecchietta."

"Bene" commenta Gunther, sorprendendomi. "Ben gli sta."

Gli faccio un sorriso. "Tu hai desiderato che Chelsey si rompesse l'anca?"

Apre la bocca per rispondere, ma il cameriere torna con un'offerta di dessert. Seguendo la tradizione, prendo il gelato e, quando il cameriere se ne va,

Gunther cambia argomento e parla di lavoro, cosa che non disdegno nemmeno per un secondo.

Dopo il pasto, ci incamminiamo insieme verso gli ascensori, in silenzio (io perché mi chiedo se ci saluteremo con un abbraccio o meno, lui per mistero).

In mia difesa, l'ultima volta che Gunther ha preso l'ascensore per scendere e io per salire, ci siamo abbracciati, quindi c'è un precedente.

Lui si ferma.

Io mi fermo.

Lui preme il pulsante di discesa.

Io premo quello di salita.

Lui mi guarda con un'espressione strana.

Ok.

Fanculo.

Mi butto.

Sedici

FACCIO UN PASSO VERSO GUNTHER.

Lui fa un passo verso di me.

All'improvviso, percepisco occhi malevoli che mi trafiggono la schiena e Gunther guarda alle mie spalle con un'espressione stupita.

"Tiffany" dice prima che io possa girarmi.

"Ciao" lo saluta lei, con una voce così dolce che le sue corde vocali devono essere sull'orlo del diabete. "È un piacere incontrarti."

Si aprono le porte di un ascensore: quello che sale. "Questo è per voi due" ci dice Gunther, tenendo aperta la porta per farci entrare.

Non so Tiffany, ma io mi sento come se stessi andando al patibolo.

Quando le porte si chiudono, ogni finzione di cordialità abbandona il volto pesantemente truccato di Tiffany.

"Negherai ancora di andare a letto con il capo?" mi chiede.

Mostro i denti con un sorriso sprezzante. "Tu farai finta di esserti 'dimenticata' di invitarmi alla festa aziendale?"

Si erge più dritta. "La festa di pensionamento del signor Ferguson? Ovviamente ho fatto apposta a non invitarti."

Aspettate! Come può Gunther andare in pensione? Non è possibile.

Poi mi viene in mente. "Ti riferisci al signor Ferguson senior?" chiedo stupidamente.

Cioè il padre di Gunther?

Lei fa una smorfia di scherno. "Una truffatrice dovrebbe ricordarsi di un uomo che ha frodato. D'altra parte, devono essercene stati talmente tanti che per te è difficile tenere il conto."

Impreco ad alta voce e non tutte le mie parolacce sono rivolte a Tiffany. Alcuni dei termini più ricercati esprimono le mie emozioni riguardo all'idea di andare alla festa di pensionamento del padre di Gunther.

L'ascensore si ferma, le porte si aprono e vedo Ashildr insieme ad altri colleghi, il che mi fa ingoiare il resto del mio soliloquio.

Tiffany, da codarda, esce di corsa dall'ascensore, ma io non la inseguo. Invece, cammino lentamente mentre digerisco la notizia bomba.

Il padre di Gunther sarà ovviamente alla propria festa di pensionamento, il che significa che rischio di incontrarlo. Non voglio affrontarlo. Forse Tiffany aveva fatto bene a non invitarmi.

Ma perché Gunther mi vuole lì? Non si rende conto di questo problema?

La cosa peggiore è che non posso tirarmi indietro. Non quando Gunther mi ha già comprato un vestito elegante e il suo farmi da accompagnatore al matrimonio è subordinato alla mia presenza alla festa.

Cazzo!

Quando Gunther torna da non-voglio-pensare-dove-sia-stato, medito di entrare nel suo ufficio e sollevare la questione del mio incontro con suo padre, ma il cerotto nell'incavo del suo braccio è un forte deterrente, perciò mi tiro indietro e mi riprometto di parlargliene domani.

Non succede. Anche se ho molto tempo a disposizione mentre ci alleniamo insieme e pranziamo, ho difficoltà a sollevare l'argomento. Tuttavia, imparo qualcosa di più su Gunther: ad esempio, che ha frequentato la Michigan State University con una borsa di studio per il football e che ha conseguito una laurea in un corso chiamato Packaging, che c'entra con l'industria dei beni di consumo e non c'entra affatto con il suo pacco.

L'indomani è il giorno della festa, quindi è troppo tardi per tirarmi indietro. Invece, vengo al lavoro presto per potermene andare prima e, quando arrivo a casa, Pearl mi sta già aspettando lì con il suo kit per il trucco in mano.

"Sarà divertente" mi dice con un grande sorriso.

"Discutibile" replico, prima di sedermi su una sedia del mio salotto e permetterle di fare del suo peggio sul mio viso.

Dopo quella che mi sembra un'ora, lei mi mette davanti uno specchio. "Non ti sembra di essere uno schianto?"

"Mi avevi truccata così per il costume da Harley Quinn ad Halloween, ai tempi del liceo."

Lei sorride orgogliosamente. "Non c'è di che."

"Non era un complimento."

Mi tampona la guancia con un ultimo tocco di fondotinta. "Non importa. Stai benissimo. Soprattutto con quelle scarpe."

Guardo gli aggeggi di tortura con i tacchi alti che mi ha comprato Gunther e sospiro. Poi controllo l'orologio. Già. Se non voglio arrivare in serio ritardo, questo trucco e queste scarpe dovranno bastare.

"Grazie" le dico con riluttanza. "È meglio che vada."

———

Quando il taxi mi lascia davanti al luogo dell'evento, il Metropolitan Pavilion, per poco non chiedo all'autista di riportarmi a casa.

Ma no. Sono arrivata fin qui, tanto vale andare fino in fondo.

Entro con un tacchettio, sculettando in modo innaturale grazie alle décolleté Manolo Blahnik o come si chiamano.

La sicurezza mi fa entrare (accidenti a Gunther!) e

fin troppo presto entro nella sala da ballo di duemila metri quadrati piena di dipendenti della Munch & Crunch che bevono e sgranocchiano.

La musica (se così possiamo chiamarla) sembra il pianto rabbioso di una bambina partorita dalla musichetta di sottofondo di un ascensore, dopo essere stata scopata dal jingle di un camioncino dei gelati... con un pene a forma di sassofono.

Con un'intuizione, uso il cellulare per identificare l'artista responsabile.

Già. Kenny G. Remixato da un DJ.

Se sta risuonando questa atrocità, Gunther non dovrebbe essere lontano.

Alzo gli occhi dal telefono e mi rendo conto che potrei essere un tantino sensitiva, perché lui è proprio lì.

E cazzo! In teoria, sembra lo stesso. Stessi capelli scuri lisciati all'indietro, stesso bel completo, ma c'è qualcosa di diverso. Di migliore. Forse si è tagliato i capelli? O questo è il suo completo più aderente?

Il punto è che ho voglia di leccargli il viso cesellato, a partire dalle sue labbra sexy.

"Ciao" mi saluta burberamente mentre i suoi occhi scorrono sul mio corpo, senza dubbio catalogando (e disapprovando) i tatuaggi che non aveva mai visto prima.

"Vuoi una foto?" gli chiedo in modo significativo.

Lui sembra uscire dalla trance dei tatuaggi o qualsiasi altra cosa fosse. "Sei splendida."

Roteo gli occhi. "È un complimento per me o per la tua abilità nella scelta dei vestiti?"

Con un sorriso, prende due flûte di champagne da un cameriere di passaggio e me ne porge uno. "Ho la sensazione che ti piacciano i drink gratis."

Piacermi? È più appropriato dire che li adoro!

"Grazie." Mentre prendo il flûte, le mie dita sfiorano le sue e mi sento già inebriata. Accennando alla gigantesca scorta di alcolici in lontananza, gli chiedo: "Anche quello è un open bar?"

"Certo. È una festa."

Questo sarebbe un buon momento per chiedergli se posso evitare suo padre, che sembra essere il motivo principale dell'evento. Proprio mentre apro la bocca per farlo, Gunther mi dice: "Vieni, c'è qualcuno con cui vorrei farti parlare."

Si inoltra con passo deciso tra la folla e io lo seguo come una pecora. Ci fermiamo a pochi metri dal mega-bar, accanto a un familiare signore dai capelli grigi che indossa una camicia hawaiana.

Oh, no. Sarà mica...?

"Papà" dice Gunther, confermando i miei sospetti. "Questa è la signorina Hyman."

Diciassette

TRACANNO LO CHAMPAGNE IN UN SORSO SOLO. CI SIAMO.

"Honey, per favore."

"Che bel nomignolo per il tuo capo" dice il padre di Gunther, corrugando gli occhi. "Se non fossi andato in pensione oggi, avrei insistito perché tutti in ufficio mi chiamassero 'tesoro'."

Gunther grugnisce. "Andiamo, papà. Sai che non mi ha chiamato così."

Il padre di Gunther mi guarda senza malizia. "Non l'hai fatto?"

"No. Honey è il *mio* nome" preciso. "Quindi, per favore, mi chiami così."

Forse non sarà poi tanto terribile quanto temevo.

Il padre di Gunther mi tende la mano. "In tal caso, tu chiamami Gunther."

"Eh?" Mi volto verso il mio Gunther... cioè, il Gunther più giovane. "Per tutto questo tempo hai tenuto nascosto il fatto di essere Junior."

Gunther Senior si copre la bocca in modo teatrale. "Mi dispiace, figliolo. Ora finiranno per chiamarti G.J. in ufficio, come succedeva a casa."

"Non necessariamente" dico senza fare una piega. "In ufficio lo chiamiamo già Mr. Snookums (tesoruccio)."

Suo padre ridacchia mentre Gunther brontola: "Mr. Snookums sembra il nome di un gatto."

"Quale sembra il nome di un gatto?" chiede Ashildr, sbucando dalla folla.

Merda! Questo posto è abbastanza umido? L'ultima cosa che voglio è che il naso di Ashildr sia troppo secco e commetta harakiri. Se svengo davanti a Gunther Senior, non sopravviverò mai all'imbarazzo. Peggio ancora, lui penserà che assumo droghe.

"Mr. Snookums è il mio presunto soprannome in ufficio" afferma Gunther.

Ashildr impallidisce (il che è positivo perché così il sangue gli è appena defluito lontano dal naso). "Signore" dice solennemente. "Non l'ho mai sentita chiamare così. Se lo sentirò, metterò subito fine alla cosa."

L'anziano si china e mi dice all'orecchio: "Ashildr è uno dei buoni."

"Grazie, signore" dice Ashildr, che sembra sul punto di piangere. "E congratulazioni. Di nuovo."

Gunther Senior alza il bicchiere e scola il poco liquido ambrato rimasto sul fondo. Deve aver bevuto il resto prima, il che può spiegare il suo umore gioviale.

"Se potessi prenderla in prestito per un secondo…" Ashildr dice al Gunther più giovane.

"Dovresti chiedere: 'Posso prenderla in prestito per un secondo… Mister Snookums?'" lo correggo.

Gunther mi lancia un'occhiataccia di smeraldo prima di lasciare che Ashildr lo conduca via.

Merda! Ora sono sola con l'uomo da cui volevo nascondermi. La mia fortuna non delude mai.

Come a confermare i miei timori, l'espressione di Senior diventa più seria. "Gunther mi ha parlato dei tuoi progressi."

"Davvero?" Gli avrà raccontato degli scherzi? Dell'abbraccio? Dello svenimento?

L'anziano annuisce. "Mi ha detto che il lavoro che stai svolgendo è fenomenale."

Per poco non mi cade il calice vuoto. "È la prima volta che ne sento parlare."

Senior sospira. "Se c'è una cosa che Gunther potrebbe ancora imparare sulla direzione aziendale, è come dispensare elogi quando sono dovuti."

Mi sforzo di recuperare la mia compostezza. "Immagino che, con il suo pensionamento, Gunther sarà costretto a dirmi personalmente quanto sia fenomenale il mio lavoro."

Agli angoli degli occhi di Senior si formano delle rughe di risata. "Per questo mi sono dovuto ritirare. Forse ora mio figlio si farà avanti e imparerà a fare un semplice complimento da solo."

Mi schiarisco la gola. O la va o la spacca. "Signore, a proposito del liceo… volevo…"

"Fermati lì" mi interrompe Senior. "Non serbo alcun rancore. Anzi, la tua storia di redenzione mi scalda il cuore." Mi sorride a fondo, rendendo evidente da dove Gunther abbia ereditato il suo sorriso sexy. "Sono felice di avergli dato retta quando mi suggerì di lasciar cadere ogni accusa e di chiedere al preside di andarci piano con te."

Faccio un passo indietro. "Si riferisce a Gunther?"

"Chi altro?"

Sbatto le palpebre senza capire. "Perché mai Gunther le avrebbe spifferato che ero stata io, se non voleva che lei mi facesse finire nei guai?"

Senior mi guarda come se fossi stupida quanto mi sento. "Non è stato Gunther a fare la spia."

"No? E allora chi?"

Senior lancia un rapido sguardo alla folla e poi a me. "Anche se è passato del tempo, non credo di sentirmi a mio agio nel tradire una confidenza. Spero che tu capisca."

Lancio una sbirciatina nella direzione in cui mi sembra che lui abbia guardato.

Naturalmente!

Tiffany.

Avrei dovuto saperlo.

I battiti del mio cuore accelerano.

Per tutto questo tempo, ho pensato che fosse stato Gunther a rovinarmi la vita, invece era sempre stata lei: prima facendo la spia con Gunther Senior, poi essendo presente quando il mio coltello le scalfì la pelle.

Ok, forse la parte del coltello era un tantino colpa mia.

D'accordo, forse più di un tantino.

"Eccoti qui" dice un'attraente donna anziana a Senior dopo avergli rivolto un sorriso smagliante.

"Ehi, tesoro" le dice Senior. Voltandosi verso di me, precisa: "Stavolta intendevo mia moglie. Mi dispiace se la cosa crea confusione."

"Ah, quindi tu sei Honey." La nuova arrivata mi tende la mano. "Io sono Jennifer. La mamma di Gunther. Il *tuo* Gunther."

Mio? Le stringo la mano e le dico che è un piacere conoscerla.

Lei abbraccia Senior in modo possessivo. "Il *mio* Gunther ti stava intrattenendo?"

Prima che io possa rispondere, Tiffany si avvicina a grandi passi. Mi si rizzano i peletti (e fino a questo momento ero piuttosto sicura che succedesse solo ai cani).

"Buonasera, Jen" Tiffany saluta col suo tono più melenso. "Congratulazioni, signor Ferguson."

È sessista chiamarla "Jen" e non "signora Ferguson"? Inoltre, quanto sarebbe inappropriato se io iniziassi a soffocare Tiffany davanti a tutti? Non intendo soffocarla del tutto, solo fino a quando…

"Perché non li lasciamo chiacchierare?" mi suggerisce la madre di Gunther, alias Jennifer per la maggior parte della gente, alias Jen per le stronze maleducate. "Tiffany ha sicuramente molte belle parole

172

da dire all'uomo che le ha procurato il suo attuale lavoro."

Ah. Quindi, Senior ha chiesto a Gunther di assumerla? Non so perché, ma mi piace l'idea che non sia stata una decisione di Gunther.

Mi lascio condurre da Jennifer nella parte meno frequentata del bar ed entrambe ordiniamo dei drink: un Cosmopolitan per lei e un Long Island per me.

Trascinandomi lontano dalla portata d'orecchio di Senior e Tiffany, sussurra: "Mio marito è meraviglioso, ma ha un difetto. È troppo amichevole con le giovani donne che incrociano il suo cammino, anche se sono le ex ragazze di suo figlio. Perché tu lo sappia, *questo* è l'unico motivo per cui *lei* è qui." Indica una bella donna tra la folla.

Sbatto le palpebre ed esamino meglio la donna in questione. Bionda e con gli occhi azzurri, ha un broncio spocchioso sulle labbra e parecchio filler in punti a caso del viso. Quando la sconosciuta si accorge che Jennifer la sta guardando, fa un cenno di saluto e sfoggia un sorriso da modella.

"Chi è?" chiedo.

"Chelsey" risponde Jennifer con disgusto. "Anche dopo che ha rotto con mio figlio, mio marito le ha permesso di mantenere il suo posto di lavoro in uno dei franchising. E ora è qui anche lei."

Chelsey? Quella del fidanzamento rotto? Cos'è passato per la mente a Senior?

All'improvviso, non so chi sceglierei se mi fosse permesso di soffocare una sola persona stasera.

"Mi dispiace" dice Jennifer. "Chelsey è irrilevante ormai e non merita alcuna attenzione."

"Sono d'accordo" dichiaro con fermezza.

Il sorriso di Jennifer è contagioso quando dice: "Ho sentito che tu e Gunther vi state allenando in palestra insieme."

"Solo con Junior" preciso.

Lei mi afferra il gomito. "E che pranzate insieme quotidianamente."

Sorrido. "Gunther le racconta molte cose, vero?"

"È un bravo ragazzo." Mi lascia il gomito e mi sussurra all'orecchio: "Quello che volevo dirti è: assicurati di compilare il modulo 66669 delle Risorse Umane."

Perché mi suona familiare? Ah, sì! 666 e 69. È il modulo delle Risorse Umane per le frequentazioni tra colleghi.

Aspettate...

"Noi non stiamo insieme" sparo.

"Chi dice che lo siete?" Mi fa l'occhiolino. "Ma se lo foste, fate in modo di non mettervi nei guai. Nessuno di voi due. Parlo per esperienza personale, dato che anch'io ho conosciuto mio marito al lavoro e le cose sono quasi andate a rotoli quando..."

"Ancora quella storia?" chiede Gunther Junior, sbucando dalla folla. Girandosi verso di me, aggiunge: "Alla mamma piace raccontare a tutti quelli che la ascoltano di come lei e papà si sono conosciuti."

"Quando avrai la mia età, anche tu assillerai la gente raccontando di come hai conosciuto tua moglie." Per qualche motivo, Jennifer mi guarda in modo significativo prima di aggiungere: "Visto che è il mio momento, racconterò la storia."

E lo fa. A quanto pare, lei e il marito erano un cliché: lui il capo e lei la segretaria. Poi, a una festa aziendale, si ubriacarono e pomiciarono davanti a tutti. Poiché Senior era il capo, uno stronzo delle Risorse Umane cercò di licenziare Jennifer per "comportamento sconveniente", ma alla fine Senior licenziò lo stronzo e sposò lei.

"E ti sposerei di nuovo" dice Senior quando lui e Tiffany si riuniscono a noi. Con un inchino, tende la mano alla moglie. "Ti va di ballare?"

Arrossendo, Jennifer si lascia condurre via da lui, lasciandomi in compagnia di Gunther e Tiffany.

"Questa non è la tua canzone preferita?" gli chiede Tiffany quando inizia una lenta ballata rock. Guardandomi, aggiunge con tono di superiorità: "È *Don't Speak* dei No Doubt."

"Allora non può essere la sua preferita" affermo. "Quell'onore spetta a qualcosa di orribile di Kenny G."

Gunther apre la bocca per intervenire, ma gli si blocca il respiro mentre fissa qualcosa alle mie spalle.

Mi volto.

Cazzo!

È Chelsey, che viene verso di noi.

Che sia la mia punizione per aver insultato *Scott Pilgrim vs. the World*? L'universo mi sta facendo affrontare un gruppo di perfide ex?

"Ciao" saluta in modo seducente, con gli occhi

puntati su Gunther e fingendo che io e Tiffany non esistiamo.

"Che ci fai tu qui?" Gunther le chiede freddamente.

"Questa è la nostra canzone" dice Chelsey, indicando un altoparlante vicino. "Ho pensato che magari potremmo ballare. In nome dei vecchi tempi."

Sono abbastanza sicura che l'espressione sul volto di Gunther sia la stessa che avrebbe se del burro di arachidi gli si attaccasse al palato. "Come sai, io ballo solo con la mia accompagnatrice." Con mio grande shock, mi afferra la mano. "Honey, ti va di ballare la mia canzone preferita non di Kenny-G?"

"Con piacere" rispondo. Perché cos'altro posso dire?

"Honey è il suo nome" interviene Tiffany. "Non è un nomignolo affettuoso."

Chelsey si degna finalmente di riconoscere la mia esistenza. "È *questa* la tua accompagnatrice?"

"Fa' attenzione" le suggerisce Tiffany. "Potrebbe tagliarti." Sembra che voglia dire di più, ma un'occhiataccia di Gunther la zittisce splendidamente.

Dovrei spiegare che stasera il mio modus operandi sarebbe soffocare invece di tagliare?

Ma no!

Afferrando Gunther per il gomito, sorrido malignamente alle sue due ex e lo trascino sulla pista da ballo.

"Grazie" mi dice lui con trasporto. "Sono in debito con te."

"In tal caso, per sdebitarti, vorrei che mi aiutassi a fare bella figura in questa attività di danza."

Si acciglia. "Non sai ballare?"

"So fare skank."

Lui lancia un'occhiata a Chelsey, o forse a Tiffany. "È un termine troppo severo."

Sbuffo. "Non stavo dando della zoccola a nessuna. Skank è il nome del ballo che si fa con la musica punk." Mi posiziono con il peso leggermente in avanti, poi sollevo una gamba da terra, la piego e tiro un calcio in avanti (quasi contro lo stinco di Gunther). Per illustrare appieno lo skank, salto sulla gamba che ha appena scalciato e faccio oscillare le braccia (rischiando di prendere a pugni alcuni dipendenti nei paraggi).

Gunther mi guarda con un sorriso. "Che ne dici di ballare come tutti gli altri?" Indica intorno a sé.

Mmm.

Tutti gli altri stanno vicini, in stile sala da ballo.

Che cosa avevo in mente quando l'ho trascinato qui?

"Puoi farcela" mi dice con tono rassicurante.

Oppure posso rendermi ridicola davanti ai suoi genitori e alle sue ex. "Sai condurre?"

Assume una posizione da gentiluomo con le mani tese. Metto le mani nelle sue e trattengo il fiato.

Con un sorrisino presuntuoso, lui mi tira a sé. E intendo molto, troppo vicino. Abbastanza vicino da sentire l'odore di cera d'api e di fumo sulla sua pelle, misto a qualcosa di deliziosamente maschile. Abbastanza vicino da sentire quanto sono duri i muscoli delle sue gambe quando toccano le mie.

"Ora ondeggiamo" mi sussurra all'orecchio e mette in pratica le parole.

Santissimi Sex Pistols!

Ho bevuto troppo o questa è solo la mia normale reazione alla sua vicinanza?

I miei capezzoli sono duri come una scultura di ghiaccio, le mie mutandine implorano di essere asciugate e il mio cervello è un frullato di ormoni.

"Così" mormora lui. "Stai andando bene."

Ah sì? Non gli sto pestando i piedi, quindi è già qualcosa. E non sto nemmeno tastando Mr. Succhia & Lecca, anche se percepisco quella particolare creatura protendersi dai pantaloni di Gunther, senza dubbio a causa di qualche insondabile scherzo dell'attrito creato dal nostro ballo.

Gunther deve rendersi conto che ho notato la sua erezione. Frappone un po' di distanza tra noi (una mossa che, paradossalmente, mi fa venire ancora più voglia di saltargli addosso).

"La canzone è quasi finita" sussurra, sfiorandomi il lobo dell'orecchio con le labbra in una carezza delicata, che mi farebbe venire sul posto se il mio orecchio si scambiasse di posto con il mio clitoride a mo' di *Quel pazzo venerdì*.

"E adesso cosa facciamo?" chiedo senza fiato.

"Beviamo un drink?" suggerisce lui. "Idealmente, lontano da tutti."

"Certo." Lancio un'occhiata furtiva a "tutti." Sembra che Tiffany e Chelsey stiano bisticciando su qualcosa, entrambe con l'aria di chi potrebbe tirarsi i capelli (o l'utero) da un momento all'altro.

Gunther si ritrae dalla posa di danza con un inchino, poi segue il mio sguardo con cipiglio. "Posso chiederti un favore?"

"Sì?" *Ti prego, fa' che sia di tipo sessuale!*

"Una volta che avremo preso quei drink, magari potresti dare l'impressione di divertirti?"

Ah. Non dovrebbe essere difficile. Mi diverto sempre quando siamo insieme, quindi un po' di alcol in più non dovrebbe fare altro che migliorare la situazione. Per ovvie ragioni, la mia risposta è: "Farò del mio meglio. Dovrà essere la performance della mia vita."

"Sono sicuro che sarà uno sforzo erculeo." Gunther chiama il barista e chiede un whisky liscio per sé e un altro Long Island per me.

"Cin cin." Faccio tintinnare il mio bicchiere contro il suo e sorseggio il drink. Il sapore è fantastico, il che significa che il barista non ha esagerato con il gin, il rum o la vodka.

Da lontano sento la voce di Chelsey, ma l'unica parola che riesco a distinguere è "puttana." O era "profana"? O forse "pacchiana"?

"Probabilmente dovremmo allontanare i tuoi genitori dalle loro vicinanze" dico a Gunther. "Quelle due stanno per estrarre gli artigli e non vorrei che loro diventassero un danno collaterale."

Lui indica la pista da ballo alla nostra sinistra. "Credo che siano un passo avanti a te."

Già. Jennifer e Senior stanno ballando la Macarena, o almeno credo che il rumore che esce dagli altoparlanti si chiami così.

"Kenny G ha scritto anche questa cosa orribile?" gli chiedo.

"Questa canzone è dei Los del Río e mio padre è un grande fan."

Stavolta un'eco della voce di Tiffany arriva alle mie orecchie e sembra dire "troia", anche se è possibile che abbia detto "noia" o "boia".

"Dovremmo fare un gioco alcolico" propongo a Gunther. "Ogni volta che quelle due dicono o fanno qualcosa di maligno, noi beviamo qualcosa."

Sorride. "Ci sto."

Appena in tempo, Chelsey chiama Tiffany in un modo che suona come "svitata" o "svergognata", oppure (ma potrebbe essere la mia ossessione per gli affari che mi distorce l'udito) "scontata."

Beviamo.

Tiffany chiama Chelsey "mignotta", o forse "bigotta" o "scemotta."

Sorridendo, bevo e Gunther mi imita.

Chelsey replica definendo la sua avversaria "vacca" o "baldracca".

Gunther ci ordina un altro giro di drink e noi beviamo i nostri sorsi obbligatori in onore dell'insulto bovino.

A voce sempre più alta, Tiffany dice qualcosa sulla madre di Chelsey o la chiama mostro, quindi beviamo di nuovo.

La battaglia va avanti per un po', così come il nostro bere. Questo finché Tiffany non trova il tasto giusto da premere, perché Chelsey le getta il suo drink in faccia e se ne va, infuriata.

"Non avrei mai pensato di essere grata a Tiffany" mormoro, tracannando un altro drink come da regolamento del gioco. "Sono felice che Chelsey sia fuori di qui."

Gunther si limita a bere, ma l'espressione sollevata sul suo volto è inconfondibile. O è contento che la sua ex fidanzata se ne sia andata, o che il gioco dell'alcol sia finito.

Tiffany, invece, si guarda intorno con aria indignata e si allontana, presumibilmente per occuparsi dei suoi vestiti bagnati (questa è una delle mie offerte preferite 'due al prezzo di uno').

"Ti va ballare di nuovo?" mi chiede Gunther, con parole leggermente biascicate.

Mmm. Sta suonando un'altra canzone lenta, quindi è una tentazione. "Non dobbiamo più far finta di divertirci" dico senza pensarci.

"Io non sto facendo finta" afferma. "E tu?"

Scuoto la testa.

"In questo caso…" Mi tende la mano con galanteria. "La pista da ballo ci aspetta."

Accetto la sua mano e la scossa provocata dal suo tocco mi fa girare la testa… tanto che, per un attimo, perdo il passo. La canzone lenta finisce e ne inizia un'altra. Ha un ritmo incalzante e sembra molto aziendale, almeno nella misura in cui qualcuno sta cantando qualcosa su un impiegato.

"Anche questo è Kenny G?" chiedo a Gunther.

"No" replica lui con un leggero roteare di occhi. "Questa musica porta la firma di mio padre. Gli piacciono le canzoni che prendono il nome da un ballo. Credo che questa si chiami 'Twerk'."

Ah. Immagino che non fosse un impiegato (clerk) quello di cui parla il testo. Oh, e questo spiega anche il copioso scuotimento di sedere che avviene sulla pista da ballo.

"Quanto vuoi scommettere che la prossima canzone sarà 'Gangnam Style'?" grida Gunther. "Quella o 'La Bamba'."

"Voglio provare" rispondo con un singhiozzo.

Le sue narici si dilatano. "Quale di queste tre?"

"Girati e basta."

Lui sembra incerto.

"Puritano" mormoro e gli volto le spalle.

Ok. L'ho visto fare a Miley Cyrus. Mi accovaccio e scuoto il sedere.

Dannazione! È più difficile di quanto pensassi, ma ho una strategia: mi concentro a muovere su e giù i tatuaggi su ciascuna delle mie natiche. Si dà il caso che i tatuaggi in questione siano capezzoli resi in modo molto realistico, quindi, insieme a quello che sto facendo, mi sento come una performer di burlesque... e potrebbe essere questo a ispirarmi a spingere il culo all'indietro, dritto verso l'inguine di Gunther.

Era un grugnito di dolore o di piacere? Mi giro per

controllare, ma non è chiaro. So solo che la sua bocca è assurdamente sexy.

"Grazie" mi dice con una dose di orgoglio maschile.

Aspettate! "Ho detto quella cosa della bocca sexy ad alta voce?"

Il suo sorriso presuntuoso è la mia risposta e, se prima pensavo che la sua bocca fosse sexy, ora è irresistibile.

Smetto di fare twerk e mi giro (o piroetto, se parliamo di passi di danza).

Mmm. Probabilmente la piroetta è stata troppo improvvisa. La stanza ora sta diventando offuscata e faccio fatica a reggermi in piedi.

"Ecco." Gunther mi appoggia una mano sulla parte bassa della schiena e si china. "Vuoi dare un'occhiata più da vicino alla mia bocca?"

Rido (un po' troppo forte, a giudicare dalle teste che si girano nella nostra direzione).

Lui si lecca le labbra in modo allettante.

Bene. Impugno la sua cravatta elegante e lo tiro a me del tutto.

Le nostre labbra si scontrano. Lui sa di caramello, quercia e carbone, con una traccia di alcol (probabilmente dovuta a tutto il whisky).

Avevo definito la sua bocca sexy? Avrei dovuto essere più generosa. È deliziosa. Meravigliosa. Sublime.

La stanza vortica intorno a noi e tutto sembra scomparire, tranne il bacio.

Lui mi afferra le natiche e i suoi pollici si

avvicinano alle immagini dei capezzoli tatuati sulla mia pelle.

Cazzo!

Ho l'impressione che i miei veri capezzoli vengano stimolati, probabilmente perché sono così duri e premuti contro i chilometri di stupido tessuto che separano i nostri corpi.

Staccandomi con estrema riluttanza, ansimo: "Dobbiamo andarcene da qui."

Lui mi prende per mano e mi trascina tra i colleghi che piroettano.

Mentre camminiamo, la gente deve urtarci spesso perché ondeggiamo da una parte all'altra, come pendoli in un uragano.

Fuori c'è una flotta di auto nere in attesa, così saliamo su una a caso.

"A casa mia" ordino.

L'autista sorride. "E dove sarebbe?"

Con mia sorpresa, Gunther pronuncia l'indirizzo.

Come faceva a…?

Non importa. Mi ha spedito a casa i vestiti che ho indosso. I vestiti che mi provocano irritazione, ora che ci penso.

"Anche la tua bocca è sexy" mi dice Gunther con voce bassa e roca. E forse leggermente biascicata.

Rispondere non mi sembra l'utilizzo migliore della mia lingua, perciò la lascio lottare con la sua.

Per le palle dei Ramones! L'unica mossa di wrestling che conosco è lo stunner ed è quello che mi sembra Gunther stia facendo alla mia lingua.

Gnam!

Lottiamo così ancora per un po': lui si ferma meravigliato ogni volta che incontra il piercing sulla mia lingua, io mi sciolgo in una pozzanghera al sapore di ossitocina quando lui ci gioca.

Il tempo sembra rallentare. O accelerare. Di sicuro, diventa confuso.

A un certo punto, c'è un notevole mordicchiare di labbra che non riesco a tradurre nella metafora del wrestling. Più tardi ancora, la sua mano forte traccia la mia mascella e le sue dita grandi mi fanno sentire fragile come una principessa delle fate.

Poi la stupida macchina si ferma.

Ma che cazzo? Siamo già arrivati? E arrivati dove?

A malincuore, stacco le labbra da quelle di Gunther e controllo il panorama fuori dal finestrino.

Ah. Giusto. Quello è il mio condominio.

Gli occhi di Gunther sembrano fusi mentre scrutano i miei. "E adesso?"

Voglio che salga nel mio appartamento, ma una parte di me ricorda che non è appropriato dire semplicemente: "Vieni a scoparmi forte." Bisogna essere un po' più sottili. Penso. Il problema è che non riesco a trovare un'alternativa.

E poi ho un'idea. "Vieni a conoscere il padre del tuo futuro bambino."

Gunther esce dall'auto senza ulteriori sollecitazioni, ma l'autista controlla lo specchietto retrovisore con un sopracciglio alzato. Credo che una cosa sia la perversione, ma tutt'altra cosa sia lo scenario del maschio che ingravida un altro maschio come ho appena insinuato per sbaglio.

"Intendevo il suo cucciolo" borbotto mentre Gunther mi apre la portiera.

L'autista non sembra crederci, o forse non crede che la spiegazione renda meglio l'idea.

Dopo un singhiozzo, Gunther dichiara: "Credo di aver capito che è quello che intendevi."

"Bunny" chiarisco per sicurezza.

"Non avevi un gatto?" Gunther mi tende la mano. "Hai sicuramente parlato di un gattino… a meno che non si chiami così anche un cucciolo di coniglio?"

No. Forse. Come si chiama un cucciolo di coniglio?

Non ne ho idea e sono troppo arrapata per far lavorare così tanto il cervello.

"Bunny è il nome del gatto" spiego e uso la mano offerta per alzarmi in piedi.

Per qualche motivo, la strada gira tutt'intorno a me.

L'auto parte con uno stridore di gomme e io mi appoggio a Gunther, che di conseguenza ondeggia un po'.

"Se tu puoi chiamare il tuo gatto Bunny, allora io ho un nome fantastico per il gattino" dice.

Facciamo diversi passi verso il condominio prima che io chieda: "Questo nome è un segreto?"

"Ah" esclama. "Pensavo di averlo già detto."

"No."

"Bee (ape)" annuncia con grande orgoglio.

Elaboro ciò che ha detto e mi ci vuole così tanto

tempo che siamo già in ascensore, quando gli chiedo: "Per un gattino maschio o femmina?"

Anche la sua risposta arriva in ritardo. "In entrambi i casi" risponde mentre io apro la porta del mio appartamento. "Se è un maschio, sarà l'abbreviazione di Beeowulf. Altrimenti, di Beeatrix."

"Dubito che tu abbia mai vinto una gara di spelling con la parola *bee* da bambino." Gli faccio cenno di entrare.

Appena lo fa, Bunny esce e si strofina contro la sua gamba, cosa che non aveva mai fatto in tutte le sue nove vite.

"Il papà del piccolo?" chiede Gunther, scrutandolo.

Annuisco tristemente. La mia pessima scusa è appena evaporata. "So cosa stai pensando. Alcuni gatti hanno l'aspetto di chi ha mangiato un canarino, ma questo ha l'aspetto di chi ha prima torturato il povero uccello con l'annegamento simulato, gli ha strappato tutte le piume, lo ha privato del sonno per un anno e poi gli ha fatto ascoltare della cosiddetta musica di Kenny G."

Gunther ignora l'insulto. Sempre guardando il gatto, chiede: "Il suo letto è in camera tua?"

"No" blatero. "Cioè... sì! Vuoi venire a vedere?"

Annuisce.

Evviva! Conduco Gunther in camera da letto e chiudo la porta prima che Bunny possa seguirci. L'ultima cosa che voglio è che il gatto gli spieghi che il suo letto è in realtà appollaiato su un'alta mensola del soggiorno.

Gunther sembra stordito mentre osserva le pareti, probabilmente perché non ha mai visto così tanti poster di band famose in un unico posto.

Appoggio una mano sulla sua spalla palestrata per attirare la sua attenzione, poi la mia bocca spara: "La tua bocca non solo è sexy. Bacia anche in modo sexy."

Ah. Chi avrebbe mai detto che *quella* era la frase scatenante che Gunther stava aspettando per tutto questo tempo? C'è fame nei suoi occhi quando si volta verso di me e, prima che io possa reagire, mi cattura la bocca con la sua.

Cazzo! Perché il tempo si comporta in modo così strano? Un momento prima sono nel bel mezzo del bacio più rovente della mia vita, un momento dopo Gunther mi sta facendo scivolare giù il vestito e le mie dita gli stanno aprendo la cerniera dei pantaloni.

Ci strappiamo di dosso il resto dei vestiti come se spogliare l'altro fosse una gara, che Gunther vince rapidamente. Io sono completamente esposta mentre lui ha ancora i boxer, ma si allontana dalla mia portata prima che io possa toglierglieli.

Il motivo per cui si è allontanato diventa subito chiaro. Vuole guardarmi bene.

"Wow" mormora al termine dell'esame.

Questo potrebbe essere un bene o un male: tutto dipende da cosa pensa del mio assortimento di piercing e tatuaggi. Oh, e del mio corpo, ovviamente.

Mi avvicino a lui, decisa a rivendicare quei boxer. Prima, però, non posso fare a meno di tracciare con le dita le linee del suo petto nudo. "Quegli allenamenti fanno bene al tuo corpo."

Lui liquida la mia affermazione, mi prende la mano e mi fa girare, spiegando: "Voglio vederti da dietro."

Questo significa che il wow era un segnale positivo? Cioè: perché vedere di più di qualcosa che ti ripugna, giusto?

"Come un'opera d'arte" commenta, facendomi ruotare di nuovo verso di sé.

"Come?" chiedo con indignazione.

"Scusa." Mi prende il viso tra i suoi grandi palmi caldi. "Una vera e propria opera d'arte. Bellissima. Intricata. Ispirante. Oh, e anche i tatuaggi sono belli."

Singhiozzando e sorridendo, gli tiro giù i boxer e sussulto. "Wow! E intendo un bel wow."

In realtà, "wow" è un eufemismo rispetto alle dimensioni e alla perfezione di Mr. Succhia & Lecca. Un semplice wow di solito non fa spasimare i miei muscoli pelvici per l'aspettativa. Né mi fa venire l'acquolina in bocca, oltre che sulla mia...

"Prima di continuare" mi dice lui con parole leggermente biascicate. "Ho una domanda da farti."

"Sono sana e prendo la pillola" affermo. "Ma dovremmo consumare i preservativi che ho comprato in offerta 2 al prezzo di 1: hanno una data di scadenza."

Le sue labbra si inarcano in modo sexy. "Anch'io sono sano e i preservativi, al plurale, mi sembrano un'ottima idea... soprattutto quelli non scaduti. Ma ciò che stavo per chiederti in realtà è: hai davvero dei capezzoli sul sedere, o sono così arrapato che mi sto solo immaginando capezzoli dove non ci sono?"

"Non è un'allucinazione. È solo un sogno erotico." Nel modo più seducente possibile, faccio scorrere le dita sulle punte dure dei miei capezzoli col piercing.

Le pupille di Gunther si dilatano e un basso ringhio vibra nel suo petto. In un batter d'occhio, la mia schiena colpisce il materasso e la stanza gira così velocemente che il tempo accelera di nuovo. Quando mi riprendo, il mio capezzolo destro è nella bocca di Gunther, mentre l'altro è tra le sue dita.

Oh mio Dio! Di solito devo spiegare a un novellino dei piercing cosa fare, ma lui ha un talento naturale. Lecca, succhia e mordicchia (in modo sicuro), mentre applica delicatamente una pressione con le dita sull'altro lato... il tutto senza pizzicare né tirare con forza, cosa che può risultare problematica con i piercing.

Mi rendo conto che sto gemendo per i preliminari ai capezzoli, cosa mai successa prima. Non da sveglia, comunque.

È possibile che ora non sia completamente sveglia? Spiegherebbe la nebulosità che permea i miei pensieri. Qualunque cosa sia, me la godrò.

In un momento di lucidità, mi viene in mente una rivelazione: anche Gunther ha i capezzoli. Grandioso! Comincio a giocare con loro, a stuzzicarli e a pizzicarli fino a quando non diventano eretti come Mr. Succhia e Lecca.

Gunther rilascia il mio capezzolo abbastanza a

lungo per grugnire. Poi fa scorrere con sicurezza la lingua lungo il mio ventre.

Non vorrei abusare della parola, ma *wow*! La sua lingua squisitamente abile lambisce l'anello al mio ombelico e poi continua la sua odissea più in basso, fino a trovarsi esattamente dove voglio io.

Le mie mani afferrano i capelli di Gunther, scompigliandogli l'acconciatura lisciata.

Lo sento fare un sorriso compiaciuto contro la mia nome-in-codice Canna, poi la sua lingua sapiente traccia un cerchio intorno al piercing sul mio clitoride.

"Caaazzo!" ansimo.

Lui smette di fare quello che stava facendo e mi guarda con uno sguardo fuso. "Linguaggio, per favore."

"Scusa" rispondo pudicamente. *Così* avrebbe dovuto motivarmi a usare termini raffinati fin dall'inizio: entrando nel mio ufficio e mettendosi in ginocchio sotto la mia scrivania... non ci sarebbe mai stata una sola parolaccia.

Gunther riprende il suo importantissimo compito.

La sua lingua calda diventa il centro del mio mondo e poi mi infrango in mille pezzi a causa di un orgasmo che mi fa arricciare le dita dei piedi: l'unica volta in cui sia mai successo così in fretta. Ammesso che sia successo davvero in fretta e che il tempo non mi abbia giocato di nuovo brutti scherzi.

Gunther però non cede. Addolcendo la lingua, traccia cerchi più ampi, il che mi fa momentaneamente riprendere. Ma ben presto mi provoca un altro orgasmo e io grido così forte da sentirmi la gola rauca.

"Pensieri?" mi chiede, alzando lo sguardo con un sorriso sbieco.

"Penso che a questo gioco si possa giocare in due." Lo spingo indietro e mi chino su di lui, pronta a fare ciò che è sempre stato implicito nel soprannome del suo bellissimo cazzo: succhiare e leccare.

Wow ancora una volta.

La pelle vellutata è deliziosamente salata quando avvolgo la bocca intorno alla sua durezza d'acciaio.

"Cazzo!" grugnisce Gunther con voce gutturale.

Mi ritraggo. "Linguaggio!"

Il suo sorriso è tormentato. "Nuova regola. Qualsiasi parolaccia in camera da letto va bene."

"Cazzo, sì!" Faccio scivolare Mr. Succhia & Lecca di nuovo nella mia bocca e, giusto per sottolineare il mio punto di vista, prendo in mano le palle di Gunther, il cui peso è sorprendentemente piacevole al tatto.

I suoi addominali cesellati si contraggono e dalla sua bocca esce una cantilena di "cazzo, cazzo, cazzo."

Perché questo mi fa sentire così in controllo? Non ne ho idea, ma mi godo la sensazione di potere, mentre interrompo momentaneamente la suzione. Poi, quando l'oggetto delle mie attenzioni si contrae per l'aspettativa, gli do un paio di leccate lussuriose.

"Ho bisogno di essere dentro di te" geme Gunther.

"Le mie sette parole preferite" ansimo. Aspettate. Suonava troppo da zoccola? Nel caso, aggiungo la verità: "Se pronunciate da te."

Lui si guarda intorno con grande urgenza. "Si era parlato di preservativi."

Ah. La mia mente è così annebbiata (dall'eccitazione, senza dubbio) che me n'ero completamente dimenticata. Sentirlo dentro di me a pelle nuda è *davvero* allettante, ma dato che il mio status di zoccola è stato recentemente ipotizzato, decido di andare sul sicuro trovando il preservativo e porgendoglielo. Sì, mi sono praticamente vergognata di me stessa fino al punto di resistere al fortissimo impulso di infilargli il preservativo con la bocca, una mossa che ho praticato su un numero di banane tale da sfamare tutte le scimmie dello zoo del Bronx per un anno.

Oh, pazienza! Mr. Succhia & Lecca sembra effettivamente più allettante grazie alla lucentezza rossastra del preservativo.

"A quattro zampe" mi ordina Gunther con voce roca.

Obbedisco e chiedo da sopra la spalla: "È un pretesto per rivedere i miei capezzoli sulle chiappe, vero?"

Per tutta risposta, lui avvicina il viso al suddetto tatuaggio, ma non per esaminarlo da vicino. Invece, lecca la mia nome-in-codice Canna da dietro: la sua lingua esegue una manovra così abile da battere il campione mondiale di scacchi.

Mi si secca la bocca e non c'è da stupirsi: tutta l'umidità del mio corpo è laggiù, dove si trova la lingua di Gunther.

Gli scherzi del tempo devono avermi incasinato la mente ancora una volta, perché sono sull'orlo di un altro orgasmo… proprio quando Gunther rimpiazza la sua lingua con Mr. Succhia & Lecca.

"Cazzo!" esclamiamo entrambi. Nel mio caso, è perché la dilatazione mi manda oltre l'apice, facendomi venire così forte che le ginocchia e le braccia quasi mi cedono. Nel suo caso, probabilmente è perché le pareti della mia Canna stringono da morire Mr. Succhia & Lecca mentre vengo.

"È così bello!" geme Gunther, spingendosi dentro di me una volta. Due volte. Tre volte.

Cazzo e stracazzo! È un altro orgasmo quello che si sta sviluppando nel mio intimo? Pensavo che il massimo fosse due (e solo se sei super fortunata).

Già. Il climax sta crescendo… e il fatto che i pollici di Gunther stiano premendo sui capezzoli tatuati sul mio sedere non fa che accelerare la cosa, perché quei punti sono zone erogene per me (da qui l'inchiostro).

"Più veloce" ansimo.

Oh, cavoli! Doveva essersi trattenuto per tutto il tempo. Ora mi sbatte come se la nostra vita dipendesse da questo e la pressione sui miei capezzoli tatuati si intensifica, mentre lui stringe la presa sul mio sedere.

Gemiti disperati mi escono dalla gola. L'orgasmo che si sta sviluppando in me sta raggiungendo le dimensioni di uno tsunami ed è sul punto di abbattersi.

Gunther grugnisce forte e il suo cazzo si indurisce all'inverosimile mentre raggiunge lo sfogo.

Sì! Si! Si! Spinta oltre il precipizio, vengo con una violenza tale da farmi cedere le ginocchia e le braccia.

È pazzesco.

Finisco a pancia in giù, in un cumulo di beatitudine.

"Stai bene?" mormora Gunther, accarezzandomi la schiena.

"Sto molto, molto più che bene" rispondo, assonnata. "Ora fa' silenzio. Per favore."

Ridacchiando, lui avvolge il corpo intorno a me come una coperta con le maniche.

D'accordo. È ufficiale. Questo dev'essere stato un sogno e ciò significa che è ora di tornare a un sonno senza sogni, cosa che faccio prontamente.

Diciotto

Mi SVEGLIO E ME NE PENTO IMMEDIATAMENTE E immensamente.

Il mondo gira come un modulo di addestramento della NASA e il mio cranio sembra un albero rinsecchito che viene beccato da picchi assetati di Long Island.

Ho bevuto talmente tanto alcol da sentirmi così di merda?

Sbircio attraverso le ciglia. Oh, cazzo. Ecco la prova che ho bevuto molto... e anche che quello che è successo tra me e Gunther non è stato un sogno, come una parte di me sperava. Lui è lì, deliziosamente nudo e *nel mio letto*.

Chiudo gli occhi e tento l'impossibile: una parvenza di pensiero coerente.

Ecco.

Io e Gunther abbiamo fatto sesso.

No. Abbiamo fatto del sesso incredibile.

Mi correggo: è stato sesso che mi ha rovinata per gli altri uomini.

A meno che... oso forse sperare che fosse semplicemente mediocre, ma che l'alcol l'abbia fatto sembrare il miglior sesso che io abbia mai fatto? Se le allucinazioni da birra fanno sembrare sexy i tipi bruttini, forse le allucinazioni da Long Island fanno questo?

Aspettate! Mi sto concentrando sulla cosa sbagliata.

Sono andata a letto con l'uomo che mi ha rovinato la vita!

Un momento. Quella è un'informazione superata. Considerato ciò che mi ha detto suo padre ieri sera, quell'onore spetta a Tiffany (e non esistono abbastanza Long Island al mondo per farmi andare a letto con lei).

Tuttavia, Gunther mi ha ricattata per farmi lavorare per lui. Il che mi ricorda... Sono il peggior incubo delle Risorse Umane: una dipendente che va a letto con il capo.

All'improvviso si sente un suono orribile, come di artigli di gatto che graffiano il centro del dolore nel mio cervello.

Sbircio la sveglia.

8:15

Merda! L'orario della colazione di Bunny è passato da un quarto d'ora e questo è il rumore del suo miagolio per il mio cervello in preda ai postumi della sbornia. Ora che ci penso, gli ho dato da mangiare ieri sera? No. Avevo troppa fame di Gunther per svolgere il mio dovere di nutrire il mio animale domestico.

Gunther si copre le orecchie con i palmi delle mani. "Per l'amore di tutto ciò che è sacro, ti prego, fallo smettere."

"Subito." Faccio penzolare le gambe traballanti fuori dal letto e aspetto che la stanza smetta di girare. "Non guardare" dico a Gunther prima di alzarmi.

"Non è troppo tardi per questo?" borbotta, ma distoglie lo sguardo.

Ok, questo dimostra che anche lui si ricorda cosa abbiamo fatto ieri sera. Grandioso.

Indosso il mio kimono con motivi a teschio, che ho ricevuto gratuitamente dal programma di fidelizzazione di un sito web di articoli punk. Infilando i piedi nelle pantofole che ho ricevuto gratuitamente per aver indirizzato le mie sorelle a un negozio di scarpe, esco dalla camera da letto e mi trovo di fronte al muso scontroso del mio gatto affamato.

Sai perché ti chiamo Colei Che Mi Nutre? O perché potrei ribattezzarti come Colei Che Un Tempo Aveva Gli Occhi?

"Scusami, amico" dico, precipitandomi in cucina per aprire il doppio della sua solita quantità di cibo.

Con un fruscio della coda da coniglietto che caratterizza la sua razza, Bunny divora il cibo con una rapidità fuori dal comune, facendomi sentire così in colpa che gliene do un'altra porzione.

Lui mi guarda con un'espressione un po' meno scontrosa quando metto giù la razione extra.

È una mossa furba. Forse ti lascerò tenere i tuoi stupidi

occhi. Sarebbe una seccatura dover torturare e uccidere uno di quei cani guida per non vedenti.

Per concludere la cura del gatto, verso dell'acqua fresca per Bunny. Poi ne verso un po' in due bicchieri alti e ci aggiungo un pizzico di sale e di zucchero, seguiti da una spruzzata di succo di limone. Infine, estraggo un flacone di pillole dall'armadietto dei medicinali e lo porto in camera da letto insieme ai due bicchieri.

Con mia grande delusione, al mio ritorno Gunther è già vestito.

"Tieni." Gli piazzo in mano un bicchiere.

Dopo che lui ha bevuto, poso il mio sul comodino, apro il flacone di pillole e gliene porgo due, poi ne ingoio due anch'io.

"Che cosa sono?" mi chiede.

Indico la bevanda. "Un'alternativa economica al Gatorade." Posando il flacone di pillole, aggiungo: "È il paracetamolo generico, che è la stessa cosa della Tachipirina, ma molto meno costoso."

"Una cura per la sbornia che è anche un affare?" Sorride, il che lo fa trasalire. "Grazie." Ingoia le pillole e si scola la bevanda.

"Non c'è di che." Io bevo la mia lentamente, perché non so cosa dire dopo.

"Dobbiamo parlare" dichiara Gunther proprio quando finisco.

Di solito non sono gli uomini a temere questa frase da parte di una donna? Provo una stretta al cuore mentre poso il bicchiere. "Parlare?" Guardo significativamente il letto. "Di cosa?"

Lui si strofina la mascella incolta. "Mi dispiace per ieri sera."

"Come, scusa?" Metto istintivamente le mani sui fianchi. "Ti *dispiace*?"

Fa una smorfia. "L'alcol è stato un fattore attenuante. Abbassa l'attività della corteccia prefrontale, quindi la razionalità e il processo decisionale ne risentono."

Stringo gli occhi. "Stiamo parlando della mancanza di razionalità e della scarsa capacità decisionale di chi esattamente?"

Suggerimento: non esiste una risposta giusta a questa domanda.

"La mia" risponde.

Mi avvicino a lui e gli infilo un dito nel petto assurdamente duro. "Stare con me è un fottutissimo onore e che io sia dannata se qualcuno si comporta come se fosse una specie di errore."

Lui sospira e fa un passo indietro. "Stai distorcendo le mie parole."

"Ah sì? Davvero? Mister Errore."

"Sono il tuo capo, il che crea una dinamica di potere malsana."

Perché chiamarla malsana la fa sembrare più sexy? "Sei il mio capo solo temporaneamente."

"Ma non è una giustificazione. E nemmeno l'alcol." Si siede sul bordo del letto. "Mi assumo la piena responsabilità di quello che è successo e sono disposto a collaborare con le Risorse Umane. Hanno una formazione e..."

"Chiudi il becco" dico severamente. "Non mi hai fatto pressioni per farmi fare qualcosa che non volevo."

"Ma il..."

"Ti piacciono le tue palle attaccate al corpo?" gli chiedo mentre estraggo il mio fidato coltello a farfalla, lo apro con un gesto plateale e mimo l'azione di affettatura, come se stessi tagliando due avocado da un ramo.

Gunther mi schernisce. "Non sverresti alla vista del sangue?"

"Dannazione!" Metto via il coltello. "Ecco perché non racconto mai a nessuno il mio segreto."

"Dunque..." Sospira di nuovo. "Credo che la mia opinione sia valida."

"E che opinione sarebbe?"

Si acciglia. "Non ne sono più sicuro."

"Allora accetto le tue scuse."

"No" dice con fermezza. "Non avremmo dovuto avere rapporti intimi al di fuori di una relazione appropriata e approvata dalle Risorse Umane. E, anche in quel caso, la nostra prima volta non sarebbe dovuta avvenire sotto l'effetto dell'alcol."

Mi appollaio sul letto accanto a lui. "Non sono sicura di essere d'accordo, soprattutto su quest'ultimo punto."

Lui si gira verso di me e inarca un sopracciglio interrogativo.

Uno stupido rossore si insinua sulle mie guance.

"Non hai pensato che la sbronza abbia migliorato... l'esperienza?"

Scuote la testa, poi trasalisce di nuovo. "Ho pensato che fosse semplicemente così stare con te."

Ah sì? Il mio rossore si diffonde fino alle dita dei piedi. Inoltre, mi sento in colpa per aver prima minacciato le sue meravigliose palle e poi per aver forse ferito il suo ego, non attribuendo a lui la straordinarietà del sesso. Beh, posso rimediare a quest'ultima cosa se faccio marcia indietro. "È stato *ovviamente* sia merito tuo sia della sbronza, ma dato che è stato il miglior sesso che io abbia mai fatto..."

Lui balza in piedi e mi accorgo che i suoi pantaloni si stanno tendendo come se un anaconda vi si fosse infilato dentro. Deglutisco e alzo gli occhi. Il suo sguardo è rovente.

Ah. Ne vuole *ancora*. Con i postumi della sbornia? A pensarci bene, anche a me non dispiacerebbe, nonostante l'indolenzimento.

"Non credo che da questa conversazione al momento possa scaturire qualcosa di buono" afferma Gunther, con una voce rigida come alcune parti della sua anatomia.

"Eh?" Imito Sharon Stone in *Basic Instinct* mentre accavallo e scavallo le gambe.

Le sue pupille si dilatano mentre fissa il mio spettacolo improvvisato. "Dobbiamo smaltire la sbornia" ringhia, ma sembra che voglia convincere più se stesso che me.

"D'accordo" dico, chiudendo le gambe con molta decisione.

"Ottimo." Si gira a malincuore e cammina lentamente verso la porta.

"Aspetta. Lascia che ti accompagni fuori" mi offro.

Lui mi aspetta con una postura rigida (come anche altre cose).

Mentre gli cammino davanti, non resisto alla tentazione di sculettare meglio che posso. Quando arriviamo alla porta, il suo respiro sembra più affannoso. Bene.

"Ne parliamo lunedì a pranzo?" gli chiedo mentre apro la porta.

Con un brusco cenno d'assenso, lui si affretta a uscire dal mio appartamento.

Girando sui talloni, vado a vestirmi e aspetto che i postumi della sbornia si attenuino prima di chiamare Pearl.

"Ciao" mi saluta. "Com'è andata la festa?"

"Congratulazioni" le rispondo con un sospiro. "Non mi devi il formaggio per un decennio."

Pearl strilla di gioia, poi pretende di conoscere i dettagli e io la accontento.

"Quindi state insieme?" mi chiede con tono super-entusiasta.

"Non ne ho idea. Ne parleremo lunedì a pranzo."

"Beh" continua lei, un po' più calma. "Tu vuoi stare con lui?"

Sì! No. "Forse."

"Invece sì."

Roteo gli occhi. "Perché?"

"Non vorrai essere single al matrimonio di Gia" afferma (e qualcosa nel suo tono mi mette in allarme).

"Tu stai ancora con…?"

"Non pronunciare il suo nome!" esclama Pearl.

"Wow. Voldemort. Dev'essere stato pessimo."

Dopo che mi racconta il disastro della sua precedente relazione, mi offro di portarla fuori per un brunch nel suo ristorante preferito l'indomani.

"Davvero?" mi chiede. "Ma non hanno mai buoni sconto."

"Ho un lavoro rispettabile" le ricordo, ma non le dico una cosa che ho scoperto per caso l'altro giorno: il suo locale preferito ha un Groupon per il brunch domenicale.

———

Il resto del fine settimana passa in un lampo confuso (l'unica cosa degna di nota è quanto Pearl apprezzi l'esuberante vassoio di formaggi del nostro brunch).

Anche la prima parte del lunedì trascorre molto rapidamente, finché io e Gunther non arriviamo in palestra. Siccome so che la chiacchierata a pranzo è imminente, l'allenamento sembra più lungo delle versioni non tagliate dei film di *Il Signore degli Anelli* (e imbarazzante quanto i fan più accaniti degli stessi).

"Allora", esordisco quando siamo seduti in mensa e il cibo è stato ordinato. "Sei pronto a parlare adesso?"

"Sì. Certo." Si sistema la cravatta. "Ora che l'alcol ha

lasciato il tuo organismo, volevo ribadire le mie scuse e sottolineare la parte in cui mi assumo la responsabilità se…"

"No" dico scuotendo la testa. "Questa l'ho già sentita, è roba vecchia. Quello che è successo è quello che volevo che succedesse, punto. Possiamo parlare di qualcosa di più interessante?"

Lui inclina la testa. "Ok. Sarebbe accettabile se ti facessi la corte?"

Il mio cuore fa una capriola e un alveare ronzante si insedia nel mio stomaco. Con un sorriso nervoso, dico: "Solo il signor Ferguson può far sembrare che uscire insieme richieda un abbigliamento formale e un'argenteria raffinata."

Lui sorride di rimando. "Se insisti, potremmo indossare il pigiama e mangiare con le posate di plastica."

"In tal caso, sì."

"Ottimo." Allunga la mano sotto la sedia e tira fuori una grossa pila di documenti che schiaffa sopra il tavolo. "Compila questo. Io ho già compilato il mio."

Ah. Il modulo 66669. Ma certo.

Do una scorsa al primo foglio.

Questa politica non impedisce lo sviluppo di relazioni sentimentali tra i dipendenti della Munch & Crunch, ma si sforza di stabilire chiare aspettative in merito a…

Noioso. E bugie. Il solo fatto che esista un modulo del genere deve deviare le persone dal sesso e dalle relazioni di coppia con la stessa facilità con cui imparare l'esistenza della gonorrea ha deviato me per un po' di tempo (dopo una "lezione amichevole" da parte di Gia e un "discorso sugli uccelli e sulle api" da parte dei miei genitori, fin troppo ansiosi di spiegare i dettagli).

Scorro più velocemente, fino ad arrivare a:

Le persone che hanno rapporti di supervisione sono soggette a requisiti più severi a causa di...

Bla bla bla. Non sono un supervisore, quindi non è un mio problema.

Sto per passare ai punti elenco che descrivono le linee guida vere e proprie, quando Gunther mi dice: "Fammi sapere se vuoi una rapida traduzione dal linguaggio delle Risorse Umane all'inglese semplice."

"Non sarà difficile per te?" Giro il modulo verso di lui. "Il tuo modo di parlare predefinito assomiglia molto a questo modulo."

"Simpatica." Indica il primo punto, che recita:

Durante l'orario di lavoro e in tutte le proprietà della Munch & Crunch, i dipendenti della Munch & Crunch devono limitare gli scambi personali in modo da non distrarre o offendere i colleghi, allo scopo di mantenere la produttività.

"Non parlare di cose personali quando si è in orario di lavoro" traduce Gunther.

Annuisco con saggezza. "Quindi, se volessi dirti che mi è piaciuta quella cosa che hai fatto con la lingua, dovrei aspettare fino a dopo il lavoro? O dopo il lavoro e dopo che avremo lasciato l'edificio?"

I suoi occhi si scuriscono per il calore, ma sposta il dito al punto successivo e, prima che io mi curi di leggerlo, lui traduce: "Non fare conversazioni che mettano a disagio gli altri colleghi."

"Questo non era già coperto dal punto 'niente discorsi personali'?" Inoltre, lui ha imparato il regolamento a memoria o è così veloce nel tradurre le stronzate delle Risorse Umane?

Gunther scuote la testa. "La festa di ieri non era in orario lavorativo, ma se parliamo della questione della lingua davanti ai nostri colleghi, li metteremo a disagio e quindi non è permesso."

"Gli addetti alle Risorse Umane sembrano chaperon di epoca vittoriana" dico con un finto broncio. "Che altro?"

Lui sposta il dito di un centimetro verso il basso. "Nessun contatto fisico all'interno dei locali aziendali."

"Questa mensa è un locale aziendale?"

"Esatto."

"Quindi... non posso fare così?" Metto la mano sopra la sua. "O così?" Faccio scorrere le dita sul suo braccio.

I suoi occhi si socchiudono, ma scuote fermamente la testa.

"E una cosa del genere?" Sfilo il piede dalla scarpa e gli massaggio delicatamente l'inguine con l'alluce sotto la copertura della tovaglia.

Con l'aria di chi potrebbe esplodere da un momento all'altro, Gunther riesce a dire: "Esatto. Questo è un ottimo esempio di cosa non fare."

"E il non contatto?" Mi lecco le labbra libidinosamente.

Le sue narici si dilatano. "Sono sicuro che sia coperto da un'altra clausola."

Faccio un sospiro teatrale. "Immagino che passeremo molto tempo l'uno a casa dell'altra."

Lui sospira quasi altrettanto profondamente. "Qualunque cosa accada, bisognerà aspettare che questo modulo sia esaminato da Vera Chaste, la responsabile delle Risorse Umane."

Chaste (casta)? Non c'è da stupirsi che non permetta a nessun altro di avere relazioni.

Firmo il modulo. "Quanto tempo ci metterà la signorina Chaste a timbrare questa cosa?"

"È la signora Chaste e non so risponderti. È in maternità."

"Quindi non è poi così casta, in fin dei conti?"

Lui mi rivolge uno sguardo di rimprovero. "Non credi che Vera abbia sentito questo tipo di battute tanto quanto tu hai sentito battute su *quella cosa* che le api producono?"

"Touché. Ma, parlando seriamente, quando tornerà la signora Chaste?"

Lui fa spallucce. "La politica aziendale per il congedo di maternità è di dodici settimane. Ha iniziato qualche settimana fa."

Lo fisso a bocca aperta. "Sono un paio di mesi."

Sorride. "Prenderò la tua impazienza come un complimento."

Stringo le labbra. "Prenderò la tua mancanza di impazienza come il contrario di un complimento."

Gunther lancia un'occhiata nel punto in cui si

trovava di recente il mio piede. "L'impazienza non mi manca, te lo assicuro."

Il cameriere arriva con il cibo, perciò non ho la possibilità di ribattere.

Quando siamo di nuovo soli, chiedo: "Quindi è così? Tutto deve essere tenuto in sospeso?"

Gunther solleva la forchetta. "Solo le cose fisiche. Avremo ancora questi pranzi, così potremo continuare a conoscerci."

Prendo il coltello con la mano sbagliata, di proposito. "Mi sembra di essere stata friendzonata."

Lui fissa il coltello con disapprovazione. "Dovresti comportarti effettivamente da amica perché possa essere così."

"Bene." Il mio sorriso è di plastica. "Facciamo conoscenza. Comincio io. Qual è il tuo colore preferito?"

"Il viola. E il tuo?"

Gli rispondo che è il nero, poi ci spariamo domande a vicenda a una velocità sempre maggiore. Tra le altre cose, vengo a sapere che lui non porta mai con sé un portafoglio vero e proprio, che a casa sua ha una collezione di spade e che (cosa che non mi sorprende) l'ape è il suo animale preferito. Mentre la conversazione prosegue, prendo una decisione: farò del mio meglio per spezzare la sua volontà, in modo da tornare a fare sesso molto prima che la signora Chaste torni dal congedo di maternità. È una questione di orgoglio femminile.

Quando lo porterò al matrimonio, non voglio avere

la sensazione di mentire nel presentarlo come il mio ragazzo.

A questo scopo malefico, chiamo Pearl non appena arrivo alla mia scrivania.

"Ciao, sorella" la saluto senza preamboli. "Ti va di fare shopping oggi?"

"Certo. Di che tipo?"

"Abbigliamento da ufficio" rispondo, lanciando un'occhiata furtiva all'ufficio di Gunther.

"Ah" commenta lei. "Deve esserci una grande svendita. Che tipo di indumenti ti serve?"

Con ferma determinazione, rispondo: "Da zoccola."

Diciannove

"LA TUA SCOLLATURA HA UNA SCOLLATURA" È IL PRIMO commento di Pearl quando esco dal camerino.

"Bene. Che te ne pare di *questo*?" Faccio finta che mi cada qualcosa per terra e mi chino per raccoglierlo.

Pearl fischia. "Riuscirà a vederti anche l'ugola."

Mi raddrizzo. "È adatto all'ambiente di lavoro?"

Si acciglia. "A malapena."

"Ottimo." Chiamo la commessa con un cenno. "Prendo questi."

———

Il giorno dopo, indosso uno dei miei nuovi outfit per andare al lavoro e, mentre cammino davanti a Gunther a pranzo, faccio cadere "accidentalmente" una forchetta da un tavolo vicino.

"Ops!" Mi chino per raccoglierla, con il sedere rivolto al mio capo, per ora platonico.

Era un grugnito sofferto?

Ripongo la forchetta e mi volto verso Gunther, con gli occhi più innocenti che posso. "Hai detto qualcosa?"

Con aria rigida, lui scuote la testa. "So cosa stai facendo."

Stringo i seni tra loro per mostrare la scollatura che mi offrono il vestito e il reggiseno push-up. "E cosa sarebbe?"

"Qualcosa di puerile" risponde, dirigendosi con passo deciso verso il nostro tavolo. Non posso fare a meno di notare che la sua andatura è sbilanciata, come se qualche parte di lui fosse d'intralcio.

Una parte grossa.

Eppure, durante il pasto, Gunther mantiene la calma fastidiosamente bene, mi fa altre domande su di me e sembra interessarsi davvero alle mie risposte.

Nessun bacio né abbraccio di commiato e nessun invito a casa sua.

Che stronzo!

———

Il giorno dopo, in palestra, Gunther si presenta con una maglietta senza maniche, che non aveva mai indossato prima.

Mmm. Oggi è la giornata dei pettorali e la canotta che ha scelto in modo così strategico mi fa venire voglia di toccarmi, soprattutto quando lui si allena alla panca.

Dannazione!

"So cosa stai facendo" gli dico dopo che ha fatto il fly.

Sorride. "Se puoi farlo tu, posso farlo anch'io."

Lo guardo con gli occhi stretti. "Aspetta di dare un'occhiata a quello che indosserò domani."

Il giorno dopo, il mio abbigliamento è ancora più succinto e Gunther ne è chiaramente colpito, ma non dice nulla e continua con il gioco del "conoscersi" come se niente fosse. Il giorno successivo, però, si vendica indossando pantaloncini corti in palestra... ed è nientemeno che la giornata delle gambe.

Grr! La vista di quelle cosce possenti rimane impressa nella mia mente per il resto della giornata lavorativa e, per risolvere il problema, è necessaria una lunga e aggressiva sessione con la mia nome-in-codice Canna, che prevede l'uso del mio telefono alla massima vibrazione, un preservativo e un cetriolo.

Da lì in poi, le cose degenerano. Ognuno di noi indossa vestiti e fa cose per eccitare l'altro: è una specie di corsa agli armamenti in cui, invece di un enorme arsenale, lui si ritrova con le palle blu e io con l'equivalente femminile. La situazione diventa così grave che, quando arriva il giorno del matrimonio reale, mi sento come se i miei capezzoli potessero eiaculare, soprattutto mentre guardo Gunther allenare i tricipiti in palestra.

Ci siamo. Sono pronta a chiedere a Blue di darmi

l'indirizzo di Gunther per potermi intrufolare in casa sua di notte, nuda.

È il logico passo successivo.

Ma aspettate! E se avesse delle api che lo sorvegliano di notte?

Forse potrei farlo in un giorno di pioggia? Le api volano sotto la pioggia? Non ne ho idea, ma so chi sarà felice di condividere questa conoscenza e così, a pranzo, glielo domando.

"Da quando ti interessano le api?" mi chiede.

Non ha tutti i torti. Finora non mi ero interessata al suo cosiddetto hobby, forse avevo persino evitato di parlarne, soprattutto perché la parola "miele" sarebbe inevitabilmente saltata fuori.

Oh, pazienza! Dato che non posso esattamente spiegargli il mio pensiero precedente, ricorro a una bugia che non è del tutto tale: "Le api sono importanti per te, quindi sono un buon argomento nell'intero processo di conoscerci."

Con aria scettica, afferma: "Le api *possono* volare sotto la pioggia, ma preferiscono non farlo. La collisione con una goccia di pioggia destabilizza il volo dell'ape e la appesantisce. Può anche abbassare la sua temperatura corporea, il che non è positivo. Le api preferiscono andare alla ricerca di cibo quando il tempo è bello e soleggiato, così possono orientarsi meglio e il nettare e il polline non vengono spazzati via dalla pioggia."

"Poverette" commento.

Annuisce. "La buona notizia è che sanno anticipare

il tempo e immagazzinare polline e nettare, in modo da cavarsela quando piove."

"Beh, è già qualcosa." Mi chiedo quante altre informazioni sulle api mi aspettano, ora che ho aperto l'alveare di Pandora.

"Se non ti dispiace, vorrei cambiare argomento" dice Gunther, la cui espressione si fa seria.

Inarco un sopracciglio con aria incredula. "Non vuoi più parlare di api?" Sarebbe come se Pearl non volesse parlare di formaggio, o se le api non volessero danzare sopra un fiore succoso, o se una puzzola...

"La signora Chaste è tornata" afferma Gunther.

Per poco non mi cade la forchetta. "Intendi..."

"Da oggi, i nostri moduli 66669 sono approvati." Lo sguardo rovente con cui mi fissa dovrebbe essere illegale. "Quindi... siamo liberi di fare quello che vogliamo."

Un intero film vietato ai minori si svolge davanti ai miei occhi mentre considero tutto ciò che è implicato in "quello che vogliamo."

"Sempre che tu sia ancora favorevole" aggiunge.

"Favorevole?" Faccio un respiro calmante. "Se non fosse per quella stupida sezione del modulo, direi di spazzare via tutto questo cibo dalla tavola e..."

"Il modulo sarà ancora la nostra linea guida" dice, accigliandosi. "Insieme all'igiene di base. E alle leggi sulle oscenità in pubblico."

"Guastafeste. Stasera allora. A casa tua." Gli lancio uno sguardo che lo sfida a contraddirmi.

"Certo" dice, ma c'è un'esitazione nella sua voce, che

contraddice completamente la fame con cui il suo sguardo percorre il mio décolleté.

Stringo gli occhi. "Che c'è ora?"

"Il matrimonio di tua sorella è oggi" mi ricorda.

Lo liquido con un cenno della mano. "Ovviamente, ci andremo dopo." Per quanto io abbia voglia di Mr. Succhia & Lecca, non vorrei mai mettere i bastoni tra le ruote a Gia nel giorno delle sue nozze.

"In questo caso, ho una condizione" afferma Gunther.

Abbasso la voce. "Siamo entrambi sani e io prendo ancora la pillola, quindi il preservativo è *facoltativo*."

No, non è fame quella nel suo sguardo, è voracità. "Non è ciò che intendevo."

"Consideriamola la mia condizione, allora" dico, arrossendo come una vergine dark.

Lui annuisce e sembra trattenersi a stento. "A patto che tu accetti la mia."

"Dirmi cos'è accelererebbe notevolmente le cose."

"Niente alcol." La sua voce si abbassa fino a diventare un rombo roco. "Voglio che il tuo giudizio non sia compromesso quando acconsentirai a tutte le cose sconce che ti farò. Voglio che la tua mente sia lucida per vivere tutto appieno e voglio che la tua memoria sia nitida per ricordare ogni orgasmo il giorno dopo."

Ho appena ingoiato il mio piercing alla lingua? Il piercing sul mio clitoride sta vibrando spontaneamente? Non lo so, ma qualcosa nel modo in cui Gunther ha pronunciato la frase mi rende pronta a venire all'istante. Dovrei solo accavallare le gambe nel modo giusto e...

"Siamo d'accordo?" mi chiede.

Ah. Giusto. Si aspetta che io risponda. "Ehm... Certo. Niente alcol." Per questo evento e per un decennio dopo, se lo desidera, a patto che io riceva "tutte le cose sconce."

"Ottimo." Inclina la testa. "Ora, conosci qualche curiosità interessante sui tatuaggi?"

Wow. Continua la seduzione del tutto inutile? Lui deve sapere che questo è un argomento che mi sta a cuore quasi quanto i coupon. Le informazioni mi escono di bocca quasi contro la mia volontà: ad esempio, il fatto che i tatuaggi sulla clavicola, sulle costole, sulla caviglia, sulla spina dorsale e sul petto fanno più male, mentre quelli sulle ginocchia, sulle nocche, sui piedi e sui gomiti svaniscono più velocemente. Continuo a raccontargli tutto quello che so sul mio pungente hobby finché non finisco sia il cibo sia i fatti da condividere.

Mentre andiamo verso l'ascensore, Gunther mi chiede se farò la damigella d'onore.

"No" rispondo. "Gia ha un gruppo di amiche, tutte maghe, che avranno questo privilegio."

"Come mai?"

Stringendomi nelle spalle, cerco il mio badge per aprire le porte, ma stranamente non lo trovo.

"Puoi aprire tu?" chiedo a Gunther. Mentre lo fa, rispondo alla sua domanda. "La mente da prestigiatrice di Gia funziona in modi misteriosi. Secondo me, non sapeva chi di noi sette sorelle nominare damigella d'onore, quindi ci ha semplicemente escluse. Oppure ha intenzione di eseguire un trucco di magia durante la cerimonia e non vuole che i profani si avvicinino troppo."

Ci fermiamo accanto all'ufficio di Gunther.

"Ok" dice e il suo sguardo di smeraldo si posa sulle mie labbra. La sua voce è un po' roca quando aggiunge: "Ci vediamo stasera."

Mi fido solo ad annuire prima di sgattaiolare nel mio ufficio, con la parola "stasera" che mi gira in testa come un disco in vinile dei Ramones (nello specifico *Road to Ruin*).

———

Quando torno a casa dal lavoro, un pacco mi aspetta.

Sì, è la mangiatoia automatica per gatti che ho comprato proprio per questa occasione: un dispositivo che mi permetterà di nutrire la bestia in orari specifici tramite un'app sul cellulare.

Quando apro la scatola, Bunny ha un'espressione scontrosa, ma curiosa.

Se questa è la nuova Colei Che Mi Nutre, cosa mi impedisce di affettare il vecchio modello in sashimi?

Verso le crocchette nel dispositivo e uso il telefono per assicurarmi che sappia consegnare il cibo nella sua ciotola.

Ah. Vivrai, ma d'ora in poi sarai Colei Che Comanda Colei Che Mi Nutre.

Imposto un programma per assicurarmi che l'alimentatore automatico distribuisca cibo stasera e domani mattina, per sicurezza, poi riempio la fontanella di Bunny con acqua sufficiente per una settimana, prima di iniziare a tingermi i capelli per il grande evento.

Quando ho ottenuto il colore giusto, li acconcio con cura, indosso l'abito per le nozze e mi trucco.

Proprio quando finisco, il mio telefono vibra.

Ah. La limousine è arrivata.

Proprio così. Mi spetta un passaggio in limousine, in qualità di invitata VIP quale sono.

Tacchetto all'esterno e, quando vedo il mio mezzo di trasporto, fischio. Sulla portiera della limousine c'è uno stemma, di quelli che un cavaliere medievale potrebbe mettere sul proprio scudo. Dev'essere lo stemma della famiglia del principe.

Fico!

Dopo essere salita, ricevo un messaggio da Gunther:

Ripetimi di che paese è il principe lo sposo?

Ah. Quindi lui deve essere salito su un'auto identica.

Con un sorriso, condivido quello che so sulla Ruskovia, il piccolo Paese dell'Europa dell'Est da cui proviene il fidanzato di Gia (non che io ne sappia molto).

Ho intenzione di visitarla presto, scrivo per concludere la conversazione. *La bomboniera è un biglietto gratuito per la capitale.*

Gunther mi risponde immediatamente: *Non sai rinunciare a un affare, vero?*

Prima che io possa replicare, la mia limousine si ferma accanto all'hotel che è la nostra destinazione e lo comunico a Gunther.

Sono qui fuori, mi risponde proprio mentre qualcuno mi apre la portiera.

Mi aspetto di vedere Gunther, ma sono i parcheggiatori. O almeno presumo che questi ragazzi siano dei parcheggiatori, anche se forse si chiamano facchini. Come durante la mia prima visita qui, il personale maschile dell'hotel indossa indumenti ridicoli che includono mantelli, bicorni e ampi pantaloni sgargianti.

È deludente che non si tratti di Gunther.

Appena scesa, mi guardo intorno e vedo l'uomo in questione. Un sussulto mi sfugge dalle labbra mentre osservo il suo splendore in smoking. Le sue spalle sembrano più larghe, il suo viso ben rasato sembra più marcato e i suoi capelli lisciati all'indietro sono ancora più invitanti da scompigliare.

Anche lui mi nota e i suoi occhi verde smeraldo brillano mentre mi ammira.

"I tuoi capelli" esclama avvicinandosi.

"Viola" dico con un sorriso. "Il tuo colore preferito."

Scuote la testa, meravigliato. "Sei magnifica."

Mi avvicino a lui per inalare la deliziosa miscela di colonia, cera d'api e fumo. Sollevandomi in punta di piedi, lascio che le mie labbra sfiorino il suo orecchio e sussurro: "Anche tu non sei orribile."

Sono quasi certa che abbia un fremito.

Ci dirigiamo verso il Palazzo, che, con scarsa fantasia, ha proprio l'aspetto di un palazzo. Il design presenta un mix di diverse influenze architettoniche europee, ma soprattutto russe e francesi.

Due tizi in pantaloni ampi ci aprono le porte e Gunther mi fa cenno di passare per prima. Ancheggio mentre cammino (un'abitudine che ho preso stuzzicandolo in ufficio) e, quando lancio un'occhiata furtiva alle mie spalle, vedo gli occhi di Gunther incollati sul mio sedere.

Bingo!

Sorridendo furtivamente, entro nella gigantesca hall. Anche qui c'è un mix di influenze europee, come icone in stile russo e affreschi italiani.

Poi noto qualcosa che fa allargare il mio sorriso con gioia cinica: uccelli vivi, sia in gabbia sia in libertà, alias... il peggior incubo di Blue. Come farà a partecipare a questo matrimonio? Ci sono pappagalli, che Blue considera al pari dei clown di Stephen King. Inoltre, ci sono pavoni: questi uccelli in inglese si chiamano "peacocks", ma la sposa una volta mi disse che la parola si scrive invece "pee-cocks" (pipì-peni) perché "la pipì proviene dai peni."

"Lasciate che vi accompagni alle sede delle nozze" ci dice uno dei tizi in pantaloni ampi.

"Come fa a sapere che siamo diretti lì?" mi sussurra Gunther.

Faccio spallucce. "Potrebbe aver già accompagnato

altre cinque donne con la mia stessa identica faccia. Oppure l'intero hotel è dedicato al matrimonio."

La seconda teoria sembra più probabile a ogni passo che facciamo. Tra le composizioni floreali che ci circondano ci sono i fiori preferiti di Gia e le postazioni per la pulizia delle mani sono ovunque (cosa che non accadeva l'ultima volta che sono stata qui).

"Qui dentro" ci dice il tizio in pantaloni ampi, indicando una porta che conduce a un grande teatro. "Ma, per favore, prima usate il disinfettante sulle mani."

Quando entriamo, riconosco lo spazio: è proprio il teatro dove Gia ha tenuto il suo spettacolo di magia. È questo che sta facendo ora? Uno spettacolo prima del suo matrimonio?

"Figlia 6!" urla una voce familiare. "Da questa parte."

"È mio padre" spiego a Gunther prima che possa farmi domande. "Ci ha soprannominate tutte Figlia da 1 a 8."

Gunther sorride. Con un sospiro, scruto le file di sedili.

Ebbene sì. Eccoli tutti lì. Mamma e papà, felici come una Pasqua di dare di nuovo una figlia in sposa. Ci sono anche tutti i miei nonni. Sono arrivati in aereo dalla Florida con mia sorella Olive: un atto eroico, visto che il clima attuale qui è sui quindici gradi, ovvero freddo pungente per loro. Anche le altre mie sorelle sono quasi tutte presenti con i loro bei ragazzi. Pearl, tuttavia, non c'è (probabilmente è via per affari di formaggio) e non c'è nemmeno la sposa. Senza dubbio si starà vestendo per il grande evento. Ah, e pare che l'accompagnatore di Pixie sia Fabio, il nostro vecchio amico del liceo che è sempre stato interessato esclusivamente agli uomini.

"Namaste, raggio di sole." La mamma indica i due posti accanto a sé e a papà. "Perché non ti siedi qui e ci presenti il tuo accompagnatore?"

Stringo gli occhi sulle mie compagne di covata. È molto probabile che abbiano lasciato quel posto libero di proposito.

"Chi prima arriva meglio alloggia" sussurra Olive mentre passiamo davanti a lei e al suo ragazzo surfista dai capelli lunghi.

Quando passiamo davanti a Blue, mi chiedo di nuovo come abbia fatto a superare quegli uccelli nell'atrio. Ipotesi in corso: il suo accompagnatore simile a Ken le ha bendato gli occhi e l'ha portata in braccio. Sembra abbastanza forte per questo compito.

"Lui è Gunther" dico a tutti, ma faccio del mio meglio per escludere mamma e papà, perché la possibilità che dicano qualcosa di imbarazzante è altissima.

"Piacere di conoscerti" dicono all'unisono i miei nonni, come se avessero fatto le prove.

"Ovviamente io conosco già Gunther" dice Fabio con un sorriso, prima di battere pugno contro pugno col mio accompagnatore. "Lo conosciamo tutti."

"Tutti?" chiede la mamma.

"Tranne forse Holly." Fabio indica la non-sposa tra le due gemelle.

"Balle!" esclama Holly. "Me lo ricordo anch'io."

"Hai sentito?" La mamma sussurra all'orecchio di papà a voce così alta che alcuni si girano per vedere se sia a posto con la testa. "L'accompagnatore di Honey è il suo fidanzatino del liceo."

"Gunther" dice papà, aggrottando le sopracciglia. "Il nome mi suona familiare..."

Merda! L'ultima cosa che voglio è tirare in ballo i miei problemi del liceo.

Fabio dev'essere sulla stessa lunghezza d'onda perché dice: "Gunther era nella squadra di football, quindi potresti ricordarti di lui perché ci hai visti giocare."

Ah, giusto. Fabio era nella stessa squadra. Ripeteva sempre: "Se stare in quello spogliatoio significa avere un'encefalopatia traumatica cronica, ne vale la pena."

"Squadra di football?" La mamma fa gli occhi a cuoricino.

Un'altra perversione? Le colleziona.

Un tizio in pantaloni ampi interrompe la mia risposta avvicinandosi con un vassoio di flûte di champagne. "Qualcuno gradisce un rinfresco mentre aspettate?"

"Cosa stiamo aspettando?" chiedo a nessuno in particolare.

"Orientamento" risponde il tizio in pantaloni ampi.

"Sessuale?" chiede Fabio.

Il tizio in pantaloni ampi ha un tic all'occhio sinistro. "Volete i drink o no?"

Tutti prendono i calici, tranne Gunther e me.

Quando Fabio si accorge che la mia mano è vuota, chiede: "I drink sono gratis, vero?"

"Ovviamente" risponde il tizio in pantaloni ampi con un sospiro.

Fabio mi guarda con attenzione. "Hai sentito... manuka?"

Ha forse dimenticato che l'ultima volta che mi ha chiamata con quel soprannome gli ho puntato un coltello contro?

"Oggi Honey si asterrà dall'alcol" interviene Gunther. "E anche..."

"Per Cthulhu!" esclama Olive, spalancando gli occhi. "Esiste un unico motivo per cui la drogata di offerte rifiuterebbe un drink gratis..."

Battendo le mani, la mamma si alza di scatto dalla sedia. "Finalmente! Sto per diventare nonna."

Venti

TUTTI INIZIANO A PARLARE CONTEMPORANEAMENTE. PER lo più, si tratta di un mix di congratulazioni e prese in giro.

"Non sono incinta" chiarisco. Per sottolineare le mie parole, spingo la mamma di nuovo sulla sedia.

"Ah, ho capito" dice lei. "Non l'ha ancora detto a Gunther."

A questo punto, Gunther inarca un sopracciglio.

"Non è così" ringhio. "Se lo fossi glielo direi, ma non lo sono."

"Sì, lo sei" dice Fabio. "Hai sentito la spiegazione di Olive."

Mi rivolgo a lui. "Ti rendi conto che sono dell'umore di uccidere qualcuno, vero?"

Fabio sembra noncurante. "Non sapevo che il *miele* fosse letale. Ma sarebbe una morte dolce."

Ok, *questo* è il motivo per cui gli avevo puntato il coltello contro, non la storia del soprannome manuka.

"Mi avevi promesso che oggi non avresti fatto stupidi giochi di parole" gli dice Pixie col broncio. "Non dopo che ho detto a tutti che sei il mio accompagnatore."

"Avevo promesso che non l'avrei fatto durante la cerimonia" precisa Fabio. "Questo è orientamento." Rivolgendosi al tizio in pantaloni ampi che, fino ad ora, ha assistito a tutto con orrore, Fabio aggiunge: "Sai, origliare non è educato."

Gemendo, il tizio si allontana.

"Possiamo tornare alla gravidanza della Figlia 6?" chiede mio padre.

Resisto all'impulso di sbattere la fronte contro il sedile davanti a me. "Non c'è nessuna gravidanza."

Papà si rivolge a Gunther. "Le hai fatto provare degli orgasmi?"

"Non rispondergli!" dico a Gunther.

La mamma si ravviva. "Nei maiali, gli orgasmi aumentano la fertilità del…"

"Mamma!" esclamano all'unisono alcune mie compagne di covata. "Avevi promesso di non parlare di Petunia!"

Papà si sporge verso l'orecchio di Gunther. "È la scrofa che la mia adorabile moglie ha portato all'orgasmo per favorire l'inseminazione artificiale."

Stranamente, Gunther sembra impressionato anziché disgustato. "Ti occupi anche tu di allevamento di animali?"

"Anche?" Papà si rigira la punta della coda di cavallo argentata intorno al dito.

Le labbra sexy di Gunther si piegano in un sorriso da baciare. "Quando non dirigo un'azienda, faccio l'apicoltore."

Ah. L'apicoltura è considerata allevamento di animali? Chi lo sapeva?

"Sono io l'unica del mestiere" afferma la mamma. "Sono una sessatrice di pulcini."

Gunther annuisce rispettosamente (che potrebbe essere la reazione più strana che io abbia mai visto dinnanzi al mestiere della mamma). "È quando si identificano i piccoli in maschi e femmine?"

Stavolta i miei genitori sembrano impressionati. "Poche persone lo sanno" commenta la mamma.

"Sembra un lavoro interessante" afferma Gunther con apparente sincerità. Rivolgendosi a mio padre, gli chiede: "E la tua professione?"

Alcune delle mie compagne di covata gemono perché sanno cosa sta per succedere.

"Sono un tester di penetrazione" annuncia papà con entusiasmo.

"Che non è così sconcio come sembra" interviene la mamma.

"Perché penetro i sistemi informatici" spiega papà.

"Come lavoro" aggiunge la mamma. "Quando si tratta di penetrare me, è più un hobby."

"No." Papà si alza in piedi con orgoglio. "Penetrare la mia meravigliosa moglie è più che altro una vocazione. Una passione."

Oh, cavoli! Il nonno (padre della mamma) sembra pronto a commettere un omicidio. Al contrario, il padre di papà sembra orgoglioso e pronto a dire qualcosa di altrettanto vomitevole sulla propria moglie.

La mamma deve accorgersi dei problemi che stanno insorgendo, perché abbandona quel particolare argomento imbarazzante e chiede: "Allora, Gunther, Honey, vi piacevate già ai tempi del liceo?"

Un uomo sul grande palco di fronte a noi si schiarisce la gola in un microfono in diretta, risparmiandoci di dover affrontare una domanda così impegnativa.

"Salve a tutti" saluta pomposamente, sistemandosi il colletto del noioso completo grigio. "Sono Dasco, il giullare della Corte dei Cezaroff."

Io e Gunther ci scambiamo uno sguardo divertito. Quest'uomo non ha affatto l'aspetto di un giullare. Sembra piuttosto un burocrate o un contabile. O un pedofilo.

"Più tardi, alcuni di voi avranno il grande onore di avvicinarsi al Re e alla Regina" continua Dasco. "A tal fine, noi abbiamo organizzato questo orientamento per istruire gli invitati alle nozze sulla corretta etichetta da seguire durante un incontro così propizio."

Chi sarebbero i "noi"? Dubito che Gia c'entri qualcosa con tutto questo. Lei è piuttosto rilassata. Inoltre, il galateo non mi sembra il genere di cose che farei spiegare a un giullare, ma, d'altra parte, che ne so io di regalità?

"Cominciamo con il saluto appropriato" prosegue Dasco. "Gli uomini dovranno inchinarsi, ma solo con la testa" (dà una dimostrazione) "e le donne faranno la riverenza." Mostra anche questo, con un'aria abbastanza comica da indurmi a chiedermi se, dopotutto, abbia preso qualche lezione da giullare.

"Sicuramente scherza" sussurra Fabio sottovoce.

Lo zittiamo tutti.

"La cosa fondamentale" dice Dasco nel frattempo, "e non potrò mai sottolinearla abbastanza: *non* toccate in nessun caso i monarchi. Questo include, ma non si limita a: strette di mano, abbracci e pacche sulle spalle." Pronuncia quest'ultima cosa con un brivido evidente. "Anche mandare baci e saluti in aria è sconsigliato."

Ah. Sembra che i sovrani andranno molto d'accordo con Gia, la nostra germofobica di famiglia, grazie a questo divieto di toccarsi.

Dasco continua a elencare le cose da non fare e la lista è lunga, con punti salienti come: non voltare le spalle ai monarchi, non uscire da una stanza prima di loro, non chiedere autografi, non sedersi finché loro non si siedono, non iniziare a mangiare finché loro non lo fanno, non scattare foto con loro e non porgere loro domande personali (né di qualsiasi tipo). "In generale" conclude, "è meglio non rivolgere loro la parola a meno che non si venga interpellati."

Tutti i presenti nella stanza esplodono in conversazioni sommesse. Scommetto che anche loro, come me, stanno avendo dei ripensamenti sul fatto di aver accettato l'invito.

"Domande?" chiede Dasco con disapprovazione.

La mano della mamma si alza.

Oh, grandioso!

Dasco la indica. "Sì?"

"E se il Re fosse sul mio hall pass?" Perché fa l'occhiolino a papà quando lo dice? "O se la Regina fosse su quello di mio marito?"

Spero che stia cercando di sostituire il giullare nel reparto degli scherzi. Un hall pass è una sorta di lasciapassare che, nelle coppie aperte, dà il permesso di fare sesso con una terza persona al di fuori della coppia. I miei stanno per diventare suoceri del Re e della Regina, quindi andare a letto con loro sarebbe una pessima idea (anche se fosse permesso toccarli).

Le sopracciglia cespugliose del giullare si aggrottano in modo molto poco buffonesco. "Che cos'è un hall pass?"

"Non ha importanza" dicono all'unisono alcune delle mie sorelle.

Il cipiglio di Dasco si fa più profondo. "Altre domande?"

Holly alza timidamente la mano.

Dasco la indica. "Sì."

"Come dovremmo chiamarli?"

Il giullare arrossisce (e assomiglia un po' di più alla descrizione del suo lavoro). "Mi rincresce molto di non aver trattato questo argomento. Se parlate solo inglese, come la maggior parte di voi, vi rivolgerete al Re o a uno qualsiasi dei suoi figli con il titolo 'Vostra Altezza Reale' e chiamerete la Regina 'Vostra Maestà'." Si guarda intorno. "Altre domande?"

Nessun altro alza la mano.

"In questo caso, tutti, tranne la famiglia della sposa, dovrebbero procedere alla cerimonia."

Merda! Conosce la mia famiglia abbastanza bene da sapere che abbiamo bisogno di una lezione extra?

"Vi accompagno alla Galleria" ci dice Dasco quando tutti se ne sono andati. "Un ritratto di famiglia è tradizione della dinastia Cezaroff."

Questo è il momento in cui mi rendo veramente conto della realtà. Sto per diventare imparentata con dei reali. Io, una donna che non ha mai comprato una lattina di zuppa senza un buono sconto.

Gunther mi prende la mano e la stringe, facendo sparire all'istante tutti i pensieri dalla mia testa, tranne quelli relativi a "tutte le cose sconce" in programma dopo il matrimonio.

"Qui dentro" ci dice Dasco (e mi rendo conto di aver sognato a occhi aperti per tutto il tragitto verso la nostra destinazione).

Quando Fabio cerca di entrare nella stanza, Dasco scuote la testa. "Gli accompagnatori non saranno nel ritratto." Guarda il marito di Lemon. "I coniugi sono ammessi."

Lemon mostra la maturità che deriva dall'essersi sistemata nella vita matrimoniale facendo la linguaccia al resto di noi.

"Mi dispiace" sussurro a Gunther.

"Ti dispiace di non averlo sposato in tempo?" chiede la mamma.

Vorrei sprofondare attraverso il pavimento, cosa che mi accade spesso quando mia madre apre la bocca.

"Non fa niente" dice Gunther e fa un cenno in direzione di Fabio. "Questo ci darà la possibilità di scambiare due chiacchiere."

A Fabio rivolgo uno sguardo che spero dica: "Rovinami la serata e ti strappo le palle, te le ficco nel naso e poi ti faccio starnutire."

Fabio fa l'occhiolino e il giullare mi accompagna nella Galleria.

Non posso evitare di sospirare quando entriamo nella stanza simile a un museo.

"Ti manca già?" mi chiede la mamma. "Non posso biasimarti."

Roteo gli occhi. "Pearl non viene?"

Dasco storce il naso. "È quella che oggi lavora come membro dello staff?" Pronuncia "staff" con il tono che io riservo a parole come "schifo."

Annuisco.

"In questo caso, no. Ma non preoccuparti: il pittore reale userà le sembianze delle altre tue sorelle per dipingerla, così come toglierà quel metallo dal tuo viso e renderà i tuoi capelli di un colore umano."

Apro la bocca per dirgliene quattro, ma in quel momento Gia e il suo principe entrano nella stanza e tutti applaudono.

Sorrido. Fedele a se stessa, Gia assomiglia più a Morticia Addams che a una sposa in un matrimonio vittoriano. Il suo sposo è vestito con una sorta di abito da cerimonia militare ed è affascinante, come ci si aspetta da un principe.

"Ciao a tutti" dice Gia. "Grazie per essere venuti."

Come se avessimo avuto scelta. O questo o scherzi malvagi da parte sua per anni. Prima che qualcuno possa replicare, la porta si apre di nuovo ed entra un'orda di uomini, tutti con volti che assomigliano in modo inquietante al futuro marito di Gia.

"Tigger" esclama uno di loro quando vede lo sposo.

Ah. Giusto. Quello. Scuoto la testa. Se il *mio* nome fosse Anatolio, mi farei chiamare così e non permetterei mai a nessuno di darmi un soprannome, specialmente uno tratto da *Winnie the Pooh*.

"Fratelli" risponde giovialmente Tigger. "Grazie per aver sottratto del tempo alle vostre agende super-impegnate."

Molti dei principi rispondono in ruskoviano, che assomiglia vagamente al russo.

La porta si apre di nuovo e la mia famiglia rimane a bocca aperta di fronte ai nuovi arrivati, che a prima vista sembrano proprio degli orsi.

A una seconda occhiata (e ricordando i racconti di Gia) mi rendo conto che si tratta di cani, ma veramente molto simili a orsi.

Alcuni principi urlano qualcosa di amichevole ai cani-orso e le creature scodinzolano e corrono verso quelli che presumo siano i loro padroni.

Gia potrebbe aver accennato qualcosa al riguardo. Questi cani sono per questa famiglia ciò che i metalupi sono per gli Stark in *Game of Thrones*. Speriamo solo che la serata non si riveli come le Nozze Rosse.

Seguono molte risate maschili e latrati.

Il cane orso che corre verso lo sposo è il più strano

del gruppo, perché indossa degli occhiali che, insieme alla sua colorazione, lo fanno assomigliare a un panda. In realtà, verso lo sposo corre anche un secondo cane, molto più piccolo e facile da ignorare dietro gli orsi. Mi ricorda un koala, che però non è propriamente un vero *orso*. Entrambi i cani dimostrano tanto affetto allo sposo e poi, con mio grande shock, Gia permette loro di darle qualche bacio canino, con tanto di germi.

Blue segue il mio sguardo e sussulta per la sorpresa. "O questi sono i cani più puliti della storia delle malattie zoonotiche, oppure l'amore vince davvero su tutto."

Una nuova persona entra cautamente nella stanza. A giudicare dalla macchina fotografica gigante che tiene in mano, presumo sia un fotografo.

Quindi questa sarà una foto, non un dipinto? Bene. Potrò riunirmi a Gunther molto prima.

Il suono di una tromba interrompe tutti.

Mi volto.

Uno dei tizi in pantaloni ampi si comporta come un vero e proprio araldo. Quando il suono della tromba cessa, entrano nella stanza due persone altezzose, un uomo e una donna.

Tutti rimangono a bocca aperta e, da parte mia, reprimo un sorriso perché la donna mi ricorda Crudelia de Mon (il che è preoccupante con tutti i cani che ci sono in giro). Dev'essere la Regina, o "Sua Maestà" se finiremo per parlarle, cosa che preferirei evitare. Anche il Re, alias "Sua Altezza Reale", mi ricorda un supercattivo della Disney, malgrado assomigli a tutti i principi (o, più precisamente, loro assomigliano a lui).

"Futuri suoceri!" esclama mio padre e corre verso di loro, con la mamma al seguito della sua coda di cavallo argentata.

Sarà un incidente internazionale?

Sì. Prima che qualcuno possa anche solo battere le palpebre, papà sta già abbracciando la Regina mentre la mamma bacia il Re sulla guancia.

I sovrani hanno l'aria di essere entrati nelle fogne... e questo prima che i miei genitori si scambino i partner e la mamma stringa la mano alla Regina mentre il papà dà gioviali pacche sulle spalle al Re.

Ebbene, la politica del "non toccare" è uscita dalla finestra.

"Andiamo!" esclama papà e si dirige verso di noi, dando le spalle ad Altezza e Maestà.

"Come avete fatto a generare così tanti figli maschi?" La mamma chiede ai monarchi con invidia. "C'è una posizione segreta?"

È come se i miei genitori stessero deliberatamente scorrendo la lista delle cose "vietate" dal giullare, facendo il contrario. Di questo passo, chiederanno un autografo, si siederanno per primi e inizieranno a mangiare prima di loro.

Ah, e non dimentichiamo che stiamo per fare una foto con loro, anche questa vietata.

"Mio marito non parla inglese" dice la Regina.

Eh? Allora perché sembra così indignato dopo la domanda sulla posizione segreta?

"In realtà lo stavo chiedendo a te" precisa la mamma.

"Anche il mio inglese è un po' stentato" afferma la regina, con un accento appena percepibile. "Ora, perché non iniziamo il ritratto?"

Quando nessuno obietta, la Regina ordina a gran voce dove devono stare tutti: i figli intorno a lei e al Re, mentre i cani devono stare ai loro piedi davanti e noi plebei ai lati.

Quando tutti assumono la loro posizione, il pittore/fotografo scatta alcune foto. Ci assicura che ci ritrarrà in un secondo momento e ci farà "sembrare più belli" di quanto siamo in realtà.

"Come un filtro Instagram umano" sussurra la mamma.

Prendendo questo commento impertinente come un segnale, i personaggi reali se la svignano, il che è un peccato per i miei genitori perché li priva di un altro protocollo di galateo che avrebbero potuto infrangere.

Esco dalla Galleria in tempo per vedere il Re e la Regina salire su due palanchini ricamati. Immediatamente, dei corpulenti tizi in pantaloni ampi afferrano le aste attaccate e li trasportano via.

Lussuoso!

Gia e Tigger condividono un altro palanchino più grande, ma il resto dei principi rimane con noi.

Gunther mi si avvicina, con gli occhi che brillano. Fermandosi davanti a me, abbassa la testa. "Ti sembrerebbe sdolcinato se ti dicessi che mi sei mancata?" mi mormora all'orecchio.

"Anche tu mi sei mancato" replico, un po' troppo forte, a quanto pare, perché una voce familiare dice "oooh!" in tono molto sarcastico.

Mi giro e vedo Pearl. Indossa un camice bianco e si trascina dietro un grosso carrello, contenente un barile di formaggio così grande che persino Godzilla dovrebbe tagliarlo in pezzi più piccoli prima di sgranocchiarlo.

"Sembra che il lavoro del formaggio stia andando bene" le dico con un sorriso.

"Sì" risponde Pearl. "Mi dispiace, ma devo scappare."

Detto ciò, si precipita lungo il corridoio con il suo formaggio gigante e, anche se forse è la mia immaginazione, uno dei principi la guarda con desiderio. O forse guardava il formaggio.

Dasco il giullare corre verso di noi, ansimando. "Venite!" esclama. "Farete tardi al *obryad*."

Si affretta a percorrere il corridoio e noi lo seguiamo, anche se mamma e papà brontolano perché non sanno cosa sia l'*obryad*.

"In russo, significa rituale" ci spiega il marito lettone di Lemon.

"O rito" aggiunge il fidanzato russo di Holly.

Con uno sbuffo, Dasco accelera.

Quando svoltiamo l'angolo, ci aspetta un esercito di uomini in pantaloni ampi.

"Prendete gli *orekhi*" ordina Dasco.

"Semi" dice il marito di Lemon.

Dev'essere una traduzione, perché non può essere

una coincidenza che i tizi in pantaloni ampi diano a ciascuno di noi una manciata di semi, nello specifico pinoli.

"Prepareremo il pesto?" Lemon chiede al maritino.

"No" dice Dasco. "Questi sono da lanciare sugli sposi dopo l'*obryad*."

Ah. Quindi è un po' come il riso?

Con i pinoli in mano, veniamo accompagnati in una grande sala dove tutti gli altri ospiti stanno già socializzando.

C'è un grande palco dove solitamente dovrebbe esserci una band, ma in questo momento c'è solo Gia, inginocchiata davanti al Re e alla Regina.

"Verrà nominata cavaliere?" chiedo ad alta voce.

Dasco scuote la testa. "Quando qualcuno non di sangue reale vuole trascendere, deve chiedere il permesso al monarca in carica."

Ah. E se loro…

Gia dice qualcosa in lingua ruskoviana con un accento americano così marcato che lo noto persino io.

"No" dichiara imperiosamente la Regina.

"*Nyet*" fa eco il Re.

Wow. Hanno appena snobbato mia sorella? Hanno forse tendenze suicide?

"Avevo detto a Tigger di saltare questa parte" afferma uno dei principi.

Gia balza in piedi con espressione irritata.

"La mia domanda era puramente simbolica" dice. "Ma prendo nota della vostra obiezione."

Tradotto dal linguaggio di Gia, la loro obiezione li

ha appena fatti finire nella sua famigerata lista nera (il che significa, tra le altre cose, che ora dovranno stare attenti ai lassativi nel cibo e nelle bevande).

Tigger salta sul podio e cinge protettivamente la sua sposa con un braccio. "L'obiezione è scortese e sarà completamente ignorata" dichiara con voce ferma. "Se non mi aveste già diseredato, mi offrirei volontario adesso."

Con il naso all'insù, il Re e la Regina lasciano il palco; a questo punto entra in scena il barile di formaggio gigante che Pearl portava in giro, forse per sostituirli.

Gunther si china e le sue labbra mi sfiorano delicatamente l'orecchio mentre mi chiede: "È una strana tradizione che allude al fatto che il Re sia il pezzo grosso?"

Incontro i suoi occhi di smeraldo con un sorriso. "Speriamo solo che non sia una specie di addio al celibato in cui una prostituta nuda salta fuori dal formaggio."

Un prete vestito in modo colorato sale sul podio e canta qualcosa in ruskoviano.

"Dice di chiamarsi Patriarca Fanta" traduce il marito di Lemon. "Condurrà la cerimonia proprio ora."

Fanta? Non è poi così spumeggiante.

Il patriarca parla per un po', ma la traduzione che il marito di Lemon fornisce è breve: "Prometti tu, Gia, di obbedire a tuo marito e altre cose sessiste?"

"Da" risponde Gia in modo solenne.

Il patriarca parla per un tempo più breve e non ho

bisogno della traduzione per sapere che dice: "Vuoi tu, Tigger, prendere questa donna per farci quello che vuoi e altre cose sessiste?"

"Lo voglio" dice Tigger in inglese.

Il più simile a un orso dei cani reali si affretta a salire sul palco e, sulla sua schiena, vedo un cuscino con una scatola.

Ridacchio. Gia ha un *orso* porta-anelli al suo matrimonio, proprio come in *E alla fine arriva mamma*.

Il Patriarca prende le fedi dall'orso e le porge agli sposi.

Una volta indossati gli anelli, tutti i principi e i loro compatrioti gridano: "*Gor'ko!*"

"Questa la so" sussurro all'orecchio di Gunther. "L'hanno urlato al matrimonio di Lemon. Significa 'amaro', ma in questo contesto, per qualche motivo, indica 'bacio'."

Gunther mi fissa le labbra come se fosse felice di fare *gor'ko* proprio qui e ora. Deglutisco e distolgo lo sguardo. Per quanto mi piacerebbe baciarlo di brutto, non oserei farlo quando è il momento di Gia di brillare (per timore dei lassativi).

Nel frattempo, Gia e Tigger si baciano in modo così appassionato che il Patriarca arrossisce e scappa dal palco.

I principi urlano qualcos'altro alla coppia e uno di loro consegna a Tigger una sega a due mani.

Ma che diavolo? Gia sta per eseguire un trucco da illusionista tagliando in due il suo sposo?

No.

Gia afferra un'estremità della sega, mentre Tigger afferra l'altra.

Stanno per...?

Eh sì. Cominciano a segare il barile di formaggio come se fosse un albero.

Vanno avanti e indietro, sforzandosi, prima di finire.

Rilascio il fiato che avevo trattenuto per tutta la durata del processo e poi ridacchio quando mi viene in mente: Gia ha appena tagliato il formaggio (cut the cheese, in inglese, è un modo colloquiale per dire "scoreggiare"). E così anche il suo nuovo marito.

Sembra che le mie sorelle siano sulla stessa lunghezza d'onda, perché iniziano a ridacchiare e a sghignazzare, soprattutto quando l'odore sorprendentemente pungente del formaggio (o forse di piedi) raggiunge le nostre narici.

"È un'antica tradizione" spiega il principe che stava ammirando Pearl. "Il taglio del grande formaggio vuole simboleggiare la prima sfida per una coppia di sposi."

"Sì, sembra proprio un matrimonio" commenta la mamma. "Dal primo giorno, lui scoreggia già davanti a te."

Le risate raddoppiano e Gia si unisce a noi, il che è un bene, perché, se pensasse che stiamo ridendo di lei e non con lei, scatenerebbe di nuovo i lassativi.

"I tedeschi fanno qualcosa di simile" afferma lo stesso principe. "Con il legno."

"Ahi" esclama Fabio. "Qui in America teniamo tutti

gli oggetti affilati molto, molto lontani dal nostro legno. Soprattutto al mattino."

Si scatena l'allegria.

"A proposito" dice Fabio quando c'è una pausa nelle risate. "È l'ora dei pinoli?"

Un altro principe annuisce e lancia una manciata di pinoli a Tigger. Con un sorriso, mi unisco a lui e così fanno tutti gli altri. Ben presto il palcoscenico è disseminato di pinoli.

Quando ci fermiamo, Gunther si china di nuovo e la sua vicinanza mi fa fremere. "È strano che questo mi abbia fatto venire fame?"

Il mio stomaco risponde con un brontolio. L'ultima volta che ho mangiato è stata con lui, al lavoro.

"Che ne pensate di un altro *gor'ko?*" grida mio padre ai novelli sposi.

Ci uniamo tutti al coro e continuiamo a farlo fino a quando i tagliatori di formaggio si baciano un'altra volta e si affrettano a lasciare il palco.

Il giullare prende il microfono. "Tutti sono pregati di gustare drink e antipasti mentre la sala viene allestita."

Gli sposi si allontanano mentre un esercito di camerieri si abbatte su di noi con vassoi di cibo e alcolici.

"Siamo ancora intenzionati a restare sobri?" chiedo a Gunther mentre guardo tutti gli appetitosi drink gratuiti che mi passano davanti.

Lui annuisce, con promesse oscure e sexy negli occhi. "Voglio che tu abbia la mente lucida."

Gulp! Possiamo andarcene?

"Formaggio?" chiede Pearl, tendendomi un'imboscata con un vassoio.

Prendo un piccolo stuzzicadenti con sopra un pezzo di formaggio giallo bucherellato e me lo infilo in bocca.

"Oh, mio Dio!" esclamo dopo essermi quasi ingoiata la lingua dal piacere. "Ci hai messo dentro dell'eroina o qualcosa del genere?"

Pearl mi guarda con espressione raggiante. "Si suppone che stasera ci siano ricchi intenditori di formaggio, quindi ho fatto del mio meglio."

Afferro un altro stuzzicadenti orgasmico. "Credo che questo farebbe colpo persino su chi odia il formaggio."

Con aria incuriosita, Gunther ne prende un assaggio.

Come riesce a far sembrare la masticazione così sexy?

"È squisito!" esclama dopo aver deglutito. Tira fuori il suo biglietto da visita e lo appoggia sul vassoio. "Se vuoi vendere il tuo formaggio nei supermercati Munch & Crunch, fammelo sapere."

Con aria oltremodo soddisfatta, Pearl lo ringrazia e fila via.

"Ottimo lavoro" dico a Gunther con aria stizzita. "Ora mi sento una sorella di merda per non aver pensato io stessa a vendere il suo formaggio nel tuo supermercato."

"Mi farò perdonare più tardi" replica lui con voce roca.

Seriamente, quando è il primo momento opportuno per lasciare un matrimonio?

Nel vassoio successivo c'è del caviale nero, così lo assaggio. Il prodotto costa almeno cinquanta dollari al grammo.

"Ti piace?" mi chiede Gunther dopo che ho finito il mio cracker al caviale.

"È salato e sa di pesce" rispondo. "Se dovessi comprarlo, lo pagherei al massimo cinquanta centesimi al grammo."

Sorride. "Non ti piacciono le viscide uova nere di pesce? Che sorpresa!"

Gli sorrido a mia volta e prendo un fico con un delizioso ripieno per ripulirmi il palato.

Con mio grande dispiacere, mamma e papà si avvicinano e iniziano a fare domande su come ci siamo conosciuti. Gunther è bravo a stare al gioco, soprattutto quando papà gli fa un massaggio alle spalle non richiesto. Tuttavia, quando Dasco annuncia che è ora di recarci nel Salone, mi sento sollevata. I miei genitori avrebbero potuto mettermi molto più in imbarazzo in quel lasso di tempo.

Dasco conduce tutti in un ampio corridoio e non posso fare a meno di sentire la mamma sussurrare a voce alta a papà: "Dove saranno Gia e il suo nuovo maritino?"

"Scommetto che è un'altra tradizione reale"

risponde papà. "Consumare il matrimonio immediatamente."

"Sì" dice la mamma. "Scommetto che, ai vecchi tempi, tutte le persone della corte osservavano."

Avendo sentito, Gunther inarca un sopracciglio interrogativo.

Faccio spallucce. "Direi che *potrebbe* essere vero, ma, conoscendo Gia, può anche darsi benissimo che si stia preparando per uno spettacolo di magia."

La nostra processione rallenta quando raggiungiamo un tavolo con dei bigliettini che spiegano dove ognuno debba sedersi.

Sono una cattiva figlia se mi sento super sollevata dal fatto che mamma e papà si trovino a un altro tavolo?

Ah. Aspettate un attimo! Mamma e papà siedono con il re e la regina?

Sembra che la vendetta di Gia sia già iniziata.

Ventuno

BLUE, LEMON E HOLLY SONO AL NOSTRO TAVOLO CON I loro partner, insieme a uno dei principi e ad altre persone che non riconosco.

"Salve" ci dice una donna dall'aspetto di una modella, che è chiaramente qui con il principe. "Chi di voi due parla russo? Il ragazzo?"

"Nessuno dei due" risponde Gunther. "A meno che lei non mi stia nascondendo qualcosa."

Scuoto la testa. "Niente russo qui. Perché lo chiedi?"

La donna sfoggia un sorriso perfetto. "In ogni altra coppia a questo tavolo c'è almeno una persona che parla russo."

"Mi dispiace deluderti" dico. "Comunque, io sono Honey."

"Bella Chortsky." Indica il suo principe. "Lui è Dragomir."

"Chortsky…" Guardo Alex, il ragazzo di Holly, con aria interrogativa.

"Sì. Lei è mia sorella" afferma lui con orgoglio.

"E anche la mia" interviene un altro vicino di tavolo, che potrebbe tranquillamente essere il gemello di Alex. "Io sono Vlad." Indica la sua accompagnatrice pallida e con le guance rotonde. "E lei è Fanny."

Fanny arrossisce come se fosse il suo lavoro e non saprei dire se questo accade ogni volta che le viene presentata una persona nuova o ogni volta che sente il suo uomo parlare.

Vlad prende una grossa bottiglia e indica il bicchiere di Gunther. "Vodka?"

"No, grazie" risponde Gunther. "Oggi rimango sobrio."

Vlad guarda me.

"Scusa" gli dico. "Anche io non bevo."

"E prima che tu lo chieda" interviene Lemon. "Non sono incinti."

"Grazie" rispondo con una roteata di occhi. Rivolgendomi a Bella, dico: "Se non bere vodka significa essere esiliati dalla tavola russa, lo capirò."

Bella sorride. "No. Restate. Per favore."

Così restiamo e scopriamo che a *questo* tavolo gli uomini "servono" le donne versando le bevande e mettendo il cibo nei loro piatti, il che sembra maschilista finché Gunther non lo fa per me e io mi sciolgo in una piccola pozzanghera di voglia.

Ben presto, io e Gunther osserviamo tutti scolarsi uno shottino e poi un altro, perché a quanto pare i russi credono che la pausa tra il primo e il secondo debba essere breve.

"Vi va di sentire una barzelletta russa?" Bella ci chiede dopo il terzo shottino.

Gunther annuisce e io lo imito.

"Vovochka è a lezione di matematica" racconta Bella. "L'insegnante dice: 'Hai cento rubli e ne chiedi altri cento a tuo padre. Quanti rubli hai ora?'" Bella fa una pausa drammatica. "Vovochka risponde: 'Cento rubli'. 'No' ribatte l'insegnante, 'non conosci bene la matematica'. Vovochka scuote la testa. 'Sei tu che non conosci bene mio padre'."

Tutti ridacchiano.

"Posso condividere quella che mi hai raccontato ieri?" Fanny chiede a Vlad.

Lui le sorride. "Certo, Fannychka."

"'Papà, congratulazioni' dice Vovochka a suo padre." Fanny inarca le belle sopracciglia in modo teatrale. "'Spiegati' dice il papà. Vovochka sorride. 'Ricordi quando hai detto che mi avresti dato cento rubli se io avessi superato la quinta elementare? Ti ho fatto risparmiare i soldi'."

Tutti ridono, il che sembra fornire un pretesto al tavolo dei russi per passare ancora un po' di tempo a raccontare altre barzellette su questo fantomatico personaggio, Vovochka. Il fiume di barzellette viene infine interrotto da Dasco, che esclama dal centro della sala: "Se posso avere l'attenzione di tutti, per favore!"

La stanza si calma.

"Gli sposi hanno in serbo una sorpresa" annuncia Dasco. "Il loro primo, magico ballo insieme come coppia sposata."

Io e le mie sorelle ci scambiamo uno sguardo complice. Dato che stiamo parlando di Gia, la parola "magico" non è stata inserita a caso in quella frase.

Proprio così. Lei e Tigger escono sulla pista da ballo e, non appena risuonano le prime note del tango, il vestito di lei passa dal nero al bianco e poi di nuovo al nero. Poche mosse dopo, la giacca dello smoking di Tigger scompare, seguita dalla camicia che lui indossava sotto.

"Conosco il prossimo trucco!" esclama qualcuno al tavolo. "Guardategli il capezzolo."

Capezzolo? È...

Oh, cavoli. Gia agita la mano sopra il petto del marito e il capezzolo destro scompare; poi riappare, seguito dai vestiti.

Tutti applaudono e, in quel momento, i piedi della coppia si sollevano di un centimetro dal pavimento e gli applausi si trasformano in una standing ovation.

La musica si ferma e gli sposi atterrano. Gia fa un inchino, prende il microfono e dice: "Tutti in pista, per favore!"

"Non così in fretta" urla nostro padre dal proprio tavolo, facendo rabbrividire i personaggi reali. "Ci dovete un *gor'ko!*"

Così inizia il coro che esorta Gia e Tigger a baciarsi di nuovo (non che a loro sembri dare fastidio).

Quando il bacio è finito, corrono al loro tavolo a forma di podio.

Gunther si alza e mi tende la mano. "Un ballo?"

Afferrando la mano offerta, balzo in piedi. "Per non avermi lasciata bere, mi devi tutti i balli."

Una volta in pista, parte una canzone e, per qualche oscuro motivo, è la cover di *Tainted Love* di Marilyn Manson. Scelta strana per un matrimonio, ma la canzone è lenta, il che significa che io e Gunther ci avviciniamo e, non appena lo facciamo, sento Mr. Succhia & Lecca sporgere contro il mio ventre.

Mi sollevo in punta di piedi e sussurro all'orecchio di Gunther: "Sembra che io non sia l'unica a essere impaziente per l'afterparty."

La pressione contro il mio ventre si intensifica, mentre lui risponde con voce roca: "Non voglio la torta nuziale. Voglio la tua fica come dessert."

Qualcuno mi aiuti! Ho bisogno di un nuovo paio di mutandine.

Lui mi mordicchia l'orecchio.

Le ovaie possono esplodere?

"Siete proprio una bella coppia" farfuglia mia madre (e la sua vicinanza smorza la mia libido a sufficienza per farmi ragionare).

"Grazie" dico nella sua direzione e poi mi acciglio, perché la mamma si regge a malapena in piedi e il suo compagno di ballo non è papà.

È la Regina, che sembra tanto sbronza quanto io sono arrapata. Oh, e come se non bastasse, al loro tavolo, papà è seduto per terra vicino alla sedia del Re e gli sta massaggiando i piedi regali.

Gunther sgrana gli occhi quando segue il mio sguardo. "Forse ha trovato un nuovo lavoro?"

"Magari" commento. "A papà piace offrire massaggi ai piedi a chiunque gli dia retta. Solo non mi aspettavo che 'Sua Altezza Reale' ne accettasse uno, ammesso che quello che sta succedendo sia consensuale."

"Le dita di tuo padre sono divine!" farfuglia la Regina.

Ha massaggiato anche *lei*? "Quanta vodka avete bevuto tutti?"

La mamma aggrotta le sopracciglia in modo comico e si avvicina. "Abbiamo fatto un gioco alcolico tradizionale dei matrimoni ruskoviani." Singhiozza. "Ho vinto io."

Veramente? Un gioco alcolico può avere dei vincitori?

La canzone cambia in una più veloce e io porto via Gunther prima che la mamma o la regina decidano di vomitarci addosso.

"Wow!" commenta Gunther.

Ha ragione. Il marito di Lemon balla come un dio (il che ha senso, visto che è un famoso ballerino di danza classica).

"È dura seguire i suoi passi" dice Gunther, ma inizia comunque a muoversi a ritmo.

Perché ha dovuto parlare di durezza? Ora è *dura* per me concentrarmi.

Oh, pazienza! Vediamo se riesco a twerkare da sobria.

Mostro a Gunther la schiena, poi spingo il sedere verso di lui. La sensazione di qualcosa di duro contro il capezzolo della mia chiappa sinistra è la mia prima ricompensa, a cui ne seguono molte altre.

La canzone successiva è un tango, simile a quello su cui Gia ha eseguito il suo primo ballo magico. A quanto pare, le coreografie complesse sono più semplici da sobri, quindi io e Gunther riusciamo a ballare il tango, ma affermare che la mia mente sia lucida dopo sarebbe una bugia spudorata.

Sono ubriaca di tutti gli ormoni che mi scorrono in corpo. Ubriaca del sorriso di Gunther e dello scintillio verde smeraldo dei suoi occhi, della gocciolina di sudore che gli scende sulla fronte e della sensazione della sua durezza contro le mie parti morbide.

"È la torta nuziale quella?" chiede Gunther dopo qualche altro ballo strabiliante.

Sì! È così. Gli afferro la mano e torniamo di corsa al nostro tavolo.

Quando vengono distribuite le fette di torta, attacco la mia con lo stesso entusiasmo di Lemon, la più golosa della nostra famiglia. A differenza di Lemon, io non cospargo la torta con lo zucchero destinato alle tazze di caffè.

La fetta di Gunther è mangiata solo per metà quando io finisco la mia e gli chiedo: "Pronto?"

Lui si infila in bocca i resti della torta e mastica velocemente. Un po' tardivamente, mi rendo conto che è improbabile che Gia verifichi che abbiamo effettivamente mangiato il dolce. Oh, bene. L'importante è che ora sia socialmente accettabile andarsene. Speriamo!

"È stato un piacere conoscervi" dico ai commensali.

Bella fa il broncio. "Ve ne andate così presto?"

Afferro la mano di Gunther. "Ci aspetta un lungo viaggio. Fino al New Jersey."

"Capisco." Bella fruga in una grande valigetta che, a quanto pare, ha tenuto sotto il tavolo per tutto il tempo. Tira fuori una scatola. "Per favore, prendi il tuo regalo d'addio prima di andare. Qualcosa per ricordarti di me."

Accetto la scatola con cautela, perché non mi piacciono le espressioni delle altre donne al tavolo. Quando la apro con delicatezza, sbatto le palpebre un paio di volte e mi chiedo se i fumi della vodka mi abbiano in qualche modo ubriacata.

La scatola contiene un dildo.

Venoso, blu e grande, quasi quanto Mr. Succhia & Lecca.

Guardo Lemon, che gestisce un blog sulla masturbazione ed è quindi un'esperta di tutto ciò che riguarda i dildo. "Sei stata tu a darle questa idea?"

Lemon sorride. "Se il tuo regalo è quello che penso, Bella gestisce un'azienda che li produce."

Prima che Gunther possa guardare all'interno, chiudo la scatola. "Grazie, Bella."

"Non c'è di che" risponde la produttrice di dildo. "Se mi mandi un'email con la tua opinione, te ne invierò altri."

"Honey potrebbe farlo tranquillamente" Holly dice a Bella con un sorriso complice. "Le offerte per lei sono come i numeri primi per me."

Questo è discutibile, ma non entro nel dettaglio, perché ritarderebbe la nostra partenza e questa è l'ultima cosa che voglio.

"Arrivederci." Prendo Gunther per mano e lo trascino fuori.

Con mio grande sollievo, c'è una fila di persone che stanno salutando Gia e lo sposo, quindi non siamo i primi a scappare.

Quando è il nostro turno di parlare, Gunther afferma con entusiasmo di essersi divertito molto. Lo prendo come un complimento, perché per la maggior parte del tempo mi sono strusciata contro di lui sulla pista da ballo.

"I trucchi di magia erano fantastici" dico quando è il mio turno.

Bingo! Gia è raggiante d'orgoglio. Le mie sorelle possono essere facili da accontentare quando si conoscono i tasti giusti da premere.

Gunther tira fuori una busta. "Un piccolo contributo per il vostro futuro."

Piccolo? È piena zeppa di banconote.

Oh, pazienza! Suppongo che terrò la mia busta, molto più sottile, o la darò a Gunther.

Usciamo a passo svelto dal Salone e arriviamo nell'atrio infestato dagli uccelli, dove Gunther cambia direzione e si dirige verso il concierge, un raro membro del personale che non indossa i pantaloni ampi.

"Dove stai andando?" gli chiedo.

Il suo sguardo è accalorato quando si volta verso di

me. "Non voglio aspettare un intero viaggio in macchina. Questo è un hotel. Possiamo prendere una stanza."

Perché non ho pensato a questa idea geniale? Questo *è* effettivamente un hotel.

"Vorremmo una stanza" dice Gunther in reception.

Il concierge aggrotta le sopracciglia e tocca lo schermo davanti a sé. "Temo che non ci siano camere disponibili. C'è un evento privato in corso e..."

"Noi siamo parte di questo evento" intervengo. "Sono la sorella della sposa."

Il concierge mi guarda e annuisce. "Le assomiglia molto, in effetti. Tuttavia, temo che..."

"Qual è il problema?" ringhia una nuova voce, che si rivela appartenere al principe che prima stava adocchiando Pearl... o il suo formaggio.

"Vostra Altezza Reale" dice con riverenza il concierge. "Nessun problema. Desiderano una stanza e li ho informati che non ne abbiamo di libere."

Gli occhi del principe si restringono. "E la suite più piccola per la luna di miele?"

Quando il concierge tocca lo schermo, le sue mani tremano. "Oh, cielo, quella *è* disponibile." Ci guarda. "La tariffa è..."

"Irrilevante" lo interrompe il principe. "Vista la sgradevole esperienza di servizio al cliente che hanno appena avuto, la camera è offerta dalla casa."

È il proprietario di questo hotel? O di tutta l'isola?

"È troppo generoso" dice Gunther. "Pagherò io la stanza."

"No" mi sorprendo a dire. "Tu hai pagato il regalo; io pagherò la stanza." Estraggo la mia busta e tiro fuori tutti i soldi.

Il fatto che io non chieda se c'è uno sconto famiglia è una prova di quanto desideri che tutto questo finisca in fretta e che Gunther sia nudo.

Il concierge esamina i soldi con un'espressione stoica e borbotta: "Questi non coprono neanche lontanamente la tariffa."

Gunther tira fuori una carta di credito. "Addebiti pure il resto su questa."

"Non è necessario" afferma il principe, allontanando sia i miei soldi sia la carta di Gunther. Si rivolge al concierge. "Mai borbottare quando sei in servizio."

Wow. Quando si dice irascibile! Sono contenta che oggi sia dalla nostra parte.

Il principe porge a entrambi un biglietto da visita. "Se avete bisogno di qualcos'altro, fatemelo sapere." Rivolge un'occhiata significativa al concierge.

"Oh, sono sicuro che non sarà necessario" squittisce quest'ultimo. "Mi prenderò cura di loro nel migliore dei modi."

Prendo comunque il biglietto. Il nome è Kazimir Cezaroff.

"Grazie. Lo apprezziamo molto" dice Gunther a Kazimir e al concierge.

"Sì, grazie mille" dico anch'io. "È stato molto gentile da parte tua."

Otterrò Gunther *e* l'affare del secolo. Qualcuno lassù sta davvero provvedendo a me.

"Non c'è di che" risponde Kazimir e si allontana, con una postura rigida come il dildo che mi ha regalato Bella.

Il concierge posa una chiave sulla scrivania di fronte a sé. "Prego, prendete l'ascensore fino al quarto piano." Indica verso nord.

Ci fiondiamo a destinazione e, non appena le porte dell'ascensore si chiudono, Gunther si china per darmi un bacio rovente.

Un battito di ciglia più tardi, le stupide porte si aprono.

Grrr.

Corriamo lungo il corridoio verso la porta che corrisponde al numero sulla chiave e, quando entriamo, scruto la stanza con stupore. Se questa è la suite più piccola, la più grande deve essere grande quanto l'aeroporto JFK. Persino Gunther, che è molto più abituato all'opulenza di me, sembra impressionato.

"È grande" commenta.

"A proposito di cose grandi..." Trascino Gunther per mano attraverso l'enorme spazio fino a individuare un letto a forma di cuore delle dimensioni di uno stadio, ricoperto di petali di rosa. "Mostrami il tuo e io ti mostrerò la mia."

Lui si toglie la giacca con una rapidità fulminea, come se conoscesse il segreto del trucco di Gia per far scomparire i vestiti. Il resto del suo corpo viene svelato altrettanto rapidamente e ben presto lui è lì in piedi, gloriosamente nudo e potentemente eccitato, con ogni muscolo che brilla alla luce soffusa e romantica delle finte candele a LED che adornano la camera da letto.

Il mio respiro accelera mentre il calore mi inonda le parti basse per l'aspettativa.

"Tocca a te" Gunther mi ordina con voce roca e si siede sul bordo del letto, con Mr. Succhia & Lecca duro come la roccia che si contorce nell'attesa.

Vuole uno spettacolo? Va bene. Tiro fuori il cellulare e faccio partire la canzone punk rock che ho sempre voluto come sottofondo per fare uno spogliarello: *Rebel Girl* delle Bikini Kill.

Mentre mi spoglio a ritmo, scuoto la testa e i capelli viola volano dappertutto.

"Cazzo" grugnisce Gunther, più e più volte, come un mantra, e questo non fa che migliorare una canzone già straordinaria.

Quando sono completamente nuda, prendo una sedia vicina, ci piazzo il sedere sopra e accavallo e scavallo le gambe, sempre a ritmo.

"Stracazzo" è la nuova cantilena che Gunther inizia in risposta, incitandomi a continuare fino a quando la canzone finalmente si ferma.

Scostando i capelli dal viso, guardo interrogativamente Gunther, i cui occhi sono incantevoli mentre esaminano ogni centimetro della mia pelle con tutti i piercing e tatuaggi.

"Ti ho desiderata per così tanto tempo" dice con trasporto.

Accavallo le gambe. "Avevi un modo strano di

dimostrarlo." Le scavallo. "Per tutto questo tempo, ti sarebbe bastato solo prendere quello che ti avrei dato volentieri."

Lui si sposta verso il bordo del letto e il suo cazzo sembra dolorosamente duro. "Volevo fare le cose per bene."

Accavallo le gambe e aggrotto le sopracciglia, solo in parte per scherzo. "Fare le cose per bene significa anche indossare intenzionalmente abiti succinti?"

Si siede più dritto. "L'ho fatto solo per vendicarmi perché tu mi stavi tormentando."

"Pensi che *quello* fosse un tormento?" Spinta da un'ispirazione diabolica, mi chino verso la pila delle mie cose e afferro il dubbio regalo di Bella. "Lascia che ti mostri il vero significato di questa parola."

Apro la scatola e tiro fuori il dildo blu.

Gunther guarda la concorrenza come se fosse un corno di unicorno da cui sta per spuntare il resto del suo corpo equino. "*Quello* sarebbe il regalo di Bella?"

"Zitto e ammira" dico con la mia migliore voce da seduttrice.

Per illustrare il mio punto di vista, mi faccio scorrere il dildo sul petto fino a quando la cappella tocca il piercing del mio capezzolo sinistro, che diventa immediatamente turgido.

Il silenzio di Gunther è così totale e assoluto che riesco a udire la sua mascella stringersi e il suo cazzo indurirsi.

Sorridendo, sposto il dildo sul capezzolo destro, trasformandolo in un piccolo sassolino appuntito.

Le pupille di Gunther si allargano fino a raggiungere le dimensioni di due monetine.

"Questo è quello che avrei potuto farti per settimane." Bacio la cappella del dildo, poi ci faccio girare la lingua intorno.

Le mani di Gunther stringono le lenzuola come se lui cercasse di impedirsi di perdere la testa.

Vediamo quanto autocontrollo ha davvero.

Lecco il dildo come farei con un gelato.

Si sente un rumore di lenzuola che si strappano.

Sorridendo con gli occhi, mi infilo il dildo in bocca, più a fondo che posso, poi lo muovo dentro e fuori.

Le palle di Gunther sembrano tese e piene e... come se potessero diventare blu da un momento all'altro.

Mi tolgo il dildo dalla bocca e noto un pulsante sul fondo dell'asta. Incuriosita, lo premo e l'oggetto inizia a vibrare come un migliaio di telefoni.

Fico! Avvicino la vibrazione alla mia nome-in-codice Canna per toccare leggermente il piercing sul clitoride e quasi vengo all'istante.

Gunther balza in piedi, con gli occhi sgranati.

Allontano per un attimo la vibrazione. Il mio battito è irregolare, ma riesco a dire con voce semi-calma: "Perché ti sei alzato?"

Con un gemito che mi ricorda quello di una bestia ferita, lui torna ad accasciarsi sul letto.

Spengo il vibratore e uso la punta per stuzzicare la mia apertura. "Come vedi, *potrei* sfogarmi anche senza di te."

"Senti" dice Gunther con voce roca. "Hai vinto tu, ok."

Faccio scivolare il vibratore di un centimetro dentro di me. "Ho vinto?"

"Nel senso che hai ragione" ringhia. "Avrei dovuto portarti nel mio letto non appena l'hai voluto, al diavolo le Risorse Umane e la correttezza!"

Con un sorriso trionfante, metto da parte il vibratore e mi inginocchio sul tappeto davanti al letto, prima di incrociare il suo sguardo. "Dimmi di nuovo che ho ragione."

"Hai ragione." L'espressione negli occhi di Gunther è animalesca e selvaggia, in totale contrasto con i suoi capelli ben pettinati. "Hai *sempre* ragione."

"Visto?" sussurro. "Puoi avere quel dessert che volevi... Ma prima..." Prendo Mr. Succhia & Lecca in bocca... e mi sembra molto meglio (più grosso e più delizioso) di un dildo.

Gunther emette un gemito che suona come "Hai ragione."

Ogni mossa che avevo fatto con il dildo ora la eseguo su Mr. Succhia & Lecca, ma proprio quando sento il sapore salato del liquido preseminale, mi fermo. Devo averlo dentro di me, fosse l'ultima cosa che faccio.

"È il mio turno." Gunther mi solleva e mi distende sul letto, come in un buffet all-you-can-eat. "O forse dovrei dire 'è il tuo turno'?" Con delicatezza, mi bacia l'interno coscia e poi fa scorrere la lingua verso l'alto, fino a raggiungere il piercing del mio clitoride.

Mi reclino all'indietro, lasciando che la mia nome-in-codice Canna si dispieghi per l'abile lingua di Gunther.

Come un affamato, lui lambisce le mie pieghe, mormorando qualcosa nel frattempo. Spero che sia "hai ragione."

La vibrazione del suo mormorio e la consistenza calda della sua lingua mandano in cortocircuito qualcosa nel mio cervello e l'orgasmo che avevo sfiorato prima si abbatte sui miei recettori del piacere, facendomi venire su tutto lo splendido viso di Gunther.

Lui alza lo sguardo e trovo ironico quanto sembri ancora affamato nonostante mi abbia appena "mangiata." "Voglio essere dentro di te" dice con voce roca.

Mi inumidisco le labbra. "Ricordi la mia condizione precedente?"

"Senza preservativo?" I suoi occhi brillano famelici.

Annuendo, lo afferro per la nuca e lo tiro verso di me per un bacio che mi lascia le labbra gonfie e doloranti. Intanto, faccio quello che ho sognato per tutto questo tempo: faccio scivolare Mr. Succhia & Lecca dentro di me.

"Cazzo!" grugnisce Gunther.

Rispondo afferrandogli i glutei e guidando la sua prima spinta.

"Sei assolutamente fantastica" dice alla seconda spinta.

Rovescio gli occhi all'indietro.

Lui si spinge di nuovo dentro di me.

Con uno sforzo sovrumano, riesco ad ansimare: "Avresti potuto farlo per tutto questo tempo."

"Hai ragione." Si muove più forte. "Hai proprio ragione, cazzo." Un'altra spinta. E un'altra ancora. Il ritmo aumenta deliziosamente.

Un gemito mi viene strappato dalle labbra.

Gunther mi mordicchia il collo prima di grugnire qualcosa di rovente nel mio orecchio... e credo sia "hai ragione."

E, ragazzi, eccome se avevo ragione. Il fatto che abbiamo perso così tante occasioni per farlo è un crimine contro la natura.

Le mani di Gunther mi cullano dolcemente il viso, ma le sue labbra catturano le mie selvaggiamente.

Voracemente.

Ferocemente.

Le mie unghie affondano nei suoi glutei mentre una valanga di orgasmo inizia ad ammassarsi senza sosta da qualche parte nel mio intimo.

Gunther mi sbatte come un martello pneumatico sexy.

Un gemito disperato sfugge dalle mie labbra alle sue.

Lui mi libera la bocca, lasciando che il mio prossimo gemito si liberi nel mondo.

"Così" grugnisce. "Vieni per me."

Cazzo! La valanga dell'orgasmo raggiunge la vetta... e non mi importa nemmeno che le valanghe di solito viaggino dalla vetta ai piedi della montagna, da quanto piacere sto provando.

Mentre le pareti della mia nome-in-codice Canna pulsano freneticamente intorno a Mr. Succhia & Lecca, sento una scossa di assestamento che sfocia in un altro orgasmo.

La contrazione delle mie pareti intime dev'essere ciò che porta Gunther oltre il limite, perché sento il suo grugnito gutturale e percepisco il suo rilascio, che mi induce a venire ancora una volta.

Lui si ferma, ansimando, poi mi bacia dolcemente sulla guancia prima di tirarsi fuori.

Rimango sdraiata lì, con gli occhi chiusi, mentre mi godo la vaga beatitudine che segue. Alla fine trovo la forza di mormorare: "È stato assolutamente fantastico."

"Hai ragione" concorda Gunther, ripetendo le parole con un sottofondo di orgoglio maschile. "Ma, naturalmente, era soltanto l'inizio."

Apro l'occhio sinistro. "Eh?"

Sorridendo, lui scivola giù dal letto per andare a prendere il vibratore blu. "Credo che tu mi debba un altro orgasmo."

Apro l'occhio destro. "Davvero?"

"Assolutamente sì." Accende la vibrazione del dildo. "O, più che altro, io te ne devo un altro, per averti fatto aspettare tutto questo tempo mentre tu avevi *così* ragione."

Sorrido come una svitata. "Ok. Sono pronta a riscuotere il mio debito e/o a ripagarti."

Lui lascia che il dildo vibrante ripercorra le tappe che gli ho fatto fare prima: anello al capezzolo sinistro, anello al capezzolo destro, bocca e poi piercing al clitoride.

"Cazzo!" ansimo mentre le dita dei piedi mi si arricciano e vengo ancora una volta. Il fatto che sia Gunther a usare un giocattolo su di me si rivela un milione di volte meglio che usarlo da sola.

"Brava ragazza" ringhia. "Ora mettiti a quattro zampe."

Sul serio? Perché? Oh, wow! È di nuovo in tiro! Dev'essere successo per avermi guardata con il giocattolo.

Ringraziando gli dei del pene per il dono di un breve periodo refrattario, mi metto nella posizione richiesta e quasi contemporaneamente accadono tre cose: lui mi penetra, mi schiaffeggia il capezzolo tatuato sulla chiappa destra e porta il dildo ancora vibrante sul mio clitoride.

Ma che cazzo? Com'è possibile che stia venendo così presto? Eppure lo sto facendo. Con un urlo, per giunta. Lui continua a spingere, così vengo ancora e ancora, come se stessi cercando di recuperare tutto il sesso di cui sono stata privata.

Poi, con una spinta finale potente e profonda, viene anche lui per la seconda volta e io mi unisco.

Ci siamo. Cado a faccia in giù sul letto, sentendomi come un limone trasformato in limonata.

Lui mi culla tra le braccia. "Doccia o sonno?"

"Non ho l'energia per rispondere" mormoro.

Con un sorriso, mi porta nel lussuoso bagno e mi lava come se fossi una bambola, poi mi asciuga.

"Attento" mormoro quando mi riporta sul letto. "Potrei abituarmici."

"Bene" replica mentre mi avvolge con il suo corpo forte. "Abituati pure."

Oh, ho intenzione di farlo.

Il sorriso ebete è ancora sul mio volto mentre cado nel sonno più profondo della mia vita.

Ventidue

.

È ODORE DI CAFFÈ QUELLO CHE SENTO? E DI UOVA?

Apro gli occhi e mi ritrovo a letto da sola.

Dopo essermi vestita, mi aggiro alla ricerca degli odori.

"Ciao, dormigliona" mi saluta Gunther quando lo trovo nell'enorme soggiorno. "Ho preparato la colazione."

Scruto le offerte sopra il tavolo davanti a lui.

Già. Ha preparato tutte le mie cose preferite. L'unico modo in cui potrebbe rendermi più felice è se si togliesse di nuovo i pantaloni, ma sono sicura che si potrà fare dopo che avremo finito il cibo.

"Aspetta un secondo" dico mentre il mio stomaco brontola. "Devo andare a lavarmi."

———

Mentre mi lavo i denti e mi rendo presentabile, le implicazioni di ieri sera mi colpiscono per la prima volta.

Io e Gunther l'abbiamo fatto davvero. Abbiamo fatto sesso da sobri, dopo un vero e proprio appuntamento.

O, per dirla in un altro modo, sto frequentando Gunther. L'uomo che, a torto, pensavo mi avesse rovinato la vita.

Sospiro. Scommetto che, anche se non avessi saputo che non era stato lui a mettermi nei guai, l'avrei perdonato dopo il terzo orgasmo o giù di lì.

Potremmo davvero funzionare insieme? Io e Gunther potremmo essere una coppia?

Penso di sì. Ma allora... perché mi sento così a disagio?

Mentre mi guardo allo specchio, finalmente riesco a capire. Il problema è che provo sentimenti estremamente prematuri per questa fase della relazione. In particolare, mi sento leggera e piena di gioia quando sono con lui o quando lo penso. È come se non volessi mai stare un secondo senza di lui.

Oh, no. Potrebbe essere un problema enorme.

Nonostante Gunther abbia ammesso che avevo ragione a sostenere che dovevamo farlo prima, c'è che non l'abbiamo fatto... ed è tutta colpa sua. È irragionevole che io mi senta un po' insicura perché lui è riuscito a resistere al mio fascino? Questo non significa forse che io sono più attratta da lui di quanto lui sia attratto da me?

Stringendo i denti, rivolgo al mio riflesso uno sguardo severo. "Non fare l'idiota. Non vuoi che si ripeta la situazione con Spike, vero?"

Sì. Una dose di realtà è proprio ciò che mi serve in questo momento, altrimenti la prossima volta mi farò tatuare "Gunther" all'interno delle palpebre, in modo da ricordarmi di lui anche quando chiudo gli occhi.

"Bella chiacchierata" dico al mio riflesso nello specchio. "Stavolta lascerò che le cose procedano in modo ragionevole."

Così decisa, torno alla prelibatezza in soggiorno... e alla colazione.

Accidenti! Non me n'ero accorta prima, ma lui ha i capelli arruffati da sesso e gli stanno benissimo, così folti e scuri, con quelle punte indisciplinate. Mi viene voglia di lisciarglieli all'indietro come li porta di solito, solo per poterli spettinare di nuovo.

Il mio stomaco brontola.

Gunther mi sorride e in quel momento il suo cellulare squilla.

Lui chiude la chiamata senza guardare.

Metto qualche leccornia nel mio piatto, quando il suo telefono squilla di nuovo.

Con un cipiglio, lui guarda lo schermo. "È Ashildr" dice. Ignorando la suoneria, controlla qualcosa. "Prima di lui, mi aveva chiamato Samson della sicurezza. Che strano."

Faccio spallucce. "Forse dovresti rispondere?"

Annuendo, lui accetta la chiamata. "Ciao, Ashildr."

Dopo un secondo, dice: "Rallenta, per favore. Spiegami cos'è successo veramente."

Cosa sta succedendo? Ashildr si sta dissanguando dal naso?

Gunther ascolta ancora per un paio di secondi. Sembra infastidito quando dice: "Sì."

Un altro secondo dopo, le sue labbra si stringono in una linea serrata. "Davvero?"

Ascolta con attenzione prima di chiedere: "Chi?"

Qualunque sia la risposta, sembra che non gli piaccia affatto e mi guarda in modo strano.

"Su quali basi?" chiede Gunther. Mi lancia un'altra occhiata strana mentre ascolta la risposta, poi chiede con rabbia: "Stai dicendo quello che penso?"

Qualunque sia la risposta, Gunther scuote la testa con veemenza. "Non può essere. Mi rifiuto di crederci."

La replica di Ashildr fa spalancare gli occhi a Gunther. "Cosa?" esclama.

Ascolta la parte successiva con un'espressione inorridita. "Non ne ho idea."

Qualunque cosa senta poi, Gunther stringe il telefono fino a rischiare di romperlo, poi abbaia con veemenza: "No!"

Ashildr risponde qualcosa e Gunther annuisce con approvazione. "Hai fatto bene. Digli di dimenticare che è successo. Da qui in poi, ci penso io." Dopo che Ashildr ha detto qualcos'altro, Gunther aggiunge: "Grazie per avermi informato. Stammi bene." Con ciò, riattacca e prende la sua tazza per bere un lento sorso, senza incontrare il mio sguardo.

"È tutto a posto?" gli chiedo, accigliata.

Lui non risponde.

Il mio battito cardiaco accelera, il che è sciocco, perché non ho motivo di essere nervosa. "Sul serio, Gunther, cos'è successo?"

"È tutto a posto" afferma, ma vende le sue parole così male che la mia preoccupazione raddoppia.

"Qualcosa chiaramente non lo è." Mordo un muffin, ma sa di cartone. "Che cosa ti ha detto Ashildr?"

Gli occhi di Gunther si stringono. "Perché sei così preoccupata?"

Mi appoggio allo schienale della sedia e osservo la strana espressione di Gunther. Sembra che stia cercando di nascondere un'ondata di emozioni dietro una faccia da poker, ma non ci riesce.

Faccio un respiro calmante. "Non dovrei essere interessata a qualcosa che ti riguarda? O siamo tornati al punto in cui non contiamo niente l'uno per l'altra?"

"Bene." Spinge via il piatto. "Ashildr mi ha detto che i coupon sono scomparsi." Per qualche motivo, osserva attentamente la mia reazione.

Mi si gela il sangue quando comincio a capire cosa potrebbe essere successo. "Quali coupon?"

"La grande collezione" spiega. "Nel seminterrato."

Sta parlando del luogo che consideravo il mio pianeta natale. Sembra che sia stato derubato e tutti si sono subito lanciati ad accusare la ragazza con i tatuaggi. Ehi, non posso biasimare Ashildr o il capo della sicurezza per una cosa del genere. Dopotutto, ero stata io a creare quei coupon fraudolenti per la loro azienda, che hanno portato a questo progetto di prevenzione.

Ma anche *Gunther* pensa che io possa fare una cosa del genere? Dopo essere stato a letto con me?

È meglio che si tratti di un fottuto malinteso.

Stringendo i denti, gli chiedo: "Pensi che io abbia qualcosa a che fare con la sparizione di quei coupon?"

La stupida faccia da poker è ancora in gioco quando mi chiede: "L'hai fatto?"

Lo fisso, incredula.

Mi sta accusando di furto, proprio così.

Immagino che dovrei essere abituata alle persone che pensano il peggio di me (e forse me lo merito anche un po'), ma per qualche motivo non me lo aspettavo da Gunther.

Non più.

Non da un po' di tempo, comunque. Non da quando ho iniziato a provare qualcosa per lui.

Quest'ultima parte deve essere il motivo per cui mi sento come pugnalata al cuore.

Beh, qualsiasi sentimento avessi immaginato di provare, avrei fatto meglio a cancellarlo, perché come si può tenere a qualcuno che ti insulta in questo modo?

Deglutisco con forza e allontano il dolore, lasciando che venga sostituito da una legittima rabbia. "Non posso crederci, cazzo!" Balzo in piedi.

Gli occhi di Gunther si stringono ulteriormente. "Perché non puoi semplicemente rispondere con calma alla domanda?"

Vorrei avere qui una pila di coupon per poterglieli

infilare su per il culo. "Vai a farti fottere!" dico a denti stretti. "E, quando avrai finito, manda a farsi fottere Ashildr e il capo della sicurezza."

La faccia da poker mostra una crepa. "Puoi calmarti, per favore?"

"Non dirmi di calmarmi, cazzo!" Afferro il mio muffin non finito e glielo lancio sul petto. "Non riesco a credere che tu possa accusarmi di questo dopo tutto quello che è successo!"

Stoicamente, lui si rimuove il muffin rovinato dalla camicia. "Davvero, puoi calmarti…"

Non sento il resto perché il battito frenetico del mio cuore mi rimbomba troppo forte nelle orecchie. "Ho chiuso! Sia con te sia con la tua dannata azienda."

Fa un passo verso di me. "Potresti semplicemente…"

Indietreggio. "Non voglio sentire altro. Mai più." Mi volto in modo che non possa vedere l'infida umidità nei miei occhi.

"Aspetta" mi dice, ma io sto già uscendo di corsa dalla suite.

Merda! Penso che mi stia inseguendo. Sento degli occhi penetrarmi la schiena.

"Non osare seguirmi" grido da sopra la spalla.

La sensazione di avere degli occhi puntati alle spalle scompare.

Tuttavia, per sicurezza, mi metto a correre lungo il corridoio e… vado a sbattere contro qualcuno.

Una persona familiare: Blue, la mia compagna di covata.

"Ehi, sorella" mi dice con voce preoccupata non appena ci districhiamo. "Cosa c'è che non va?"

Mi asciugo gli occhi. "Niente. Cosa ci fai qui?"

Indica una porta vicina con il secchiello pieno di ghiaccio che tiene in mano. "Sapevamo quanta vodka si sarebbe bevuta a un matrimonio del genere, quindi abbiamo prenotato una suite in anticipo. Ma torniamo all'argomento: dimmi subito cos'è successo. Sai che ho modo di scoprirlo da sola."

È vero. Il background all'NSA le conferisce poteri di spionaggio quasi divini.

"D'accordo" concedo, sentendomi orgogliosa di quanto poco si incrini la mia voce. "Accompagnami e te lo dirò."

Lei impallidisce. "Ti dispiace passare da un'entrata secondaria?"

Perché? Ah, giusto. Gli uccelli nell'atrio.

"Come vuoi" dico. "Fammi strada."

Lei digita qualcosa sul cellulare (probabilmente per avvisare il suo ragazzo che la sua corsa a prendere il ghiaccio è stata ritardata) e poi mi fa strada mentre le spiego cos'è successo.

"C'è qualcosa che puzza in questa faccenda." Blue apre la porta d'uscita segreta verso la quale mi ha condotta, senza uccelli in vista. "Perché pensano che sia stata tu?"

Trattengo le urla di rabbia e le lacrime mentre rispondo: "Sono macchiata da quei coupon fraudolenti e Gunther non l'ha mai superato, credo."

"Ma perché rubare una cosa del genere proprio prima di uscire con lui? Sarebbe stupido."

Mi stringo nelle spalle con amarezza mentre usciamo in strada. "Tutti sanno quanto amo i coupon. Forse hanno pensato che per me fossero più importanti di Gunther."

"Dopo averti vista con lui ieri sera, ne dubito" dice.

"Dimentica quello che hai visto" replico.

"Suppongo." Sospirando, indica un'auto vicina. "Quello è il tuo passaggio."

"Grazie" le dico con sentimento.

"Figurati" risponde lei. "Va' a casa. Rilassati."

Annuendo, salgo in macchina e dico all'autista di dare un'accelerata.

Un paio di minuti dopo, mi squilla il cellulare.

È Gunther.

Rifiuto la chiamata.

Mi chiama di nuovo.

Non rispondo.

Mi manda un messaggio:

Per favore, parlami.

Cancello il messaggio e spengo il telefono.

Alla fine l'auto si ferma accanto al mio condominio.

Quando entro nel mio appartamento, mi sento così infelice che persino il mio gatto omicida sembra capirlo. Si strofina contro le mie gambe, cosa che di solito non fa mai.

Colei Che Mi Nutre deve solo chiederlo e io sarò più che felice di porre fine alle sue sofferenze. Combatterei persino la mia natura e lo farei in modo rapido e indolore.

Ventitré

Piango per il resto della giornata, interrompendomi solo per dare da mangiare a Bunny (perché, per quanto sia depressa, non ho tendenze suicide).

La mattina dopo non mi sento affatto meglio, quindi il pianto continua, ora supportato dal consumo di gelato, dall'accarezzare il mio gatto scontento e dalla ricerca di quei tatuaggi a lacrima che sono così popolari nelle carceri.

La domenica sera sono abbastanza calma da chiedere al mio smart speaker di riprodurre qualcosa dei Ramones, il che mi fa addormentare.

Quando mi sveglio, mi sento ancora stanca, ma sapere che oggi non andrò al lavoro mi fa solo sentire peggio. Alla fin fine, mi piaceva quello che facevo alla Munch & Crunch... chi l'avrebbe mai detto? Forse potrei svolgere le stesse mansioni per qualche altra azienda? O avviare un'attività di consulenza incentrata sui coupon?

Oh, ma chi voglio prendere in giro? Gunther farà sicuramente in modo che io non lavori mai più in un posto che abbia a che fare con i coupon. Anzi, sarò fortunata se non cercherà di mandarmi in prigione.

Cazzo! Ho commesso l'errore di pensare di nuovo a Gunther. Non avrei dovuto. Per la milionesima volta, mi passano per la mente tutti i nostri meravigliosi allenamenti e pranzi insieme. E il matrimonio, che è stato l'appuntamento più bello della mia vita. E, naturalmente, il sesso straordinario, sia da ubriachi sia da sobri. So che l'espressione "rovinata per altri uomini" è solo un modo di dire, ma se lo fossi davvero?

È stato *così* bello.

E sì, la parte razionale di me sa che il furto dei coupon è stato un favore dell'universo. Ho avuto modo di scoprire cosa pensa veramente Gunther di me, prima che le cose tra noi si sviluppassero ulteriormente e mi innamorassi ancora di più di lui, ma in qualche modo la razionalità non riesce a farmi sentire meglio. Anzi…

"Ehi" dice improvvisamente il mio smart speaker. "Sono Blue. Perché ignori le mie chiamate?"

Stringo gli occhi in direzione della fonte della voce. "Come sei arrivata lì?"

"Dobbiamo parlare."

"Mi sono appena alzata" brontolo. "Posso almeno lavarmi la faccia?"

"Sono le undici" dice. "È urgente."

Sono le undici? Mi precipito in cucina e verso del cibo nella ciotola di Bunny.

Colei Che Mi Nutre sta davvero sfruttando l'intera faccenda della depressione, a questo punto, e la mia pazienza sta per finire. Infatti, un altro sciopero e mi prenderò il suo mignolo... per cominciare.

Muovendomi più velocemente, mi vesto, eseguo la mia routine mattutina e mastico un bagel non tostato mentre riaccendo il cellulare.

Wow. Un sacco di messaggi da parte di Gunther. Immagino che volesse *davvero* mandarmi a quel paese.

Ignorando tutto ciò, videochiamo Blue.

"Finalmente!" esclama. "Non posso credere che faccio tutto questo lavoro di indagine per te e tu ignori le mie chiamate e i miei messaggi."

"Quale indagine?"

Direi che Blue sembra soddisfatta come un gatto che ha ingoiato un canarino, ma, anche se lei fosse un gatto, starebbe molto, molto lontana dai membri del regno aviario.

"Prima devi sentire questo." Attiva la modalità di condivisione dello schermo e la vedo premere "play" su un'applicazione del suo computer.

Inizia la riproduzione di una registrazione vocale.

"Signor Ferguson" sento la voce di Ashildr. "Mi dispiace disturbarla nel fine settimana, ma il signor Samson della sicurezza stava cercando di contattarla e ho intercettato la chiamata. Ha scoperto un incidente durante un controllo di routine e credeva che lei volesse esserne informato. All'inizio ho pensato che potesse aspettare, ma quando mi ha detto di cosa si trattava e ha accennato alla volontà di coinvolgere la polizia, ho deciso di mettermi subito in contatto con lei."

Blue mette in pausa la registrazione.

"Oh, merda" esclamo. "Mi stai mostrando l'altra parte di quella fatidica conversazione tra Gunther e Ashildr?"

"Esatto" risponde.

"Perché?"

"Continua ad ascoltare" dice, evidentemente apprezzando la possibilità di fare la misteriosa.

Ringhio e lei fa ripartire la registrazione.

"Rallenta, per favore" dice Gunther, proprio come aveva fatto davanti a me nella stanza d'albergo. "Spiegami cos'è successo veramente."

"I coupon sono spariti dal magazzino" dice Ashildr. "Ha presente... l'enorme collezione?"

"Sì" conferma Gunther con aria seccata.

"L'ultimo accesso è stato ieri..."

"Aspetta un attimo!" grido.

Blue mette in pausa. "Continua ad ascoltare."

"D'accordo."

Riprende la registrazione.

"Davvero?" chiede Gunther.

"Sì. E il motivo per cui ho pensato che lei volesse saperlo è l'identità della persona di cui il signor Samson sospetta."

"Sul serio, ma che diavolo?" esclamo e Blue mette di nuovo in pausa.

"Perché mai quel Samson ha accusato me?" chiedo.

"È più facile se ascolti" replica Blue.

"D'accordo."

Riprende di nuovo.

"Chi?" chiede Gunther.

"La signorina Hyman" risponde Ashildr.

Mente! Perché starà mentendo?

"Su quali basi?" chiede Gunther.

Sì! Grazie, Gunther.

Ashildr sembra avere un tono di scuse quando dice: "Il suo bagde è stato usato l'ultima volta per accedere."

"Cosa?" esclamo.

Blue mette in pausa la registrazione. "Ha detto che il tuo bagde…"

"Ho sentito, ma…"

"Dov'è il tuo badge?" mi chiede Blue.

Corro a controllare i miei vestiti di venerdì, poi mi ricordo che era sparito dopo pranzo.

Strano.

"Manca?" Blue mi chiede quando torno.

"Sì. Ne sai qualcosa?"

"Te lo spiegherò dopo. Sto per farti una domanda io."

"Continuo a sostenere che Gunther non avrebbe dovuto credere alla mia colpevolezza, badge o meno."

"Per questo penso che dovresti continuare ad ascoltare" afferma

"Ok. Riproduci questa dannata registrazione."

Lo fa.

"Stai dicendo quello che penso?" chiede Gunther. In

sua difesa, la domanda suona arrabbiata, come se il suo primo istinto fosse stato *effettivamente* quello di difendermi.

La voce di Ashildr è flebile quando replica: "Neanche io volevo crederci, ma probabilmente è lei."

No! Pur sapendo che Gunther sta per credergli, non posso fare a meno di desiderare che non lo faccia.

"Non può essere" dice Gunther. "Mi rifiuto di crederci."

Sì! Mi ricordo che l'avesse detto. Voleva credere in me. Che altro c'è in questa registrazione?

Ashildr sospira. "C'è dell'altro."

Sarà meglio che sia una cosa buona.

"Cosa?" chiede Gunther.

"Ha anche ingannato la signora Severina per creare un codice di sconto del centodieci per cento per il Buzz Beerin, un codice secondo cui avremmo dovuto pagare noi i clienti per ogni transazione."

Accidenti a me!

Sono proprio fregata.

Blue mette in pausa la registrazione. "Questa cosa qui ha senso per te?"

Mi sento male allo stomaco. "Purtroppo sì. Buzz Beerin è la marca di miele che Gunther produce personalmente."

"E hai creato tu questo coupon di cui si parla?" mi chiede.

Mi pizzico le tempie. "Quando ci facevamo gli scherzi a vicenda, *stavo* per creare un coupon del genere, ma poi ho pensato che sarebbe stato oltrepassare il limite, quindi non l'ho fatto. O almeno credevo di non averlo fatto. Voglio dire, giuro di aver premuto 'annulla'. Ma, ora che ci penso, quel pulsante era talmente vicino a 'salva' che è possibile che mi sia sbagliata."

"Aspetta" dice Blue, togliendo la modalità di condivisione dello schermo in modo che io possa vedere il suo volto. "Quando è successo?"

Glielo dico e lei digita freneticamente. Poi sorride con aria trionfante e mi mostra di nuovo il suo schermo.

Sul monitor compare una nuova app e, su di essa, ci sono io, seduta alla mia scrivania, che sto per fare clic su 'annulla'.

Segue il clic.

"La telecamera è troppo lontana per poterlo affermare con certezza, ma penso che potrebbe essere stato 'salva'" dice Blue.

Purtroppo, sono d'accordo. "Che cos'ha detto poi Ashildr?" chiedo, anche se posso immaginarlo.

Blue fa ripartire la registrazione.

"A peggiorare le cose" continua Ashildr. "Quel coupon è entrato in vigore oggi e c'è stata una gran confusione nei negozi per cancellarlo. Nel frattempo, abbiamo perso soldi. Perché l'avrebbe fatto?"

Gunther sembra inorridito quando risponde: "Non ne ho idea."

Blue mette in pausa di nuovo. "Riesci a capire che la cosa sembra negativa, vero? Ti ha costretta a lavorare per lui e tutto il resto, quindi, in teoria, *avresti potuto volerti vendicare...*"

"Sì." Mi prendo a schiaffi per aver anche solo pensato a quel dannatissimo coupon. "D'altra parte, sono andata a letto con lui. Che razza di vendetta sarebbe?"

"Continua ad ascoltare" mi dice. "Il prossimo pezzo potrebbe piacerti."

Ah sì?

Riprende l'audio.

"Beh" dice Ashildr. "Abbiamo bisogno di sapere come procedere. Il signor Samson ha parlato di coinvolgere le autorità e..."

"No!" esclama Gunther con veemenza.

Ok. Quindi non voleva che io finissi di nuovo nei guai con la polizia. Questo è carino.

"Sospettavo che lei l'avrebbe pensata così e perciò gli ho detto di non fare nulla senza prima consultarla" continua Ashildr.

"Hai fatto bene" dice Gunther. "Digli di dimenticare che è successo. Da qui in poi, ci penso io."

"Capito" dice Ashildr in tono solenne.

"Grazie per avermi informato. Stammi bene."

Fisso lo schermo finché non vedo di nuovo il volto di Blue. Con dolcezza, mi dice: "Persino dopo le prove schiaccianti, ti ha concesso comunque il beneficio del dubbio."

Scuoto la testa. "Mi ha accusata. Questo dimostra solo che aveva tutto il diritto di farlo."

"Ma ti ha accusata *davvero*?"

Blue digita sulla sua tastiera e, un attimo dopo, sento la mia ultima conversazione con Gunther.

"È tutto a posto?" chiede la me di sabato mattina. Dopo un attimo, aggiunge: "Sul serio, Gunther, cos'è successo?"

"È tutto a posto" dice lui.

"Qualcosa chiaramente non lo è. Che cosa ti ha detto Ashildr?"

Passa un istante prima che Gunther chieda: "Perché sei così preoccupata?"

Merda! È come se stessi cercando di sembrare colpevole.

"Non dovrei essere interessata a qualcosa che ti riguarda? O siamo tornati al punto in cui non contiamo niente l'uno per l'altra?"

"Bene." Si sente il rumore di un piatto che viene spinto via. "Ashildr mi ha detto che i coupon sono scomparsi."

Ah. Non si è nemmeno inoltrato nella parte del Buzz Beerin.

"Quali coupon?" chiede la me stessa del passato (e lei/io sembro sulla difensiva).

"La grande collezione" spiega. "Nel seminterrato."

"Pensi che io abbia qualcosa a che fare con la sparizione di quei coupon?" A questo punto, l'atteggiamento sulla difensiva è alle stelle.

"L'hai fatto?" Con mia sorpresa, nella registrazione il suo tono non sembra accusatorio. Sembra più che altro confuso.

"Non posso crederci, cazzo!" è la risposta della me

stessa di sabato e, prima che possa rivivere il resto, Blue ha pietà di me e ferma la registrazione.

Deglutisco, sentendomi male ancora una volta. "Quindi… c'è la possibilità che io abbia avuto una reazione esagerata."

"Tu credi?" mi chiede Blue roteando gli occhi. "E lui ha cercato di parlarti… e ha sempre trovato la segreteria telefonica."

"Merda!" Mi mordo il labbro. "Devo sistemare le cose."

"Sì" conferma Blue. "E questo dovrebbe rendere tutto più facile."

Lo schermo cambia e mi trovo di nuovo a guardare il mio ufficio, ma stavolta è vuoto.

"Questo è successo venerdì" mi spiega Blue. "Tu e Gunther siete in palestra, come sempre."

"Oh."

"Fai attenzione a questo." Passa il cursore sopra un oggetto vicino alla mia tastiera.

Strizzo gli occhi. "È il mio badge. Devo averlo lasciato sulla scrivania."

"Sì. Continua a guardare."

Aspetto un minuto che sembra durare un'eternità prima che tutti i pezzi del puzzle vadano al loro posto… perché Tiffany appare sullo schermo.

"Non azzardarti!" mormoro mentre lei si guarda intorno furtivamente prima di sgraffignare il mio badge e sgattaiolare fuori dal mio ufficio.

Il volto di Blue ritorna. "Capito adesso?"

"È stata lei" dico stupidamente. "Probabilmente avrei dovuto indovinarlo."

"È difficile pensare con chiarezza quando si è sconvolti" mi dice Blue con dolcezza.

Scuoto la testa. "Ti ho detto che ho scoperto che è stata *lei* a fregarmi al liceo? Non Gunther!"

"No, ma non mi sorprende." Il sorriso sul volto di Blue è impietoso mentre aggiunge: "Non serve che la ferisci con un coltello stavolta. Gliel'ho già fatta pagare."

"Davvero"

Mia sorella annuisce. "Verrà controllata dal fisco la prossima volta che presenterà la dichiarazione dei redditi. Oh, e tali redditi potrebbero essere bassi, dato che Gunther ha già visto il video che ti ho appena mostrato. Gliel'ho inviato non appena l'ho scoperto e lui l'ha prontamente licenziata."

Ecco cosa intendeva quando ha detto che sistemare la situazione sarà più facile di quanto pensassi. Gunther sa già che non sono colpevole di aver rubato i coupon.

Il problema è che non sono sicura che sia sufficiente. Sono ancora responsabile del fiasco del Buzz Beerin. Inoltre, lui non mi aveva veramente accusata, ma io mi sono comportata comunque da stronza nei suoi confronti.

Se fossi in lui, potrei trovare difficile perdonarmi.

Balzo in piedi. "Sono stata un'idiota!"

"Non esagerare" dice Blue.

"Ho lasciato che i miei problemi dipingessero quello che è successo."

"Questo sì."

"Devo scappare."

Blue mi saluta. "Buona fortuna."

Chiamo un taxi e mi vesto freneticamente in modo da rendere più probabile il perdono di un ragazzo, mostrando un sacco di scollatura e di gambe.

Do all'autista un'enorme mancia per portarmi a destinazione velocemente, senza coupon o altro, il che è un lusso impensabile per me.

Mentre il taxi vola per le strade, chiamo Gunther.

Nessuna risposta.

Questo non fa presagire nulla di buono.

Ascolto uno a caso dei suoi messaggi precedenti.

"Ciao, Honey. Vorrei davvero parlare con te. Sembra che il tuo telefono sia spento. Quando ricevi il messaggio, fatti sentire."

Cazzo!

Ci sono molti altri messaggi in segreteria dopo questo. Seleziono uno dei più recenti.

"Vorrei davvero poter parlare con te, non con la tua segreteria telefonica" dice. "Ne deduco che sia davvero finita." Clic.

No! Niente è finito. Non se posso evitarlo, anche se significasse strisciare.

Provo a richiamarlo.

Niente.

Gli mando un messaggio.

Nessuna risposta.

Non va bene. D'altra parte, quello che ho da dirgli merita più che altro una conversazione faccia a faccia.

L'auto si ferma di botto e io mi precipito dentro la sede della Munch & Crunch.

"Salve" dico alla guardia di sicurezza. "Ho perso il mio bagde, ma…"

"La signorina Hyman?" La guardia prende qualcosa da dentro la scrivania.

Mentre annuisco, spero che non tiri fuori una pistola o un taser.

Mi porge il mio badge con un sorriso. "Sembra che sia stato ritrovato."

"Grazie."

Lo prendo, corro verso l'ascensore e salgo al piano esecutivo. Appena le porte si aprono, mi precipito nell'ufficio di Gunther… ma lui non c'è.

Controllo l'orario.

Ah. Dev'essere a pranzo.

Mi affretto a raggiungere la mensa e, quando arrivo al nostro solito tavolo, sto ansimando come un levriero dopo una corsa.

Il tavolo è vuoto.

Ma che diamine?

Torno di corsa al nostro piano e irrompo senza tanti complimenti nell'ufficio di Ashildr.

"Lui dov'è?" chiedo.

Ashildr sbatte le palpebre. "Ciao. Pensavamo che ti fossi presa un giorno di riposo."

"Non sono colpevole" sbotto. "E devo parlarne con Gunther. Te lo chiedo di nuovo: dov'è?"

Con l'aria di uno pronto a darsela a gambe, Ashildr adocchia l'ingresso del suo ufficio. "È il primo del mese."

"Questo dovrebbe spiegare qualcosa?" Posiziono il mio corpo in modo tale che Ashildr non riesca a oltrepassarmi senza un placcaggio.

"Ha il ferro alto" borbotta Ashildr. "Quindi…"

Tutto il sangue mi defluisce dal viso. Oh, Dio, il *sangue*. Ricordo che Gunther me ne aveva parlato. Dona il sangue una volta al mese.

"Quando dovrebbe tornare?" chiedo con voce flebile. Mi gira la testa solo al pensiero di quello che sta succedendo.

Ashildr fa spallucce. "Se n'è appena andato. Ha anche accennato al fatto che potrebbe non tornare in ufficio."

Ho la pelle sudaticcia e mi sento svenire, quindi è una grossa sorpresa per me quando la mia bocca formula le parole: "Dov'è il laboratorio?"

"È una banca del sangue."

Che terribile combinazione di parole! Cosa si inventeranno dopo, supermercato della tortura? Lavanderia putrida?

"Conosci l'indirizzo?" riesco a chiedere.

Ashildr me lo dà e io esco dall'edificio barcollando. Una volta raggiunta la strada, mi dirigo a destra verso il nome-in-codice "solo banca" senza fermarmi un attimo a pensare a cosa farò una volta arrivata lì.

"Sei arrivata a destinazione" mi informa il GPS del mio telefono.

Grandioso. E adesso? Forse potrei restare fuori e aspettare di intercettare Gunther quando esce.

No. Devo parlargli *subito*. Quindi, dovrò tirare fuori il coraggio.

Il problema è che, nonostante abbia deciso di entrare, i miei piedi restano fermi.

Devo proseguire.

I miei piedi rimangono saldati a terra.

Un uomo anziano entra dalla porta della banca e me la tiene aperta.

Cazzo!

Mi precipito dentro prima di poter cambiare idea.

Con mia grande sorpresa, non mi trovo subito di fronte a sacche di sangue e altre cose orribili.

Che sollievo!

Mi avvicino alla segreteria. "Sono qui per il mio ragazzo."

Il suo sorriso è macabro?

"Come si chiama, tesoro?" mi chiede.

È un buon momento per menzionare quanto odio essere chiamata *tesoro*?

"Gunther Ferguson" rispondo. "È un habitué di questo posto."

Lei mi lancia un'occhiata che sembra dire: *Sì, conosco il figo in questione, stronza fortunata.*

"Stanza 103" dice. "Ti faccio passare."

Sentendomi come una di quelle eroine troppo stupide per sopravvivere in un film dell'orrore, varco la porta che conduce al terrificante santuario interno della banca del sangue. Cioè, solo banca.

Ok. Sono in un corridoio e non c'è nulla di spaventoso in vista.

Mi costringo a fare un passo avanti. Poi un altro. Con mio grande sollievo, la prima porta che supero non è trasparente. E nemmeno la seconda.

Ottimo. Con le atrocità nascoste, potrei davvero farcela.

Cammino con cautela fino alla stanza 103 e busso.

"Sì?" risponde qualcuno.

"Gunther, sei tu?" chiedo per sicurezza, anche se sembra la sua voce.

"Honey?" chiede con tono sorpreso.

Senza rispondere, apro la porta… ed è allora che la vista di Gunther si abbatte sulle mie retine: un catetere nel braccio e una sacca piena di sangue all'altra estremità.

Non appena il centro visivo del mio cervello elabora l'immagine inquietante, il resto di me si spegne.

———

Riprendo i sensi con un sussulto, mente un forte odore di urina e vodka mi molesta le narici.

Una donna in camice è sopra di me, con Gunther accanto.

Cazzo! Sono svenuta di nuovo e mi hanno fatto provare le meraviglie di annusare i sali, che contengono etanolo e ammoniaca, cioè il tipo di puzza che avrebbe ucciso mia sorella Lemon.

"Stai bene?" mi chiede Gunther con tono preoccupato.

Mi esamino. "Mi sembra di non avere niente di rotto e nemmeno di ammaccato." Tranne forse il mio orgoglio. Oh, e il mio cuore si sente un po' peggio per l'affanno, ma quello accadeva già prima dello svenimento.

Gunther tira un sospiro di sollievo. "Sei scivolata lungo la porta mentre cadevi, ma ero comunque molto preoccupato."

Un alveare si risveglia nella mia pancia. Era preoccupato per me, anche se non ho nemmeno iniziato a spiegarmi.

Mi rivolgo alla donna in camice. "Possiamo avere un momento di privacy, per favore?"

Annuendo con fare cospiratorio, ci dice che sarà qui fuori se avremo bisogno di lei ed esce.

Scruto l'ambiente circostante. Non c'è nulla di spaventoso in vista. Lancio un'occhiata all'incavo del braccio di Gunther. La manica della camicia nasconde il punto in cui probabilmente ha un cerotto. Tiro un sospiro di sollievo.

"Ora" esordisce Gunther. "Puoi spiegarmi perché dovresti entrare in una banca del sangue con la tua particolare condizione? Sarebbe come se io andassi in una fabbrica di burro di arachidi."

Mi mordo il labbro mentre lo guardo. "Avevo bisogno di parlarti il prima possibile."

Sospira. "A volte la linea di demarcazione tra sciocco e coraggioso può diventare confusa."

Scendo con le gambe dal lettino. "Voglio assumermi la piena responsabilità per lo sconto del Buzz Beerin. Non l'ho creato con intento malevolo, lo giuro. È stato un errore. All'inizio avevo pensato di farlo come scherzo, ma poi ho capito che era un'idea stupida: ho cliccato per sbaglio sul pulsante sbagliato senza rendermene conto."

Lui si siede accanto a me e mi prende la mano. "Va benissimo. Più che bene. Una delle persone che ha usato il coupon è un grande influencer su TikTok e ha postato un video di elogi. Da stamattina, il Buzz Beerin è esaurito ovunque a prezzo normale e sto pensando di dare il marchio in franchising."

"Wow." Ho elaborato solo in parte ciò che ha detto. La sua vicinanza e la mia mano nella sua mi stanno mandando in pappa il cervello... e il fatto di essere svenuta di recente non aiuta. "E sai già che non c'ero io dietro il furto dei coupon fisici."

Annuisce. "Mi dispiace molto se ti è sembrato che ti avessi accusata nella suite. I conti non tornavano ed ero spiazzato. Non appena ho avuto modo di riflettere, ho avuto la certezza che si trattava di un malinteso. Ormai ti conosco abbastanza bene da essere sicuro che non faresti mai una cosa del genere."

Il mio cuore sta iniziando ad eguagliare il mio cervello per quanto riguarda l'andare in pappa. "Allora... siamo a posto?"

Mi stringe la mano. "Dimmelo tu."

"Per me sì. Almeno nel senso che *non* sono arrabbiata per il fatto che mi hai accusata, visto che non l'hai fatto, e visto che sembravo colpevole come il peccato."

Si acciglia. "C'è un 'ma' da qualche parte? Sei arrabbiata per qualche altro motivo?"

"Non proprio arrabbiata." È il momento di sfumare ancora una volta il confine tra sciocco e coraggioso. "So che hai ammesso che avevo ragione riguardo all'attesa che abbiamo dovuto sopportare prima di fare sesso, ma è stato orribile che tu sia riuscito a resistermi."

Trasalisce. "Mi dispiace per questo. La verità è che, anche ai tempi del liceo, ti ho sempre notata."

Lo fisso a bocca aperta. "Davvero?"

Annuisce di nuovo, con gli occhi che brillano.

"Anch'io ti avevo notato." Io, insieme al resto delle mie compagne di classe (nonché di alcuni maschi), agli insegnanti, alle signore della mensa e probabilmente a qualche membro più birichino dell'associazione genitori-insegnanti.

"Non lo sapevo" dice.

"Adesso lo sai, ma per favore continua il tuo discorso."

"Giusto. Quando ci siamo incontrati di nuovo da adulti, mi è sembrato di innamorami di te troppo intensamente, troppo in fretta. La nostra notte insieme ha significato molto per me, ma non ero sicuro che per te non fosse solo un'avventura da sbronzi. Anche quando abbiamo iniziato a parlare di frequentarci per davvero, non riuscivo a capire se fossimo sulla stessa barca, così ho usato il modulo delle Risorse Umane come pretesto per lasciarti il tempo di sviluppare gli stessi sentimenti. Ora capisco che è stato un errore e, come ho già ribadito, *avevi ragione tu*."

La sua ammissione mi lascia senza parole, tanto che lui comincia a sembrare preoccupato; dev'essere per questo che sbotto: "Non ho solo preso una cotta per te. Ti amo."

Eh già! Ora sono saldamente nella parte sciocca della scala del coraggio. Il mio cuore batte forte mentre attendo la sua risposta. Non appena le parole sono uscite dalla mia bocca, ne ho percepito la verità. *Amo Gunther.* Lo amo davvero, davvero tanto. È per questo che mi ha fatto così male quando ho pensato che tra noi fosse finita ed è per questo che ora mi trovo in questa terrificante specie di banca. Ma lui prova lo stesso? Lui...

Mi prende il viso tra le mani. "Anch'io ti amo. Mi stavo preparando per dirtelo, ma come al solito sei arrivata prima tu."

"Mi ami?" Mi sento fluttuante e leggera, come se potessi svenire di nuovo.

"Ti amo." I suoi occhi brillano come smeraldi lucidi sotto un sole splendente. "Amo il modo in cui litighi e il modo in cui fai l'amore. Amo i nostri pranzi e i nostri allenamenti. Amo persino i tuoi scherzi, anche se sono contento che abbiamo superato quella fase. Amo le tue labbra, i tuoi capelli, ognuno dei tuoi piercing, ogni centimetro dei tuoi tatuaggi. Cazzo, quanto mi piacciono quei tatuaggi! Honey..." Si sporge verso di me. "Facciamo un film Gunther vs. Honey."

Mi inumidisco le labbra e lo stordimento si trasforma in una sorta di gioia incandescente. "Con una colonna sonora dei Ramones o di Kenny G?"

"Entrambi" mormora lui e abbatte le labbra sulle mie in un bacio che non ha nulla da invidiare a nessuna canzone.

GUNTHER

TENGO IL GATTINO TRA LE BRACCIA MENTRE SONO seduto sul divano del mio soggiorno. Morbido e adorabile, attira una parte iperprotettiva nel mio petto e non riesco a credere che sto per permettergli di affrontare il pericolo più grande della sua breve vita.

Lo accarezzo e lui fa le fusa, sciogliendomi il cuore ancora di più.

Un sorriso ebete mi tira le labbra. Quando Honey mi ha portato per la prima volta questo batuffolo di pelo da casa di sua sorella, qualche settimana fa, è stato amore a prima vista (da parte mia, almeno, anche se mi piace pensare che lui ricambi a modo suo, soprattutto durante le sessioni di gioco e di accarezzamento).

Quel giorno ho imparato una lezione preziosa. Per quanto le api siano divertenti, non reggono il confronto con i gatti.

"Dovremmo annullare tutto?" chiedo alla creatura che fa le fusa.

Lui mi guarda con gli occhietti assonnati.

Se Honey fosse qui, probabilmente tradurrebbe la sua espressione con qualcosa di simile a:

Sciocco paparino, di che cosa stai miagolando? Sei stato tu a fare la proposta.

"È vero" dico con dolcezza. "Sono stato io a chiedere a Honey di trasferirsi da me, quindi era implicito che tu avresti dovuto incontrare tuo padre."

E spero che questo incontro non sarà una riunione padre-figlio alla Luke Skywalker, in cui qualcuno perde una zampa. Ops, attenzione allo spoiler!

"Ho dovuto farlo." Lo gratto sotto il mento. "Lei mi aveva battuto in ogni fase della nostra relazione, quindi dovevo essere io il primo a proporre di andare a vivere insieme."

Le fusa si intensificano.

Permettimi di ribadire: sciocco paparino.

Sì. Honey ha detto che mi avrebbe dato la sua risposta sul fatto di andare a convivere dopo aver visto come i due gatti reagiscono l'uno all'altro, quindi molto dipende da ciò che sta per accadere.

Finora abbiamo lasciato che annusassero l'uno le cose dell'altro.

Sento la porta che si apre.

"Dev'essere lei" dico al gattino mentre mi alzo e lo porto in camera da letto.

Quando torno, Honey è lì, con un trasportino in mano. "Pronto?"

Come al solito, vederla mi toglie il fiato e mi fa svegliare l'uccello (o come lo chiama lei, Mr. Succhia &

Lecca). Questa reazione risale ai tempi del liceo, anche se negli ultimi tempi c'è una nota di maggior euforia: un'eccitazione vertiginosa che rimanda all'infanzia, più che all'adolescenza. Stare con lei è come assaggiare per la prima volta il cioccolato (o la sostanza con cui lei condivide il nome).

"Hai collegato il diffusore Feliway?" mi chiede.

Indico il muro.

"Ok, questo dovrebbe aiutare."

Lo spero. Si suppone che quell'aggeggio abbia un effetto calmante sui gatti.

"D'accordo." Fa uscire Bunny dal trasportino. "Lasciamolo ambientarsi."

Osserviamo con il sorriso sulle labbra, perché il suo gatto ci mette pochi secondi a comportarsi come se fosse il padrone di casa.

"Pronto per il prossimo passo?" mi chiede.

Io rispondo affermativamente e scorriamo la nostra lista di cose da fare per "presentare i gatti tra loro."

"Ci siamo" dico mentre appoggio il cucciolo sul tappeto accanto a Bunny.

Io e Honey tratteniamo il respiro, pronti a intervenire.

Senza un attimo di esitazione, Bunny dà una leccata al figlio.

"Speriamo che non lo stia assaggiando" dico, scherzando solo a metà.

Un'altra leccata.

"Wow" esclama Honey. "Credo che stia per coccolarlo."

È vero (e non ci crederei se non lo vedessi con i miei occhi). Incredibilmente, Bunny si comporta come un padre amorevole e il figlio si gode ogni secondo.

"Pensi che Bunny sappia che questo è carne della sua carne?" chiedo, mentre un sorriso mi sfiora le labbra.

Le squisite spalle di Honey si muovono su e giù. "Dovrò chiederlo a Pearl. Lei voleva diventare un'allevatrice di gatti prima di scegliere il formaggio."

Il mio sorriso si allarga. "Tutti sanno che gatti e formaggio sono intercambiabili."

"Già, vero?" Le deliziose labbra di Honey si sollevano agli angoli. "Il formaggio è famoso per tenere lontani i topi. Ed è divertentissimo da accarezzare."

"Il formaggio è indipendente come i gatti" affermo. "Anche silenzioso. Pulito."

Lei mi zittisce nel mio modo preferito: con un bacio.

Sa di fragole, come le ho detto, ma anche di miele di trifoglio. Quest'ultima è un'osservazione che tengo per me.

Quando si stacca, le chiedo: "Sei pronta a definire l'Operazione Bunny un successo?"

Fa scorrere il piercing della lingua sui denti anteriori, un modo di fare che ha su di me un effetto simile a quello di un'overdose di Viagra. "Tu mi dirai finalmente il nome del gattino?"

Grandioso. Un ricatto. Per qualche motivo, pensa che io non sia bravo a dare i nomi alle cose e le piace prendermi in giro per questo. Per tale motivo mi ha fatto abbandonare la mia precedente idea di chiamare il gattino "Bee." Ha anche preso in giro il nome che avevo suggerito per la sua società di consulenza. Continuo a pensare che "Bunches of Coupon" sia un nome intelligente, sul modello dei cereali Honey Bunches of Oats. E non penso che ci sia qualcosa di sbagliato nel nome del mio marchio di miele, Buzz Beerin.

"Dai" mi esorta lei, con un sorriso tanto malizioso quanto irresistibile. "Sputa il rospo. Ammesso che tu ne abbia uno."

"Cosa ne pensi di Bunny Junior?"

Lei fa una smorfia-risata (e persino *questo* è sexy). "Abbreviato in BJ?"

L'accenno a BJ fa aumentare ancora di più la mia libido già scatenata (perché è anche l'abbreviazione di "blow job", ovvero pompino). "Possiamo chiamarlo Junior."

"Che ne pensi di Peanut, invece?" Abbassa lo sguardo sui gatti con un sorriso. "Ha un simile sentore di diminutivo, ma senza farlo sembrare un imbecille patentato."

"Troppo lungo" ribatto. "E Pea?"

"Ricorda troppo l'urina (pee)."

Sospiro. "E Pean?"

I suoi occhi si allargano. "Hai detto pene (peen)?"

"Pean con la 'a'" ribatto io. "È un tipo di pelliccia e lui ha il pelo."

"È comunque troppo fallico" commenta. "Inoltre,

suona troppo simile a 'peon'... e intendo un lavoratore umile, non una doccia dorata."

Sapete una cosa? Si può giocare in due a questo gioco. "Hai stabilito se forse-Peanut è tuo figlio o tuo nipote?"

"Nipote" risponde senza esitazione. "È così che funziona l'ereditarietà."

"Quindi... mio figlio sarebbe tuo nipote?" Mi accovaccio per dare una grattatina a Peanut, poi, esitando, faccio altrettanto con Bunny per assicurarmi che non sia geloso. "Fa molto Jerry Springer."

Lei ridacchia mentre Bunny fa inspiegabilmente le fusa. "Questo non è niente. Se ci sposiamo, io sarò la sua nonna e matrigna."

Se? Nonostante lei affermi che la mia faccia da poker è pessima, faccio del mio meglio per non lasciar trapelare nulla. La verità è che ho tutta l'intenzione di sposarla, ma so che non prenderà in considerazione la mia proposta finché non avremo vissuto insieme per un po'. Per questo sono contento che l'Operazione Bunny abbia avuto successo.

A proposito... "Quando andiamo a prendere la tua roba?"

I suoi occhi verdi assumono quel luccichio da affarista. "Ho una sorpresa." Mi conduce alla porta d'ingresso e la apre con un "Ta-da!"

Il mio (o dovrei dire il "nostro") portico è disseminato di valigie.

"Fammi indovinare." Le appoggio una mano sulla parte bassa della schiena, proprio tra le due fossette che mi fanno impazzire. "Il viaggio costava tanto uguale con o senza bagagli, quindi li hai portati nel caso in cui fosse filato tutto liscio con i gatti."

Lei mi dà un bacio dolce, che genera immediatamente un'erezione mostruosa. "Come fai a conoscermi già così bene?" mormora mentre io cerco di sistemarmi i pantaloni con discrezione.

Cercando di ignorare l'erezione, l'aiuto a portare dentro tutte le valigie. Nel frattempo, i gatti si comportano in modo ancora più tenero insieme, anche dopo che forse-Peanut dà una zampettata giocosa sul muso del padre.

"Anch'io ho una sorpresa per te" annuncio dopo che i bagagli di Honey sono stati sistemati.

Lei mi guarda l'inguine. "Continua."

Con un sorriso, mi tiro su la manica e le mostro il mio primo tatuaggio, fatto in segreto.

Lei aggrotta le sopracciglia. "Una sigaretta?"

"No." Catturo il suo sguardo. "Ti do un indizio. È un omaggio."

Mi guarda con aria confusa. "Un omaggio al cancro ai polmoni?"

"Non è una sigaretta! È uno spinello di cannabis."

Lei smette di sbattere le palpebre e gli angoli dei suoi occhi si corrugano. "Volevi commemorare un momento in cui sei stato molto, molto sballato?"

"È erba" spiego. "Nel senso di 'canna'... di *Honey*." Abbasso lo sguardo sulla cerniera dei suoi jeans, dietro la quale si cela la cosa più gustosa dell'universo.

E... ce l'ho di nuovo duro. O meglio, *più* duro.

Lei geme così forte che entrambi i gatti sollevano lo sguardo. "Se ci riprodurremo, non ti è permesso dare un nome alla creatura risultante, né darle idee per i tatuaggi."

Non sa che anche proporle di creare una famiglia è nella lista delle cose che prevedo di chiederle per primo, probabilmente durante il primo ballo al nostro matrimonio.

Non so se reagisca a qualcosa che si riflette sul mio viso o se il mio tatuaggio le piaccia più di quanto lasci intendere, ma si morde il labbro in quel modo unico che trovo irresistibile. "Che ne dici di un vero e proprio omaggio?"

Finalmente! Modalità bestia scatenata.

La prendo in braccio, la porto sul mio letto, le tolgo i vestiti e le allargo le gambe in modo che il bersaglio del mio omaggio sia lì da ammirare.

Il piercing sul clitoride brilla alla luce.

Lo bacio, adorandolo con tutto me stesso. Il freddo del metallo contrasta con il calore morbido e vinilico che lo circonda, facendo aumentare la mia voglia.

Le sue mani si insinuano tra i miei capelli, afferrandoli. La mordicchio intorno al piercing metallico e i suoi gemiti sono la mia ricompensa.

In breve tempo, viene con un grido e il suo sapore voluttuoso mi fa irrigidire le palle, mentre il mio cazzo sta per scoppiare.

"Pronta?" le chiedo con voce roca mentre mi posiziono sopra di lei.

Annuisce.

La penetro e, come sempre, è come arrivare a casa dopo un viaggio lungo un anno.

Ogni istinto del mio corpo mi chiede di sbatterla con forza e velocità, ma controllo la mia lussuria e mi muovo lentamente, con passione, facendo l'amore con lei. Rivendicandola. Mostrandole con il mio corpo tutte le cose meravigliose che ho in serbo per lei. Assicurandomi che…

Con un gemito, viene di nuovo, facendo stringere intorno a me l'oggetto del mio omaggio.

Arrivo all'apice e il mondo scompare, lasciando solo noi due, uniti in un essere perfetto fatto di amore ed estasi.

Ci vuole un po' prima che io torni sulla Terra, ma finalmente il mio respiro rallenta abbastanza da permettermi di parlare. La abbraccio, la tengo stretta e le dico dolcemente: "Benvenuta a casa nostra."

E, mentre lei sospira, soddisfatta, io rivendico le sue labbra con un altro bacio.

Anteprime

Grazie per aver partecipato al viaggio di Honey e Gunther! Per assicurarti di non perderti mai una nuova uscita, iscriviti alla newsletter su mishabell.com/it.

Se sei impaziente di scoprire altri libri di Misha Bell, gira la pagina per leggere le anteprime degli altri libri che ti faranno sbellicare dalle risate!

Estratto de Il miliardario scontroso

DI MISHA BELL

Juno

Quando sono in ritardo per un colloquio di lavoro e rimango bloccata in ascensore con un brontolone fastidiosamente sexy e ossessionato dall'Antica Roma, l'ultima cosa che mi aspetto è che lui sia il miliardario proprietario dell'edificio. Non mi aspetto nemmeno di rischiare di ucciderlo... accidentalmente, è ovvio.

Certo, non ottengo il posto di curatrice delle piante per cui avevo fatto domanda, ma ricevo un'offerta interessante.

Lucius ha bisogno di ingannare il pubblico (e sua nonna) facendo credere loro di avere una relazione, mentre io ho bisogno di soldi per le tasse universitarie per laurearmi in botanica. Il nostro accordo è vantaggioso per entrambi... cioè, fino a quando non inizio a provare dei sentimenti.

Se l'essere un'amante dei cactus mi ha insegnato qualcosa, è questo: se ci si avvicina troppo, c'è una buona probabilità di finire feriti.

Lucius

Dopo l'incidente in ascensore, mi rimangono tre cose: la mia borraccia d'acqua preferita piena di pipì, una reazione allergica potenzialmente letale e le foto di me con la mia "ragazza" scattate dai paparazzi, che rendono mia nonna la donna più felice del mondo.

Naturalmente, il mio prossimo passo è ricattare (volevo dire "convincere") questa ragazza (indubbiamente carina) a fingere di uscire con me. In questo modo, mia nonna rimarrà felice e, come bonus, potrò tenere a bada le cacciatrici di dote.

Sfortunatamente, la mia acerrima nemesi, ovvero la biologia, si fa sentire e la parte del nostro accordo relativa al "non fare sesso" diventa sempre più difficile da rispettare. Peggio ancora: più sto con Juno, più il mio aspetto gelido accuratamente impostato si scioglie.

Se non sto attento, Juno abbatterà completamente le mie barriere.

———

"Mi stai dando della stupida?" sbotto. Chiunque potrebbe avere difficoltà con questi maledetti pulsanti, non solo una persona affetta da dislessia.

Lui guarda i pulsanti con aria significativa. "Stupido è chi lo stupido fa."

Digrigno i denti dolorosamente. "Sei uno stronzo. E hai guardato *Forrest Gump* una volta di troppo."

Le sue labbra si appiattiscono. "L'origine del detto non proviene da quel film. Deriva dal latino: *Stultus est sicut stultus facit*."

Roteo gli occhi. "Che razza di *stultus* presuntuoso citerebbe il latino?"

L'acciaio nei suoi occhi è così freddo che scommetto che la mia lingua ci resterebbe appiccicata, se cercassi di leccargli il bulbo oculare. "Non saprei. Forse l'*idiota* a cui piace tutto ciò che riguarda l'Antica Roma, compresi i numeri romani."

Resto a bocca aperta. "Hai preso tu questa decisione?" Indico i pulsanti dell'ascensore.

Lui annuisce.

Merda! Probabilmente mi ha sentita prima, il che significa che sono stata io a dare inizio agli insulti. In mia difesa, lui ha fatto effettivamente una scelta idiota.

Esalo un respiro frustrato. "Se sei così esperto di numeri romani, avresti potuto dirmi quale premere."

Lui incrocia le braccia sul petto. "Non me l'hai chiesto."

Mi innervosisco di nuovo. "Chiedertelo? Avevi l'aria di uno che avrebbe potuto staccarmi la testa a morsi solo per il fatto di esistere."

"Questo perché mi hai fatto ritardare..."

L'ascensore si ferma di colpo e le luci intorno a noi si abbassano.

Entrambi fissiamo le porte.

Rimangono chiuse.

Lui si volta verso di me e stringe gli occhi con aria accusatoria. "Che cosa hai premuto adesso?"

"Io? E come? Sono di fronte a te. Purtroppo!"

Scuotendo la testa in modo irritante, va verso il pannello con i pulsanti e io devo farmi da parte prima di essere travolta.

"Probabilmente hai premuto qualcosa prima" borbotta. "Perché saremmo bloccati, altrimenti?"

Perché è illegale soffocare le persone? Solo pochi secondi con le mani sulla sua gola sarebbero un esercizio calmante.

Invece, guardo la sua schiena, che mi impedisce di vedere cosa stia facendo (ammesso che stia facendo qualcosa). "Il povero ascensore si sarà probabilmente suicidato per colpa di questi numeri romani. Sapeva che, quando qualcuno vede lettere come L e XL, pensa a taglie di magliette per uomini di Neanderthal come te. E non farmi parlare di quel pulsante XXX, che è un chiaro riferimento al porno. Crea un ambiente di lavoro ostil..."

"Puoi stare zitta, così vedo di tirarci fuori di qui?" sbotta.

Le sue parole mi riportano alla realtà della situazione: è passato più di un minuto e le porte sono ancora chiuse.

Caro saguaro, sono davvero bloccata qui? Con questo tizio? E il mio colloquio?

"Silenzio, finalmente!" dichiara lui con tono soddisfatto e si sposta di lato, così lo vedo premere insistentemente il pulsante "aiuto".

"È un miracolo che non sia scritto in latino" non riesco a trattenermi dal commentare. "O in lingua klingon."

"Pronto?" dice nell'altoparlante sotto il relativo pulsante, con voce carica di irritazione.

Nessuna risposta, nemmeno statica.

"C'è qualcuno?" La sua irritazione sta chiaramente raggiungendo nuove vette. "Sono in ritardo per una riunione importante."

"E io sono in ritardo per un colloquio" aggiungo, nel caso facesse qualche differenza.

Lui si blocca e inarca un sopracciglio folto, guardandomi. "Un colloquio? Per quale posizione?"

Raddrizzo la schiena. "Sono sicura che quelli come te non se ne accorgono, ma le piante di questo edificio non si curano da sole."

Aspettate. Ho parlato troppo? Lui potrebbe forse sabotare il mio colloquio (ammesso che questo inconveniente dell'ascensore non l'abbia già fatto)? Che cosa fa qui, comunque? Progetta ridicoli ascensori? Non può essere un lavoro a tempo pieno, giusto?

"Un'abbraccia-alberi" mormora sottovoce. "Non fa una piega."

Che stronzo! Non ho mai abbracciato un albero in vita mia. Sono troppo impegnata a parlare con loro.

Lui riporta la sua attenzione accigliata sul pulsante "aiuto", anche se ora penso che avrebbero dovuto etichettarlo come "nessun aiuto."

"Pronto? Qualcuno mi sente?" grida. "Rispondete subito o siete licenziati!"

Roteo gli occhi. "È una buona idea fare lo stronzo con le persone che potrebbero salvarci?"

Lui esala un respiro udibile. "Non fa differenza. Il pulsante dev'essere difettoso. Non oserebbero ignorarmi."

Tiro fuori il mio fidato cellulare, un semplice e grazioso Nokia 3310. "Qualcuno si dà troppe arie?"

Lui mi fissa le mani con espressione incredula. "Ecco perché l'ascensore si è bloccato. Ha attraversato una curvatura temporale che ci ha trasportati nel 2008."

Mi acciglio per la mancanza di ricezione sul mio Nokia. "Questa versione è stata rilasciata nel 2017."

"Sembra ancora più stupido di un manichino da crash test decerebrato." Estrae con orgoglio un iPhone dalla tasca. "*Questo* è l'aspetto che dovrebbe avere uno smartphone."

Lo schernisco. "Quello è l'aspetto di una distrazione costante. Comunque, se il tuo iNonSmartPhone (marchio registrato) è così eccezionale, dovrebbe avere ricezione, giusto?"

Lui lancia un'occhiata allo schermo, ma si capisce che sa già la verità: nemmeno il suo prezioso cellulare ha segnale.

Tuttavia, non riesco a trattenermi. "Vedi? Il tuo

telefono geniale è altrettanto inutile. L'unica cosa che sa fare è trasformare le persone in zombie dipendenti dai social media."

Nasconde il dispositivo, come un genitore protettivo. "Oltre a tutte le tue qualità accattivanti, sei anche tecnofobica?"

Valuto se tirargli il mio Nokia in testa, ma decido che non vale la pena sborsare sessantacinque dollari per sostituirlo. "Solo perché non voglio essere distratta non significa che sia tecnofobica."

"In realtà, il mio telefono è ottimo per bloccare le distrazioni." Si rimette le cuffie sulle orecchie. "Vedi?" Preme play e sento vagamente una canzone heavy metal.

"Molto maturo" mimo con la bocca.

"Scusa" mi risponde a voce esageratamente alta. "Non riesco a sentire nessuna distrazione."

Benissimo. Come vuole lui. Almeno ha buoni gusti in fatto di musica. Io e il mio cactus siamo grandi fan dei Metallica, che credo sia proprio il gruppo che lui ascoltando.

Comincio a camminare avanti e indietro.

Sono bloccata e sono in ritardo. Se il problema dell'ascensore non si risolverà entro i prossimi due minuti, posso dire addio al nuovo lavoro e, di conseguenza, ai soldi per le tasse universitarie. Niente soldi per le tasse universitarie significa niente laurea in botanica, che è stato il mio sogno negli ultimi anni.

Per tutti i succhi di saguaro! È una prospettiva davvero terribile.

Lancio un'occhiata furtiva al figo (cioè... allo stronzo).

Cosa direbbe di una persona dislessica che vuole laurearsi? Probabilmente che avrei bisogno di un'università che usi i libri da colorare. In realtà, anche i libri da colorare non mi sarebbero molto utili: non riesco mai a stare dentro quegli stupidi bordi.

Sospiro e distolgo lo sguardo, sempre più preoccupata. A parte infrangere i miei sogni, cosa succederebbe se l'ascensore rimanesse bloccato per un pezzo?

Il problema più immediato è il mio crescente bisogno di fare pipì, ma (paradossalmente) la preoccupazione a lungo termine sarà quella di trovare liquidi da bere.

Mi chiedo... se si ha abbastanza sete, il corpo riassorbirebbe l'acqua dalla vescica? Inoltre, potrei fare come MacGyver e creare un filtro per recuperare l'acqua nell'urina usando gli oggetti che ho con me? Magari attraverso il pelo del gatto?

Rabbrividisco, ma solo in parte per l'aria condizionata pazzesca che, in qualche modo, mi arriva persino qui dentro. Nel breve termine, sarebbe molto meglio se facesse caldo anziché freddo; così suderei i liquidi e non avrei l'urgenza di fare pipì, anche se credo che morirei di sete prima. Lancio un'occhiata d'invidia al robusto sconosciuto. Scommetto che ha una vescica grande come un dirigibile. Ha anche una borraccia di acciaio inossidabile, probabilmente piena d'acqua, che molto probabilmente non condividerà con me.

Inoltre, c'è anche la questione del cibo. Non ho nulla di commestibile con me, a parte una scatoletta di cibo per gatti… e, in teoria, il gatto stesso.

No. Preferirei mangiare questo sconosciuto piuttosto che la povera Atonic.

Come se fosse un sensitivo, lo stomaco dello sconosciuto brontola.

Accidenti! Massiccio e cattivo com'è, questo tipo probabilmente mangerebbe il gatto. E poi mangerebbe me… (e non nel senso divertente).

Sono davvero, davvero fregata.

———

Volete continuare a leggerlo? Visitate www.mishabell.com/it.

Estratto de Amore a prima annusata

DI MISHA BELL

Ciò che succede a Las Vegas rimane a Las Vegas. O no?

Ok, mi spiego. Mi sono introdotta nel camerino del ragazzo per cui ho una cotta per annusare i suoi collant (non in modo perverso, lo giuro!) e sono stata beccata mentre... ehm, avete capito. Poi lui mi ha praticamente ricattata per farmi accettare un finto matrimonio ai fini della cittadinanza. Ehi, non mi lamento mica.

Prima che me ne renda conto, stiamo volando a Las Vegas per far credere ai nostri amici e parenti che abbiamo trascorso una serata folle da sbronzi e che, all'improvviso, ci siamo sposati. Solo che... è esattamente quello che succede. Grazie mille, vodka!

Considerando che lui è il ballerino di danza classica più desiderato di New York ed io sono una blogger segreta super-golosa che vive in un garage, non c'è alcuna possibilità che questo matrimonio diventi reale. Per non parlare della mia famiglia completamente pazza e della mia avversione per ogni odore esistente, tranne il suo.

Posso solo sperare di non innamorarmi di mio marito. Non dovrebbe essere troppo difficile, giusto?

———

Il balletto che sto guardando è *Il lago dei cigni* e il ruolo della mia cotta è quello del principe Siegfried.

Dannazione! Sono gelosa della balestra che tiene in mano. Dato che il mio obiettivo è quello di togliermi quest'uomo dalla testa, vederlo dal vivo forse è stato un passo nella direzione sbagliata.

I suoi muscoli, soprattutto quelli delle gambe possenti, farebbero piangere d'invidia la statua di un dio greco. I suoi occhi scintillanti sono puro cioccolato fuso e anche i suoi capelli pettinati all'indietro mi ricordano il cioccolato fondente. Il suo viso è angelico, con zigomi talmente pronunciati che assomigliano allo strato duro della crème brûlée dopo averlo rotto con un cucchiaio. Oh, ma tutto ciò impallidisce in confronto al rigonfiamento dei suoi pantaloni (elemento fondamentale di così tante mie fantasie erotiche che ho persino dato un nome a ciò che contiene: Mr. Big).

Quindi, sì. Vedere tutto questo è l'esatto opposto di

utile (e, se attivassi le mutandine vibranti che indosso attualmente, le cose peggiorerebbero ancora).

All'inizio, ho indossato le mutandine masturbatorie perché ho pensato che questa fosse la mia ultima occasione per un ménage à moi con il russo. Se annusare i suoi collant funzionerà come previsto, dovrò ricorrere a qualche altro aiuto visivo per stimolarmi, come *Magic Mike, 300* o *Charlie e la fabbrica di cioccolato*.

Ripensandoci, non dovrei essere egoista. Quest'avventura potrebbe fornire un ottimo spunto per il mio blog. Di solito non faccio sconcezze nei luoghi pubblici, quindi questo potrebbe essere istruttivo per i miei follower.

Sì. Lo farò per loro. Sarà il mio gran finale con il russo, reso ancora più interessante dal fatto che lo sto ammirando dal vivo.

Scruto le persone ben vestite sedute intorno a me. La via è libera. Si stanno concentrando sullo spettacolo di fronte a noi, come è giusto che sia.

Tiro fuori il piccolo telecomando che attiva la vibrazione.

Ultima possibilità di cambiare idea.

No. Il russo mostra la perfezione del suo sedere, con un gluteo massiccio che vorrei leccare come una caramella.

Premo il pulsante "On" e sorrido quando la mia biancheria intima comincia a vibrare.

È il momento del fai-da-te.

Persino alla velocità più bassa, il mio clitoride si

ingrossa all'istante (e devo sperare che i componenti elettrici di questa meraviglia tecnologica siano impermeabili). Presto, dovrò mordermi dolorosamente la lingua per trattenere i gemiti. La musica di Tchaikovsky è geniale, ma non riuscirebbe ad attutirli.

Non immaginavo che sarebbe stato così difficile fare silenzio. Dev'essere il fascino del russo in azione.

Ansimando, spengo il dispositivo per dare al mio clitoride la possibilità di raffreddarsi. Se mi beccano, sarò scortata fuori e bandita a vita come la pervertita che sono.

Quando m'illudo di riuscire a non fare rumore, riaccendo l'apparecchio.

No. Proprio quando il russo esegue un *fouetté* particolarmente sexy, il desiderio di gemere sonoramente torna alla ribalta.

Accidenti a me!

Chiunque abbia progettato queste mutandine dovrebbe vincere un premio. Fanno alle mie parti basse lo stesso effetto che il tema musicale del cigno fa alle mie orecchie, o il russo ai miei occhi.

Un orgasmo di proporzioni cosmiche si sviluppa dentro di me e rimanere in silenzio richiede uno sforzo di volontà che so di non possedere, perciò spengo tutto di nuovo, stavolta definitivamente.

Dannazione! Ora sono solo molto frustrata e irritabile.

Come per acuire la mia frustrazione, compare la ballerina che interpreta la principessa Odette.

Si può dire "standard di bellezza impossibile"?

Magra da rasentare la trasparenza sulla parte superiore del corpo, sembra una che non ha mai assaggiato un croissant in vita sua, eppure ha le gambe possenti e infinitamente lunghe.

Lo so, lo so. La mia invidia è verde come una ciambella di San Patrizio. In mia difesa, il suo personaggio dovrebbe essere dolce, nobile e innocente. Lei, invece, danza la parte con seduzione, come Odile, il malvagio cigno nero. A proposito de *Il cigno nero*, è fin troppo facile immaginare questa donna pugnalare qualcuno con un frammento di vetro, come fa il personaggio di Natalie Portman nel film omonimo.

Ci siamo. È deciso. D'ora in poi, questa ballerina si chiamerà Cigno Nero nella mia mente.

Mentre il balletto prosegue, rabbrividisco ogni volta che il russo tocca Cigno Nero, il che accade spesso, soprattutto durante il *pas de deux*. In effetti, reagisco talmente male che, quando la principessa Odette fa la sua triste fine, trovo difficile compatirla.

Sono solo felice che lo spettacolo sia terminato. Guardarlo dal vivo è stato decisamente un errore.

Facendomi largo tra la folla in uscita, mi dirigo verso il bagno, dove chiudo a chiave la porta del gabinetto e salgo sopra il water per nascondere i piedi, come da istruzioni di Blue per l'Operazione Bella Sniffata. Le sue istruzioni sono anche il motivo per cui sono vestita interamente di nero: pantaloni eleganti adatti al luogo, una camicia abbottonata che mi sta leggermente troppo stretta (l'ho comprata qualche chilo fa, lo confesso!) e un paio di ballerine che hanno visto giorni migliori, ma che sono le scarpe più eleganti con cui riesco a correre.

Tiro fuori un auricolare, me lo infilo nell'orecchio e chiamo Blue.

"Ehi, sorella" mi saluta. "La folla si sta disperdendo mentre parliamo. Resta in attesa."

Mentre aspetto, Blue mi aggiorna su tutti i succosi pettegolezzi di famiglia, inducendomi a domandarmi come abbia ottenuto tutte queste informazioni. Senza dubbio, usando gli stessi metodi efferati del Grande Fratello nel mondo distopico di *1984*.

"L'Elvis lettone ha appena lasciato l'edificio" mi comunica finalmente Blue. "E io ho spento le telecamere sul tuo cammino, perciò puoi dare inizio all'operazione."

"Grazie." Mi accingo a saltare giù da sopra il water, ma scivolo col piede e sbatto la testa contro la porta del gabinetto.

Ahia! Vedo le stelle (sotto forma di deodoranti per WC).

Peggio ancora, sento uno splash.

No! Per favore, no.

Purtroppo, invece, sì.

Il mio cellulare sta nuotando nella tazza. Bleah!

"Ehi" dice Blue nell'auricolare attraverso il crepitio delle interferenze. "È tutto a post...?"

Il resto è un sibilo incomprensibile.

Il mio povero cellulare è morto.

Valuto se ripescarlo, per quanto disgustoso sarebbe. Ho sentito dire che questi dispositivi si possono infilare nel riso per farli asciugare e che potrebbero tornare in vita. Alla fine, decido di non farlo. Il telefono è talmente vecchio che sarebbe esagerato definirlo uno "smartphone". È meglio lasciarlo annegare nel water con una certa dignità, anche se dovrò saltare un centinaio di soste da Cinnabon per permettermi di acquistarne uno nuovo.

La domanda ora è: dovrei annullare l'operazione?

Non ho più Blue all'orecchio, ma *ho* speso una fortuna per questo biglietto e non so quando potrò permettermene un altro. Inoltre, mi sono presa la briga di imparare a forzare una serratura e, comunque, Blue ha già fatto la sua parte.

D'accordo, ci proverò.

Traggo un respiro calmante e sgattaiolo fuori dal gabinetto.

Non c'è nessuno.

Bene.

Mentre mi avvicino alla mia destinazione, sono felice di aver memorizzato la planimetria di questo posto invece di affidarmi alla mappa sul cellulare.

La prima serratura sulla mia strada è facile da forzare e la seconda porta non è nemmeno chiusa a chiave.

Quando arrivo all'ultimo corridoio, mi rendo conto che sto correndo e, quando mi fermo davanti alla soglia di quello che dovrebbe essere il camerino del russo, ho il fiatone.

Sì. La targhetta sulla porta recita "Artjoms Skulme." Sono nel posto giusto.

Estraggo i grimaldelli e la serratura cede senza troppi problemi dinnanzi alle mie nuove abilità.

Con il cuore che batte forte, entro. Riflessa nel grande specchio di fronte a me, ho un'aria spaventata, come quella che avrebbe Blue in un nido di uccelli. Persino i miei capelli, lunghi fino alle spalle, appaiono sfibrati e pallidi; con questa luce, il biondo fragola delle mie ciocche sembra un biondo cenere piuttosto che tendente al rosso.

Mordicchiandomi il labbro, mi guardo intorno alla ricerca dei collant. Sono arrivata fin qui e non me ne andrò senza aver portato a termine l'operazione.

Mmm.

Non vedo collant da nessuna parte.

La mia solita fortuna! È un maniaco dell'ordine.

Un momento... Scorgo qualcosa. Non si tratta di collant, ma forse questo è ancora meglio. Anche se è un po' più inquietante, a pensarci bene.

Mi precipito verso la sedia sopra la quale ho individuato l'oggetto: un capo d'abbigliamento noto in questo settore come "sospensorio".

Pensato per i ballerini con genitali esterni che potrebbero ciondolare durante i salti vigorosi, questo indumento intimo assomiglia sospettosamente a un perizoma.

Mi faccio aria con le mani.

Il semplice immaginare il russo con indosso questo filo interdentale tra le chiappe, senza collant, mi fa venire voglia di riattivare le mutandine vibranti.

Ma no. Non c'è tempo per l'autoerotismo in questo momento.

Raccolgo il perizoma (cioè, volevo dire il sospensorio). È piacevole e morbido al tatto.

Scruto l'indumento come se stessi cercando di incantare un serpente al suo interno. Un serpente di nome Mr. Big.

Sto per farlo davvero? E, se lo faccio, significa che sono come quelli che acquistano online biancheria intima usata?

No. Non ho il feticismo dell'annusare mutande, anzi, più che altro il contrario.

Sì. Se qualcuno dovesse domandare, questa è la mia versione.

Con movimenti decisi, mi strappo via i filtri nasali dalle narici e mi avvicino il sospensorio al naso.

Ci siamo.

Faccio una Bella Sniffata.

Volete continuare a leggerlo? Visitate
www.mishabell.com/it.